홍대에서의
바람직한
태도

홍대에서의
바람직한
태도

김도언 소설집

강

차 례

권태주의자
내편

1

좋은 이웃까지는 아니더라도 소문이 좋지 않은, 미심쩍고 수상한 이웃을 옆에 두는 것을 바라는 사람은 아무도 없을 것이다. 그런데 유감스럽게도 옆집 남자는 그런 이웃에 가깝다. 동네 사람들의 말에 의하면 남자는 꽤 오래전부터 혼자 살고 있는데, 사사건건 남의 집 일에 참견을 하고 동네 사람들과 이런저런 일로 늘 시비를 벌인다. 성정도 무뚝뚝하고 괴팍해서 말을 붙이기가 어렵고 그에게서 따뜻한 인사 한마디 받아본 사람이 드물다는 것이다. 나도 몇 번 마주치면서 확인하게 된 것인데, 과연 그의 표정은 어딘지 모르게 음흉하고 박덕한 기운을 품고 있는 것이었다. 그런데 권태주의자를 자처하는 나 역시 무뚝뚝하기로는 누구 못지않으니 내가 옆집 남자의 그런 성정을 나무라서는 아니 될 것이다. 아무려나 나는 옆집 남자에게 그닥 관심이 없다. 이웃이 좋은 사람이기를 바란 적이 없으니 그가 설령 아직 붙잡히지 않은 살인범이라고 하더라도 그건 그냥 내가 감당해야 할 몫일 것이다. 그런데 그런 옆집 남자에게 몇 달 전 여자가 생겼다. 여자는 늘 창이 넓은 모자와 선글라스를 쓰고 있다.

2

내가 권태에 대해 골몰하게 된 것은 도대체 언제부터였을까. 나는 권태를 주제로 여러 편의 소설과 시를 쓴 적이 있다. 권태는 내게 열정이나 욕망을 유예시키는 어떤 필연적인 상태를 가리키는데, 그것을 시와 소설을 통해 완벽하게 설명하는 것은 불가능한 일일 것이다. 권태는 그러니까 사실 권태로운 자만이 느낄 수 있는 절대적인 추상에 가까운 것이다. 일년 전 아내와 이혼한 나는 지금 혼자 살기에는 너무 넓고 조용한 이층짜리 단독주택에 살고 있다. 인심을 잃은 괴팍한 이웃과 함께 말이다.

3

나와 아내는 마당에 심어진 단풍나무의 자태에 반해 이 집을 새로운 거처로 정했다. 밑동의 지름이 삼십 센티미터 정도는 되는 것으로 보아 수령이 적어도 삼십 년 이상은 됐음직한 단풍나무는 4월부터 신록의 푸른 향기와 그늘을 우리 부부에게 안겨주었다. 나는 지금도 단풍나무가 있는 집에서 살고 있지만 아내는 그렇지 않다. 동네 사람들에게 '단풍나무집 여자'로 불린 아내가 단풍나무 그늘을 떠난 것은 내가 그녀를 너무 외롭게 했기 때문이다. 나는 그것을 잘 안다. 아내가 떠나고서 얼마 지나지 않아 얄궂게도 옆집 남자에게 여자가 생겼다. 어느 날부터인가 여자가 옆집에 들어와 살기 시작한 것이다. 스치듯 일별한 옆집 남자의 여자는 삼십대 후반쯤으로 보인다. 어디서 무엇을 하던 여자였을까. 내가 그 여자에게 호기심을 느낀 것은 우연히 마주친 그녀의 인상이 너무나 서늘했기 때문이다. 선글라스 때문에 눈동자를 보지는 못했지만 그녀의 낯빛이 연옥빛 대리석만큼이나 차갑게 느껴졌다. 옆집 남자의 나이가 대략 예순 살 정도임을 감안하면 적지 않은 나이 차다. 이제는 나이 차가 제법 나는 커플도 어지간히 흔해서 그것이 호사의 대상이 될 수는 없겠으나, 늙은 남자에게 갑자기 젊은 여자가 생겼다는 사실에 동네 사람들은 비상한 관심을 가졌다. 그런데 나는 여자의 서늘한 인상에 잠깐 호기심을 가졌던 것만 빼면 여전히 그들에게 별 관심이 없다. 그들이 어디에서 어떻게 만났는지, 어떤 이유 때문에 한집에서 살게 되었는지 전혀 궁금하지 않다. 권태로운 자는 이웃을 염탐하지 않는 법이니까. 나는 다만 그들이 나의 영역과 내 사생활을 침범하지 않기만을 바랄 뿐이다. 그건 참을 수 없는 일이다. 옆집 남자는 늘 정장 차림에 하얀색 차를 타고 다닌다. 그가 어떤 일로 생계를 꾸리는지 전혀 알 수 없다. 내가 옆집 여자를 본 것은 고작 서너 번뿐이다.

4

관심을 두려 하지 않았으나 내가 옆집 사람들에게 어쩔 수 없이 신경을 쓰게 된 것은 남자가 석 달 전쯤 낮은 목책을 넘어 우리 집 마당에 침입해 단풍나무 밑동에 톱질을 하면서부터다. 가벼운 외출을 마치고 집에 들어선 순간 단풍나무에 톱질을 하고 있는 옆집 남자의 등이 보였다. 기겁을 한 내가 지금 뭐 하는 짓이냐고 소리를 지르며 뛰어들었고 옆집 남자는 천연덕스럽게 가을이 깊어지면 단풍나무 낙엽이 자기 집 마당 쪽으로 떨어져 쌓여서 나무를 자르려 했다고 말했다. 그가 돌아간 후 톱질을 한 단풍나무의 밑동을 자세히 살폈다. 일 센티미터 정도 안쪽으로 톱날이 지나간 자국이 있었다. 옆집 남자는 아마도 나무의 줄기와 이파리에 영양분과 수분을 공급하는 물관이 끊어질 만큼만 톱질을 해서 단풍나무를 서서히 말라 죽게 할 심산이었던 것 같다. 사실 옆집 남자는 그전에도 몇 차례 우리 집을 염탐하곤 했다. 아내의 말에 의하면 우리 집 우편함을 뒤지던 모습이 목격되기도 했고 심지어는 쓰레기봉투의 내용물까지도 살피더라는 것이다. 자신이 이 동네에서 먼저 살기 시작했고 나보다 나이가 많으므로 그래도 된다고 생각하는 것 같았다. 만약에 우리 집에 굴뚝이 있고 그 굴뚝에서 연기가 새 나간다면, 옆집 남자는 그 연기의 색깔을 보고 우리 집에서 지금 어떤 일이 일어나고 있는지를 기꺼이 판정했을 것이다. 만약에 내가 멧돼지를 굽고 있다는 판단을 내렸다면 그는 기꺼이 내게 멧돼지 앞다리를 내놓으라고 했을까. 충분히 그러고도 남겠지. 옆집 남자는 어쩌면 형사처럼 검은 수첩 같은 것을 가지고 다닐지도 모른다. 이런 생각을 하는 것은 전혀 유쾌한 일이 아니어서 나는 내 상상력에 틈입한 옆집 남자에게 공연히 적개심이 일어나기도 한다. 생각 같아서는 옆집과 경계를 이루는 목책을 뽑아버리고 단단한 콘크리트 벽을 쌓고 싶었다. 단풍나무 톱질 사건 다음 날 나는 옆집 남자를 찾아가 정식으로 항의를 할 수밖에 없었다. 집에서 술을 몇 잔 마시고서였다.

"만약에 다시 우리 집 일에 간섭하거나 우리 집에 무단으로 침입하면 당신을 가만두지 않겠습니다."

그런데 사실 나는 이렇게 말하고 싶었다. "만약에 다시 우리 집 일에 간섭하면 당신의 젊은 여자를 가만두지 않겠습니다." 항의를 받은 뒤부터 옆집 남자가 내 앞에 나타나는 일은 눈에 띄게 줄어들었다. 아내가 집을 떠나고 이 개월쯤 지났을 때, 집 앞에서 마주친 옆집 남자는 내게 이렇게 물었다.

"부인이 요즘 안 보이던데."

나는 오 초쯤 침묵하다가 이렇게 대답했다. 그때 내 눈동자가 흔들렸다면 그건 고의가 아니었을 것이다.

"그녀는 멀리 갔습니다."

옆집 남자가 죽이려고 했던 단풍나무 아래에서 나는 가끔 가능하지 않은 미래의 투명함과 불투명함을 생각한다. 거기에서 굴뚝과 연기는 나타났다가 사라진다. 아내가 미처 가져가지 못한 푸른색 블라우스가 옷장 속에서 가끔 흔들리듯이.

5

다시 권태에 대해 몇 마디 해보려고 한다. 혹시 사람이 언제 가장 권태롭게 보이는지 아는가. 권태가 가진 신비로운 점은, 권태는 소란은 아니지만, 소란과 마찬가지로 어떤 식으로든 표현되고 있다는 것이다. 권태에 대해 오래 생각하고 관찰하는 동안 나는 사람이 가장 권태롭게 보이는 순간이 시각적인 이미지의 이데아에서 자기 자신을 해방시킬 때라는 걸 알게 되었다. 그러니까 외부의 시선을 모두 거두어버릴 때, 그리고 그 안에 자신의 정조를 조용히 불러들일 때 권태가 완성된다는 걸 깨달은 것이다. 산중 마을 어떤 낡은 여숙에 누워 더러운 베개와 이불, 침구들을 쓸고 갔을 이름 없는 사람의 생애를 생각하는 이의 마음과 그걸 풀어 쓴 마음이 진정 권태로운 것이다. 나는 언젠가 백석의 시를 읽다가 그가 참으로 권태로운 사람이었다는 것을 알게 됐다.

산숙(山宿)

여인숙이어도 국숫집이다

모밀가루포대가 그득하니 쌓인 웃간은 들믄들믄 더웁기
도 하다

나는 낡은 국수분틀과 그즈런히 나가 누어서

구석에 데굴데굴하는 목침(木枕)들을 베어보며

이 산(山)골에 들어와서 이 목침들에 새까마니 때를 올
리고 간 사람들을 생각한다

그 사람들의 얼굴과 생업(生業)과 마음들을 생각해본다

언젠가 어떤 후배와 술자리에서 백석에 대한 이야기를 나
눈 적이 있는데, 후배는 백석이 당대의 로맨티스트였다는 식
으로 말을 했고 나는 그가 권태로웠기 때문에 좋은 시를 쓸
수 있었던 것 같다고 말을 했다. 그러자 후배가 권태라니요
세상에, 라고 어이없다는 표정으로 말했다. 그는 원전을 반대
하는 열혈 녹색당원이었다.

6

아내가 떠난 지 일 년 정도가 지났다. 그 이후의 시간이 내
게는 지옥과 같았다. 너무나 고통스러워 정신을 차릴 수 없

었다. 결혼 생활 내내 그녀를 외롭게 한 데 대한 자책감이 너무 심했다. 그 자책감은 우울증으로 이어졌고 당연한 수순처럼 불면증과 대인기피증이 뒤따라왔다. 병원에 가보는 게 어떻겠느냐는 문단 선배의 권고를 무시한 채 나는 모든 사회적 활동이나 친교를 멈추고 칩거에 들어가는 쪽을 택했다. 일 년 가까이 생산적인 일을 하지 않고 집에만 틀어박혀 낮에는 안 읽어도 그만일 오래된 책을 읽고 해가 지면 술을 마셨다. 감자를 한 박스 주문해서 허기가 질 때마다 삶아 먹었다. 감자가 물리면 두부를 사다가 그나마 내가 할 수 있는 부침 요리를 만들어 술을 마셨다. 그러다가 나는 어느 달빛이 고운 날을 택해 스스로 생을 마칠 생각이었다. 그것이 내가 할 수 있는 최선의 생각이었다. 권태주의자에게 죽음의 그림자는 잠옷처럼 포근한 것이다. 그런데 그사이, 물려서 미처 먹지 못한 감자에서 싹이 자라고 있는 것을 보았다. 감자가 종이 박스 안에서 싹을 틔우고 단풍나무는 톱질에서 극적으로 살아났다는 징후로서의 사실. 나는 그 사실을 목도하면서 죽음의 욕망이 다소간 흔들리는 걸 느꼈다. 그러다가 어느 날 다락방의 벽장 속에서 오래전 아내가 내게 사준 파스텔과 스케치북을 찾아냈다. 그것은 너무나 오랫동안 방치된 채 먼지를 뒤집어쓰고 있었다. 내가 돌보지 않고 외면했던 아내의 마음도 아마 이러했으리라. 스케치북을 열고 파스텔로 그림을 한 장 한 장 그렸다. 처음에는 꽃이나 과일을 그렸고 그다음에는 기적적으로 움직이는 것들, 이를테면 기린이나 하마 같은 동물을 그렸다. 그리고 어떤 날은 앙리 마티스의 그림을 모사해보기도 했다. 그림을 그리는 것이 유일한 즐거움이고 낙이었다. 단풍나무는 아마 이 센티미터 정도만 톱날이 더 들어갔어도 물관이 끊겨 죽었을 것이다. 그러니까 내가 외출에서 십 분이나 이십 분만 늦게 돌아왔어도 옆집 남자의 톱날은 단풍나무의 물관을 끊어놓을 만큼 깊이 들어갔을 것이다. 나는 싹이 자란 감자 서너 알을 마당의 화단에 심었다. 내가 그린 기린 그림 속의 기린의 표정이 조금씩 환해졌다. 톱날이 쓸며 지나간 나무 밑동의 상처에 흙과 풀을 짓이겨 발라주었다. 그리고 나는 다시 세상 밖으로 나가고 싶었다. 그 무렵, 오래전 인사를 나눈 적이 있는 S 아카데미의 K 대표로부터 글쓰기 교실을 맡아보지 않겠느냐는 연락이 왔다.

7

관할 지구대의 순경이 나를 찾아온 것은 한 달 전쯤의 일이었다. 그는 궁금하지도 않은 옆집 남자에 대한 이야기를 들려주었다. 융통성은 없고 의욕만 앞서 보이는 인상을 가진 그는 옆집 남자를 만나러 왔다가 그가 집에 없자 우리 집 초인종을 눌렀다고 말했다. 내가 현관문을 열고 나가자 그는 경찰 유니폼을 더욱 드러내듯 어깨를 펴더니 속사포처럼 이렇게 물었다.

"옆집 남자 잘 아세요?"

"아니요. 잘 모릅니다."

"그에 대해 알고 계셔야 할 게 있습니다. 중요한 거예요. 그 사람 전력인데요, 그는 중학교 교사로 있다가 오 년 전 여학생을 상습적으로 성추행해온 것이 적발돼 파면되고 형사처벌을 받은 적이 있어요. 우리 관할에서도 관찰을 계속하고 있고요. 무언가 수상한 게 눈에 띄면 언제든 연락 좀 주세요."

나는 정말 이런 이야기는 알고 싶지 않았다. 그런데 이미 알아버린 걸 어떻게 모르는 것으로 물릴 수 있나. 권태는 알고 싶지 않은 것들로부터 멀리 달아나는 일이다. 나는 경솔하고 무례한 순경에 의해서 나의 고요한 권태가 다소간 훼손되었다는 생각이 들었다. 여학생을 성추행하고 불명예 퇴직한 전직 교사. 그리고 몇 달 전 나타나 그와 함께 살기 시작한 젊은 여자. 옆집 남자에 의해 자행된 단풍나무에 대한 테러, 그 무례한 남자의 여자에 대한 호기심. 분명 나의 권태는 위협받고 있다.

8

S 아카데미의 글쓰기 교실에서 만난 수강생들의 호응은 다행히 좋은 편이었다. 나는 수강생들에게, 누구나 예외 없이 모든 사람은 고유하고 훌륭한 '개인 서사'를 가지고 있으며, 그것을 발견해서 표현하는 것이 바로 문학이 하는 일이라고 말했다. 그렇게 발견하고 표현된 나 자신을 끊임없이 부정하

고 지워서 권태주의자가 되는 것이 나의 문학적 소명이라는 말은 하지 않았다. 권태주의자의 괄호 속에는 얼마나 넓은 침묵이 있는가. 일반인을 대상으로 하는 교양강좌의 성격이 짙은 글쓰기 교실을 찾은 수강생들의 연령대는 다양했다. 이십대 초반의 대학생부터 삼십대 직장인, 사십대 주부나 공무원에 이르기까지. 그들은 내가 얘기하는 개인 서사라는 개념에 솔깃해하면서 글쓰기의 재미를 조금씩 알아갔다. 나는 수업 시간마다 그들에게 다양한 형식과 주제로 글을 써볼 것을 제안했다. 내가 그들에게 내준 과제는 이런 것들이다. 가족 중 한 사람을 정해서 묘사하기, 내가 버림받은 의자가 되었다고 상상하고 글을 써보기, 명사나 위인들의 연보처럼 자신의 연보를 연도별로 정리하기, 자신이 책의 저자가 되었다고 가정하고 서문을 써보기 등등. 그 글 속에서 수강생들은 자신만의 욕망과 상처, 분노 등을 쏟아냈다. 합평 시간마다 나는 그들이 쓴 글 한 편 한 편을 꼼꼼하게 읽고 정성껏 피드백을 했다. 그럴 때마다 나는 그들의 삶의 곡절을 읽어내고 비밀을 풀어주는 정신분석학자나 심리치료사라도 된 듯한 기분이 들었다. 사실 아픈 환자는 바로 나 자신이었는데 다른 사람들의 고통과 슬픔을 마주하면서 조금씩 내 아픔이 치유되는 것을 느낀 것이다. 미안한 마음이 안 들었다면 거짓이지만 나는 치유되고 있는 나 자신을 보며 마음이 놓였다.

9

경솔한 순경이 다녀간 이후 이상하리만치 옆집은 조용하다. 여자는 물론 남자의 모습도 잘 보이지 않는다. 옆집의 대문이나 현관문이 열리거나 닫히는 소리는 그 집과 나란히 서 있는 우리 집에까지 고스란히 들린다. 그것은 상황이 반대가되어도 마찬가지일 것이다. 옆집에서 문소리가 난 후 이층 방에서 창문을 내다보면 옆집 남자와 여자가 대문을 나서거나들어서는 것이 보이곤 했다. 그런데, 며칠째 그들의 행적이묘연한 것이다. 뭐, 기분 탓일지도 모른다. 내가 없는 사이에드나들었을 수도 있겠지. 그래 기분이 이상한 탓일 거다. 알고 싶지 않은 것까지 알게 되었으니.

10

글쓰기 교실의 어떤 수강생들은, 대부분 여자 수강생들이그러한데 수업 시간 외에 따로 만나자는 연락을 해오기도 한다. 좀 더 구체적인 조언을 받고 싶다는 것이 그들이 내세우는 한결같은 이유였다. 하지만 나는 그것을 다 믿지는 않았다. 나에게 개인적인 연락을 해오는 수강생의 표정이나 그들이 보낸 메시지의 문구, 표현의 뉘앙스를 보면 그들의 진짜욕망이 보이기 때문에. 어떤 사람은 이혼하고 혼자 사는 작가에 대한 말초적인 호기심을 노골적으로 드러내는 문자를 보내오기도 했다. 그러니까 이런 문자 같은 것이다. "혼자 사시는 거 다 알아요. 외롭지 않으세요? 술친구 필요하지 않으세요?" 나는 그러면 내 처지가 그만 부끄러워져서 얼굴이 화끈거렸지만 특별한 응대를 하지는 않았다. 내가 자신을 거절했다는 것을 명료한 방식으로 표현하면 할수록 그들은 더욱 비뚤어진 방식으로 내게 모욕감을 안길 문자를 보내올 것을 알기 때문에. 물론 이것은 나의 일방적인 생각에 따른 진술이다. 작가이고 에고이스트인 남자가 한국에서 이타적인 관점에서의 객관성을 갖기란 거의 불가능한 일이다. 나도 그건 알고 있다. 내가 '한남'에 불과한 사내일 수도 있다는 것을. 그런데, 나는 결국 어떤 여자 수강생과 개인적인 대화를 하게 되었다. 그것은 어떤 의미에서는 피하려야 피할 수 없는 일이었다. 나도 사실은 욕망에 지극히 서툰 주관자였기 때문이다.

11

실래는 '대대장의 여자'라고 불린 적이 있다고 했다. 남편의 부하들이 자기를 그렇게 불렀다는 것이다. 그녀도 그것을 잘 알고 있었는데, 어느 정도는 그렇게 불리는 것을 좋아했다. 자신이 누군가의 여자로 불릴 때, 불확실한 삶이 구체적이고 명료한 모습을 띠는 것 같았다는 것이다. 대대장은 육군의 보직 중 하나로 보통 소령이나 중령 계급에게 주어지는 것이었다. 말 그대로 대대급 병력을 지휘하는 지휘관이었다. 실래보다 한 살이 많은 대대장은 실래의 첫 남자였다. 두 사람은 교회 학생부의 여름 수련회에서 처음 만나 연애를 하기 시작했다. 그들은 둘 모두에게 첫 키스의 상대였으며, 고등학교를 졸업하고 남자는 육군사관학교에, 실래는 미술대학에 진학했다. 그가 육군사관학교를 졸업하고서 일선 군부대에 배치되고 얼마 후 두 사람은 결혼을 했다. 그들은 연애만 육 년 이상을 한 셈이다.

결혼하고 오 년 정도 지났을 즈음 실래는 반도네온이라는 악기를 공부한 적이 있었다. 그 악기는 음계가 매우 복잡하고 정교하기로 소문났는데, 우리나라에서 그 악기를 연주할 수 있는 사람은 몇 손가락에 꼽을 정도라고 했다. 실래는 그것에 끌렸다. 사람들에게 쉽게 연주를 허락하지 않는 그 악기의 오만함에 말이다. 서울 근교의 헌병부대에서 장교로 복무하는 남편과의 사이에 아직 아이는 없었고 인테리어 회사에 다니고 있던 그녀는 반도네온을 배우기 위해 수소문 끝에 개인 레슨을 하는 음악 교실에 등록을 했다. 그리고 일주일에 한 번 그 수업을 들었다. 열병처럼 다가왔던 음악에 대한 관심은 이 년 정도 머물다가 뜻밖의 사유로 수그러들었는데 실래에게 반도네온을 가르치던 선생이 그녀를 연모했던 것이 이유였다. 그녀는 분명히 남편을 둔 유부녀였다. 결혼 생활은 아이가 생기지 않는 것만 빼고는 별문제가 없었다. 아이만 갖는다면 바야흐로 이상적이면서도 완벽한 가정을 이룰 수도 있을 것 같았다. 실래에게 반도네온을 가르친 선생은 사십대의 이혼남이었는데 실래에게 흠뻑 빠진 나머지 어느 날부터는 연서를 보내기 시작했다. 실래로서는 난처하기 짝이 없는 일이었다. 수업 중 대화를 할 때 은연중에 자신에게 남편이 있다는 사실을 밝혔는데도 반도네온 선생은 막무가내였다.

"그 사람이 내게 마음을 전한 이후부터 수업 시간이 그렇게 불편할 수가 없었어요. 수업에 집중할 수도 없었고요. 마음을 거두어달라는 말을 건넸는데도 그 사람은 계속 저에게 마음을 표현해왔어요."

실래는 반도네온 수업을 중도에 그만둘 수밖에 없었다. 그런데 실래는 왜 반도네온 선생의 이야기를 한 것일까. 그것은 굳이 안 해도 될 이야기 아닌가. 난 그 이유를 실래가 해준 다음 이야기를 듣고서야 알게 되었다. 실래는 자신이 여자로서 여전히 매력이 있다는 것을 말하고 싶었을 것이다. 실래의 이야기는 계속 이어졌다.

12

실래의 남편은 승승장구했다. 육군사관학교를 졸업한 성적도 최상위권이었는데다가 업무수행평가와 실적도 탁월해서 요직을 거치며 고속 승진을 한 것이다. 그는 마흔도 되지 않은 나이에 중부권에 위치한 부대의 대대급 지휘관으로 발령받아 그곳 공관으로 내려갔다. 실래는 함께 가지 않았다. 그녀는 그 무렵 독립을 해서 차린 회사를 좀 더 키우고 싶어 했고, 주말에 남편이 서울을 오가거나 자신이 남편이 있는 부대를 오가는 것으로 부부로서의 이격 문제를 해결하기로 했다. 실래는 대단히 열정적으로 일했다. 반도네온을 배우는 과정에서 선생과 있었던 사소한 정사를 제외하면, 그녀는 외국 영화나 드라마에 나오는 완벽한 커리어우먼의 삶을 살고 있었다. 회사 일에 그녀가 가진 모든 열정을 기울였고 인테리어 회사는 해마다 크게 성장했다. 대대장 역시 자신에게 주어진 역할을 잘해내고 있었다. 그는 자신의 지휘 부대가 속한 사단의 유력한 젊은 장교로서 병영 문화의 고질적인 병폐를 개선하는 선도적인 캠페인을 시범적으로 펼쳐 상관들로부터 칭찬을 받기도 했다. 그가 곧 수도권 부대의 요직으로 승진되어 상경할 거라는 소문이 그들의 조직에서 나돌았다. 그녀는 나에게 이렇게 말한 적이 있다.

"모든 게 완벽했어요. 나무랄 데가 없는 결혼 생활이었어요. 아이가 없다는 것이 결핍으로 느껴지지도 않았어요. 그이와 나는 각자 하는 일에 자부심을 가지고 있었고 상대방의 일을 존중했어요. 저는 제복을 입은 그이의 모습이 너무나 자랑스러웠어요. 결혼 생활이 십 년을 훌쩍 넘겼어도 우리는 연애 시절처럼 너무나 뜨겁게 사랑했지요."

어느 주말 실래는 남편을 만나기 위해 남편이 근무하는 부대의 공관으로 내려갔다. 원래는 남편이 오기로 되어 있는 주

말이었으나, 갑자기 주말을 반납하고 준비해야 할 용무가 생겼다면서 그다음 주에나 얼굴을 보러 올라오겠다고 했다. 남편의 말로는 군의 사찰을 담당하는 보안부대에서 사람들이 내려왔다는 거였다. 그런데 실래는 그날따라 남편이 너무나도 보고 싶었다. 대기업에서 짓는 리조트의 인테리어 공사권을 치열한 수주전 끝에 따낸 뒤끝이라 더 그랬는지도 모른다. 실래는 자축하기 위해 꽃바구니와 케이크를 사서 남편의 부대가 있는 H시로 향하는 고속열차에 몸을 실었다. 남편의 얼굴을 혹여 보지 못하더라도 남편이 벗어놓은 옷을 빨아놓고 청소라도 해놓는 것만으로도 마음이 흡족할 것 같았다. 남편이 밤을 새우고 아침에 옷을 갈아입으러 잠깐 들어왔을 때만이라도 얼굴을 볼 수만 있다면 더 바랄 게 없었다. 그날, 실래는 남편의 공관에서 남편의 얼굴을 보긴 보았다. 어떤 여자의 사타구니 사이에 처박았던, 소스라치게 놀란 눈으로 자신을 바라보는 남편의 얼굴을.

"비밀번호를 누르고 안으로 들어갔어요. 남편은 주말에는 공관에 배치된 사병을 원대에 복귀시키곤 했어요. 그가 서울에 올 때는 공관이 비고 제가 내려갈 때는 저하고만 오붓한 시간을 보내고 싶어 했기 때문에요. 거실에 들어서자 침실 쪽에서 소리가 들리기 시작했죠. 네, 불길한 것은 늘 소리로부터 시작되죠. 좀 상투적이지만 여자의 울부짖는 신음 소리 같은 것이었어요."

정오가 조금 지난 시간이었다. 거실에는 초여름의 태양빛이 흥건하게 비치고 있었다. 실래는 남편의 침대에 일단 눕고 싶었다. 남편의 체취를 깊이 들이마시고 싶었다. 그런데 그 소리가 들려온 것이다. 불길하고 섬뜩하지만 탐내고 싶은 소리. 두려운 마음으로 안방 문을 조금 열었을 때, 침대 옆 협탁에 위스키 병이 놓여 있는 게 보였고 침대 위에는 알몸을 한 두 명의 남녀가 서로 뒤엉켜 있었다. 남자의 얼굴은 여자의 사타구니 사이로 들어가 있었다. 여자의 얼굴 역시 남자의 사타구니 사이로 들어가 있었다. 두 사람은 머리와 다리를 바꾸어서 서로를 탐하고 있었던 것이다. 실래는 바늘이라도 걸린 듯 찢어질 듯한 비명을 질렀다.

"나도 모르게 비명이 터져 나왔어요. 꺄악! 하고 본능적인 공포를 느낄 때 내지르는 비명과 같은 것이었어요. 그러곤 다시 침대를 향해 지금 뭐 하는 거예요, 라고 소리쳤죠. 생각해보니 좀 우습죠. 지금 뭐 하고 있냐고 묻다니. 그럼 남편이나 그 여자가 대답을 했을까요. 지금 우리는 뜨겁고 진한 밀회를 나누고 있어요, 라고? 내가 슬픈 건 분명히 그날 내가 본 것이 내 생애에서 가장 참혹하고 끔찍한 장면이었지만 이상하게도 영화 속 한 장면처럼 아름답게 보이기도 했다는 거예요. 그들은 열심히 성실하게 상대를 탐하고 있었거든요. 남편이 헝클어진 얼굴과 다소 충혈된 눈으로 나를 바라보았어요. 당혹스러운 표정이었지만 그 짧은 순간 모든 것을 체념했다는

26

듯, 말쑥하고 편한 표정이기도 했어요. 나는 그 표정을 잊지 못할 거예요."

실래의 결혼 생활은 사실상 그것으로 끝이었다. 남편은 실래에게 진심으로 사죄부터 했다. 그리고 당당히 사생활의 영역에서 일어난 자신의 도덕적 흠결을 인정했고 부대의 직속 상관에게도 사의를 표했다. 그런데 그는 결국 구제되었다. 보직해임과 육 개월 동안의 대기발령을 거쳐 그는 다시 그가 지휘하고 있던 부대의 규모와 비슷한 다른 부대의 대대장으로 전보되었다. 남편과 침대에서 뒤엉켰던 상대는 민간인 신분으로 군부대 일을 맡고 있는 군무원이었는데 군대의 유관 업무, 예컨대 군에 적응하지 못하는 관심사병들의 심리치료 업무에 협조를 해오던 사람이라고 했다. 삼십대 초반의 싱글이었던 그녀는 조사관에게 남편을 진심으로 사랑한다고 말했다. 남편 역시 그녀를 사랑했다고 말했다.

13

남편의 부정만 아니었다면 완벽한 '대대장의 여자' 아니 어쩌면 '사령관의 여자'까지도 될 수 있었을 실래를 내가 알게 된 것은 그녀가 내가 운영하는 글쓰기 교실에 수강생으로 등록하면서부터다. 실래는 '대대장의 여자'가 사실은 자신이 아닌 다른 여자였다는 걸 알고 크게 낙담한 후 우울증 같은 것이 생겼는데 병원 치료 과정에서 전문의로부터 글쓰기를 권유받았다. 수업 첫날 나는 그녀를 포함한 열여덟 명의 수강생들에게 이 수업을 듣게 된 계기를 말하게 했다. 수강생들의 진술을 나는 수업의 방향을 정하는 데 유력한 참고자료로 활용할 심산이었다. 그녀가 그날 했던 진술을 기억나는 대로 되살려보면 대략 이렇다.

"이 글쓰기 수업을 홍보하는 홈페이지에서 글쓰기는 자기 자신을 사랑하는 가장 구체적이고 적극적인 행위라는 문구를 보았어요. 의사 선생님으로부터 글쓰기 권유를 받고 여러 글쓰기 교실을 검색해서 찾다가 그 문구가 마음에 들어서 수업을 듣게 되었죠."

내가 실래와 좀 더 각별한 친교를 하게 된 것은 그녀의 제안으로 어느 날 함께 밥과 술을 먹으면서부터였다. 아마 십 주 과정의 글쓰기 수업이 반 정도 진행됐을 무렵이었을 것이다. 그녀로부터 문자가 왔다.

"선생님과 둘이서 대화를 좀 하고 싶어요. 괜찮으면 저녁 식사 같이하실 수 있으세요?"

수업 시간 외에 수강생들과의 개인적인 만남을 나는 자제하는 편이었지만, 그녀가 수업 시간에 발표하는 글을 통해서 이미 그녀의 정서나 감수성에 깊은 인상을 받고 있었던 나는 그녀의 제안을 망설이지 않고 받아들였다. 우리가 만난 곳은 그녀가 회사 사람들과 몇 번 가본 적이 있다는 일식 주점이었다. 마주 앉아 술잔을 두 잔 정도 주고받은 뒤 그녀는 개인적인 이야기를 털어놓기 시작했다. 남편과의 만남, 연애, 결혼, 그리고 대대장 공관에서 목격한 남편의 부정까지.

14

저녁을 먹고 그날 우편으로 도착한 동료 작가의 소설책을 펼쳐 읽고 있는데 초인종을 누르는 소리가 들렸다. 창문을 살짝 열고 대문 밖을 내다보니 옆집 남자와 여자가 서 있었다. 오랜만의 출현이었다. 이상하게 반가운 마음까지 들었다. 특히 옆집 여자의 실루엣을 보면서 가슴이 뭉클해지는 기분까지 들었다. 그런데 무슨 일일까. 마음이 어수선했지만 안 나가볼 수는 없었다. 옆집 남자 역시 내가 집에 있다는 것을 알고 초인종을 누른 것이 틀림없으니까. 내가 대문을 열었을 때 옆집 여자는 먼저 집으로 들어갔는지 대문 앞에는 남자 혼자 서 있었다. 나는 건조한 목소리로 물었다.

"무슨 일이세요?"

"아 다른 게 아니고 우리가 이번에 열흘 정도 동남아 여행을 다녀왔어요. 지난번 톱질한 것도 미안하고 그리고 얇은 담장을 접하고 사는 사이인데 모른 체할 수 있어야지. 이거 별거 아닌데 받아줘요. 태국 들렀을 때 산 거야."

그는 그러면서 손에 든 선물 꾸러미 하나를 내밀었다.

"이게 뭔가요. 이러지 않으셔도 돼요."

나는 반사적으로 손을 내저었다. 그러자 남자는 꾸러미를 내 품에 던지듯이 안기고는 자기 집 쪽으로 발걸음을 옮겨놓았다.

"그냥 열대과일 말린 거래요. 술 마실 때 간단히 안주나 해요. 집 앞에 내놓는 술병을 보면 술을 즐기는 것 같던데."

옆집 남자는 여전히 나를 염탐하고 있었던 것일까. 아내를 잃은 권태주의자의 이 누추한 세계를 이토록 집요하게 들여다보는 이유는 무엇일까.

15

아무 이유 없이 지난 한 주 수업을 빠졌던 실래가 엊그제 수업을 마친 후에 차를 마시면서 내게 해준 이야기는 이랬다. 그녀는 우선 이렇게 물었다.

"남편의 부정을 목격하고 내가 그를 마음속에서 내려놓았을 때, 내게 찾아온 게 무엇인 줄 아세요?"

"우울증을 말하는 건가요?"

"아니요, 그건 권태였어요. 권태를 알아버린 거예요. 열정과 욕망으로 할 수 없는 일이 있다는 걸 알게 되었고, 열정과 욕망으로 할 수 없는 일은 열정과 욕망을 버리고서 해야 한다는 것도 알게 되었죠. 그게 권태 속에서 내가 찾은 거예요."

그때 나는 높은 곳에서 수직 낙하를 하는 것과 같은 호된 현기증을 받았다. 그녀의 입에서 '권태'라는 말이 나오다니. 그것은 자신을 오랫동안 응시한 사람만이 들려줄 수 있는 섬려하고 애틋한 자백이었다.

"그리고 나는 내가 아무런 목적 없이, 내가 가장 순수했을 때에, 그러니까 소유라든가 희생이라든가 이런 걸 의도하지 않고 좋아했던 존재가 누구일까 생각하기 시작했어요. 그 사람을 무조건 찾아야겠다고 생각했죠. 그때 의심의 여지없이 제일 먼저 떠오른 사람이 중학교 2학년 때 담임선생님이었어요."

거기까지 말한 실래는 만감이 교차하는 표정을 짓더니, 급하게 앞에 놓인 술잔을 들어서 입에 털어 넣었다.

"계속 말을 할 수 있으면 해보세요."

한결 표정이 차분해진 실래는 붉은 뺨을 살짝 손바닥으로 쓰다듬고는 말을 이었다.

"선생님은 국어를 가르치는 분이었는데, 모든 것이 제 마음에 쏙 드는 분이었어요. 반듯한 이목구비와 물결치는 듯한 곱슬머리, 낮은 목소리, 고상한 눈빛과 심지어는 다소 느린 걸음걸이까지. 정확히는 모르지만 그 당시 선생님이 삼십대 후반쯤의 나이였으니까 그사이 지나간 시간을 헤아려보니 예순 살이 다 되어 있겠더군요. 저는 열다섯 살 소녀에서 서른여덟이 되었고요. 선생님을 꼭 뵙고 싶었어요. 그리고 선생님만 괜찮다면 선생님과 함께 살고 싶었어요. 나는 내가 실현했다고 믿었던 사랑으로부터 철저히 배신당하고 그 사랑을 잃었으니 관념 속에서 실현될 기회를 갖지 못한 채 고이 보관되어온 사랑을 찾아 그것으로 돌아가는 게 맞는다는 생각이 들었어요. 그것만이 저 자신을 회복할 수 있는 길이라는 확신이 들었죠. 알아보니 교육청에 전화하면 옛 은사의 근무지와 연락처를 알려주는 서비스가 있더군요."

"그랬군요. 그래서 그 선생님을 만나셨군요."

"네, 맞아요. 그 선생님을 만났죠. 그 선생님은 S동에서 혼자 외롭고 청정하게 늙어가고 계시더군요. 내가 그려왔던 그 모습 그대로요. 그런데 선생님, 당신은 내가 누군지 알고 계시죠? 나는 생각보다 선생님과 가까운 곳에 살고 있어요."

16

그래, 이제 밝혀야겠다. 실래는 옆집에 사는 남자의 여자, 바로 그 여자다. 내가 밀랍과도 같은 서늘함을 읽어냈던 여자. 나는 실래가 처음 글쓰기 교실 문을 열고 들어왔을 때부터, 그녀가 옆집 남자의 여자라는 것을 알고 있었다. 대대장에게 배신을 당하고, 대대장의 여자라는 이름을 잃고 낙담하고 절망한 여자, 그 순간 그는 권태의 세계에 발을 들여놓게 되었다고 말했다. 권태란 이런 것이다. 권태로운 사람에게 근원적인 곳으로 향할 것을 명령한다. 지금 내 눈앞에 있는 권태에 취한 이 여자는, 여학생을 상습적으로 성추행하다가 학교에서 불명예 퇴직을 당한 남자를, 동네에서 인심을 잃은 소문이 안 좋은 남자를, 인생에서 가장 눈부시고 순결한 시절일 때부터 지극히 사랑해왔다. 그리고 그 사람과 살고 싶어서 그를 찾아왔다. 그리하여 마침내 기꺼이 그의 여자가 되었다. 그리고 그럼으로써 나의 옆집 여자가 되었다. 옆집 이웃이 된 이 사람을 내가 어떻게 피할 수 있었겠는가. 여자는 미심쩍고 수상한 남자의 여자가 되어 서늘한 표정을 가지고 살게 될 것이다. 단풍나무가 있는 옆집에 사는 권태주의자와 집 앞에서 마주치면 고개를 살짝 숙이며 인사를 하겠지. 화단에 던져둔 감자에서 싹이 자라고 있다는 걸 나는 아직 아무에게도 말하지 못했다.

권태주의자
외편

1

H에게 만나고 싶다는 문자를 보낸 건 어제였다. 오후 세시
가 되어서야, 이틀 전에 사둔 바게트 빵으로 점심을 대충 때
웠다. 숙취 때문이었다. 바게트 빵에 딸기잼을 발라 우적우적
씹고 있으면 어쩔 수 없이 사는 게 참 가소롭다는 생각에 사
로잡힌다. 나는 그런 느낌을 싫어하지 않는다. 저녁 일곱시까
지는 내가 사는 곳에서 지하철로 정반대편인 잠실에 살고 있
는 H를 찾아가야 한다. 약속이 잡힌 것은 어제저녁이었다.
내가 문자를 보내고 이십 분 만에 그에게서 답이 온 것이다.
그는 언제든 보자고 했고 나는 오늘 저녁 그가 사는 동네로
가겠다고 했다. 그에게 부탁할 게 있었기 때문이다. H는 고

등학교 동창인데, 겸임교수 신분으로 대학에서 강의를 하고, 시민단체에서 문화 기획 같은 걸 하면서 소일하는, 자기 삶에 대해 놀랄 만한 자부심을 갖고 있는 친구다. 우리 집에서 잠실까지는 거의 두 시간이 소요된다. 일단 씻어야겠다.

2

S에게 문자를 보냈다. 시는 가끔 쓰냐고 물었다. 답이 오지 않는다. 남자 친구와 영화를 보고 있을 수도 있고, 어쩌면 달콤한 침대 위에서 성애에 탐닉하고 있을 수도 있을 것이다. 강의와 수업 등 수입이 보장되는 모든 활동을 그만두고 집에 틀어박혀 은둔하다시피 살고 있는 것도 어느덧 오 년째다. 어제 확인해보니 은행 잔고는 이제 한 달 정도 버틸 수 있는 액수만 찍혀 있다. 문득 고독감과 절망감이 밀려온다. 그런데 말이다. 점점 줄어들고 있는 은행 잔고가 고독이나 절망의 근거나 이유라고 말하는 것은 좀 뻔뻔한 짓이다. 내 경우에 형편없는 은행 잔고는 고독이나 절망의 근거라기보다는, 그것들의 결과라고 보는 편이 맞으니까.

3

내가 H를 만나기로 마음먹은 것은 사실은 생활비를 좀 융통하기 위해서다. H는 내가 알고 있는 부자 중에서 가장 인심이 좋은 사람이다. 그가 인심이 좋은 것에 대해 사람들은 타고난 성정이 너그럽고 착하기 때문이라고 생각하는 듯한데, 사실은 그의 부친이 군사정권 시절 최고통치자의 참모로 일하면서 축재를 했던 것에 대한 모종의 반성과 부끄러움이 반영된 거라는 것을 나는 모르지 않는다. 타고나기라도 한 듯 너그럽고 착하게 보이는 것은, 그의 후천적인 노력의 결과다. 어쨌거나 H는 부자 중에서는 드물게도 근대적 자아에 대한 각성이 어느 정도 되어 있는 친구다. 다시 말하지만 내가 H를 찾아가는 이유는, 그로부터 어느 정도의 돈을 빌릴 수 있는지를 알아보기 위해서다. 내 생각에 그는 흔쾌히 돈을 빌려줄 것 같은데, 만약에 그가 내 짐작과는 달리 돈을 빌려줄 수 없다고 말한다면, 나는 그를 아무도 몰래 죽일지도 모른다. 호수가 있는 도시에 여행을 가자고 해놓고 자동차와 함께 그를 수장시킬 수도 있는 것이다. 그는 그래봐야 부정축재자의 아들이기 때문이다.

4

나는 H가 지정한 커피전문점에 여섯시 오십분에 도착한다. 그런데 H는 나보다도 먼저 와 있다. 그는 사람 좋은 얼굴로 웃으며 반색을 한다. 테이블엔 커피와 수전 손택의 책이 놓여 있다. "나는 한 시간 전쯤에 미리 와서 책 좀 읽고 있었어." 그가 악수를 하자며 손을 내민다. 내가 그 손을 살짝 잡고 자리에 앉자 H는 술은 얼마나 자주 먹는지, 아픈 데는 없는지,

만나는 여자는 있는지, 부모님과는 자주 연락하는지 이것저 것 묻는다. 이럴 때 보면 그는 사촌 형 같다. 나는 그의 질문에 건성건성 대답하면서 좀 미안한 마음을 갖는다. 상대방은 나에게 이토록 관심이 많고 적극적인데 나는 왜 타인에게 아무런 관심이 없는 것일까. 내가 '권태주의'라고 부르는, 나의 고질적인 증세는 어쩌면 무관심의 다른 이름일지도 모르겠다. 내가 쓴 시 중에는 나 자신과 타자의 관계를 고심했던 흔적이 담긴 시가 있다. 그 시의 전문은 이렇다. 시의 전문을 그대로 인용하는 것이 잘하는 건지는 모르겠지만.

나는 당신이 아니어서 나일 뿐이고, 당신 역시 내가 아니어서 당신일 뿐이다. 당신은 이 말이 기분 나쁜가. 하지만 나는 내 말을 수정하지 않겠다. 내 신발은 당신 신발이 아니어서 내 신발일 뿐이고, 당신의 비밀 역시 내 비밀이 아니어서 당신 비밀일 뿐이다. 나와 당신, 나의 것과 당신의 것이 혼동될 가능성은 없다. 나의 죽음과 당신의 죽음이 헷갈리지 않을 것처럼, 우리는 같은 곳에서 오지 않았고 다른 곳으로 각자 떠났다. 택시를 타고 북쪽 도로를 달려 이 도시를 떠났던 당신이 부서진 구름 조각을 따라 다시 이곳에 돌아왔을 때, 나는 기차 시간을 기다리며 햄버거 가게의 왼쪽 카운터 앞에 서 있었다. 우리의 우연은 이토록 우아하지 않아서 미래에 도래할 기억의 인상마저 하얗게 태우고 있다.

H는 저녁을 사겠다며 내 소매를 잡아끈다. 자기가 자주 가는 프렌치 레스토랑에 가잔다. "일주일에 한 번씩은 꼭 가는 곳이야. 거긴 뵈프 부르기뇽을 정말 잘하거든. 그런데 이번 주는 아직 못 갔지 뭐야. 잘됐네, 네 덕분에 이번 주에도 거기 갈 기회가 생겼으니까." 나는 돈을 빌리러 온 처지였고 그리고 세시쯤에 먹은 바게트 빵 때문에 속이 거북했으므로 그의 제안이 달갑지 않았다. 사실 뵈프 부르기뇽은 좋아하지도 않는 음식이다. "미안해, 사실은 내가 점심을 늦게 먹었어. 그래서 지금 배가 하나도 안 고파." 그러자 H는 무언가 큰 잘못이라도 한 것처럼 말꼬리를 흐리면서 사과를 한다. "아 그렇구나. 미안, 내가 너무 내 생각만 했구나." "아이스아메리카노 한잔 마시고 싶구나." "아 그래, 내가 주문하고 올게." H가 지갑을 들고 프런트로 간다. 수전 손택의 책에는 군데군데 밑줄이 쳐져 있다. 나는 중학교를 졸업한 이후 그 어떤 책에도 밑줄을 긋지 않는다.

5

살아 계실 때 내 아버지는 H의 아버지 얘기를 가끔 했었다. 그는 아주 나쁜 무리에 속했던 사람이라면서, 그런 자들이 정권을 차지하고 국정을 유린하는 동안 국민의 고통이 얼마나 심했는지 모른다고 말했다. 아마, '도탄에 빠졌다'는 표현을 했던 것 같다. 내 아버지는 시집을 세 권 펴낸 시인이고 중학교 교장을 끝으로 일선에서 은퇴한 사람인데, 말년에 어머니 몰래 어떤 여자 시인과 정을 통하는 바람에 가족들에게 적잖이 망신을 당했다. 그러곤 일흔 살 생일을 두 달 앞두고 암으로 죽었다. 아버지가 여자 시인과 통정한 것이 밝혀졌을 때 유일하게 나만이 아버지 입장을 이해하는 태도를 취했는데, 그 과정에서 누나에게 절연을 당하기도 했다. 누나는 내게 이렇게 말했다. "너도 같은 남자라고 아버지 편을 드는 거야? 명백히 아버지가 어머니와의 신의를 저버린 거잖아. 너는 문학을 한다는 애가 그런 분별도 없는 거야? 너도 아버지랑 똑같아지려는 거야? 문학을 한다는 인간들은 왜 다들 그렇게 책임감이 없지?" 나는 좀 지루한 표정으로 누나에게 말했다. "내가 쓰는 시와 아버지가 쓰는 시는 달라. 아버지 시는 내 시에 한참 못 미치는 삼류 쓰레기 시라고. 그리고 아버지가 어머니 몰래 다른 여자를 만난 건 그냥 안타까운 일일 뿐이야. 어쩌겠어. 아버지와 그 여자가 서로 좋아서 그랬다는데." 누나는 돌아가시기 직전에 아버지와 극적으로 화해를 했지만, 나에게는 아직까지도 냉랭하다.

6

"나 사실은 돈이 좀 필요해서 온 거야." 나는 H에게 담담하게 아무런 높낮이가 느껴지지 않는 목소리로 말했다. 그 목소리가 내가 듣기에 그닥 나쁘지 않았다. "아 그래? 무슨 돈이 얼마나 필요한데." 나는 다시 담담한 목소리로 대답했다. "너도 알다시피 내가 최근 몇 년 동안 하는 일 없이 그냥 더러운 옷을 입고 누운 채로 하늘만 보면서 지냈거든. 그렇게 하는 시간이 내게 필요했기 때문에 그렇게 했던 것인데, 그 바람에 통장 잔고가 이제 거의 바닥이 났어. 생활하는 데 쓸 돈이 없네. 네가 오백만 원만 빌려줬으면 해." 아이스아메리카노를 반쯤 마시니까 정말 남아 있던 숙취의 찌꺼기가 가시는 기분이었다. H는 자신의 커피 잔으로 잠깐 시선을 떨구었다가 삼십 초쯤 지나 다시 눈을 들어 나를 보았다. "그래 빌려줄게. 날짜는 신경 쓰지 말고 네가 다시 수입이 생기는 대로 갚으렴. 나는 네가 정말 좋은 시인이라고 생각해. 시 쓰는 데 좀 더 집중하면 좋겠어." 돈을 빌려주겠다는 말을 하면서 시를 쓰는 데 집중하라는 조언을 하는 H가 조금 얄밉긴 했지만, 내색을 할 수는 없었다. 고양이를 몹시 좋아하는 애인 앞에서 강아지를 더 좋아한다고 말하지 않을 수 있는 센스 정도는 내게도 있으니까. 그건 거의 비슷한 인내력이다. H의 와이프는 견실한 중견기업 창업자의 딸이다. 신소재 바이오 분야의 기업이라고 했는데 엄청나게 사업이 잘되는 모양이다. H의 재력은 의심할 여지가 없었다.

7

사실대로 말하면, 아버지에게 여자 시인 말고 또 다른 여자가 있었다는 걸 나는 알고 있다. 아버지의 병실을 지키고 있던 어느 날 아버지보다 훨씬 젊은 낯선 여자가 찾아온 적이 있었다. 뜻밖의 방문이었다. 아버지는 나를 병실에서 내보내고는 그 여자와 한동안 이야기를 나눴다. 나는 병실을 단신으로 찾아온 그 여자가 누군지 알고 있었다. 언젠가 아버지와 같은 학교에서 근무했던 여선생님이라는 것을. 그 여선생님은 아버지를 짝사랑했던 것 같다. 아버지의 오래된 서랍에서 그 여선생님의 애틋한 편지를 발견했던 적이 있다. 나는 느낌으로 그 여자가 그 편지를 쓴 여선생님이라는 걸 알 수 있었다. 때때로 증명이 필요 없는 것들이 있다. 사람과 사람 사이에 일어나는 일 중에서는 증명이 필요 없는 것들, 이를테면 공기의 흐름이나 바람의 냄새로, 눈빛의 섬광과 촉기로도 충분히 그것이 감추고 있는 진실을 알 수 있는 것들이 있다. 그러니까 내가 하고 싶은 말은 그날, 어떤 여자가 아버지의 병실에 찾아왔던 날, 내가 기대하는 그 어떤 일도 일어나지 않았다는 것이다. 여자가 돌아가고 나서 아버지가 잠이 들었을 때, 나는 쓰러진 나무의 밑동을 만지듯 그의 발을 살짝 쓰다듬어보았다.

8

통장에 H로부터 오백만 원이 입금된 걸 확인했다. 나는 H에게 문자를 보내기 위해 스마트폰 메시지 발신 창을 열고 "돈 입금된 것 확인했어. 고마워. 잘 쓸게. 그리고 늦지 않게 갚을게"라고 썼다가 마음을 바꿔 문자 보내는 걸 포기했다. 문득 비굴하게 보일지도 모른다는 생각이 들었기 때문이다. 권태주의에 빠진 사람이 자존심까지 잃는 것은 매우 비참한 일이다. 권태주의는 품위와 매우 깊은 관계가 있기 때문이다. 나는 내가 믿는 권태주의의 기품을 훼손하고 싶지 않다. 지금 내가 깊이 빠져 있는 권태주의가 내 삶을 무기력하게 하고, 죽음을 자꾸 동경하게 하고, 삶을 회의하게 하는 건 사실이지만, 그래도 나는 권태주의가 훼손되는 걸 원치 않는다. 아무튼 H에게 문자를 보내지 않은 것은 잘한 일 같다. 나는 서점에 나가 근사한 책과 CD를 사고 싶어졌다. 어쨌든 돈이 들어왔으니까 말이다. 그리고 시간이 남는다면, 영화도 한 편 보고 싶어졌다. 함께 보고 싶은 사람이 생각나지는 않는다. 사실 이제는, 거의 모든 것을 혼자 하는 것에 익숙해졌다. 밥도 혼자 먹고, 술도 혼자 마시고, 산책도 혼자 하고, 섹스도 혼자 한다. 그런 것들을 누군가와 같이한다는 것이 매우 야만적으로 느껴진다. 혼자라는 것을 잘 견디는 것, 나는 그게 성숙한 사람이 궁극적으로 가는 길이라고 믿는다.

9

그때그때 마음이 맞았던 몇 명의 여자들과 동거를 했던 걸 제외하면, 나는 늘 혼자 살았다. 아니, 어느 시기에 내 옆에는 개가 있었다. 개와 함께 살던 때가 생각난다. 어느 날 밤인가, 아마도 여름밤이었던 것 같은데 나는 술을 마시고 한 번도 긍정한 적이 없었던 사랑의 가능성을 개에게 설명하기 시작했다. 개의 눈동자를 물끄러미 바라보면서 말이다. 개의 눈동자를 바라보고 있으면 개로 태어난 것이 개의 고의가 아니란 걸 알게 된다. 개에게 고의란 건 없다. 개는 자신의 행동을 의식하지 않는다. 개들이 사랑받지 못할 때 짖는다는 것도 그날 밤에 깨달았다. 이를테면 주인이 자기를 외면할 때. 개를 제외한 그 어떤 것이 이토록 맹렬하게 사랑하지 않는 것이 유죄임을 가르치는가. 그걸 깨닫고는 그만 울컥해졌다. 개는 또 두려울 때도 짖는데, 사랑받지 못하는 것만큼 두려운 것이 없다는 걸 알리기 위해 개는 목청을 찢어서 짖는 것이다. 그건 말했듯이 개의 고의가 아니고 불가피한 통속 같은 것이다. 개의 통속은 사람의 통속보다 견딜 만한 것이다. 사람을 더 이상 사랑하지 않는다고 말하는 것, 아무도 나를 사랑하지 못하게 만들겠다는 것, 이런 생각은 사람의 통속을 벗어나기 위해 하는 것인데, 그것을 실천하는 것은 생각처럼 쉽지 않은 일이다. 나 같은 권태주의자가 사람의 통속을 벗어나기 위해 노력하는 와중에도 세금은 계속 오를 것이고 사람들은 더 많은 소유를 원할 것이다. 개의 통속을 목격하던 그 여름밤으로 돌아가고 싶다. 내가 원하는 죽음이 당장은 멀리 있지만 개가 내 오른편에서 사랑을 요구하며 짖던 밤에, 나는 사람의 통속을 부끄러워할 수 있었던 것이다. 개 짖는 소리가 들리는 곳에 사는 이가 그렇지 않은 이보다 구원받을 가능성이 높다고 말하는 건 돼먹잖은 농담일까. 나는 고의로 태어나지 않은 개가 가르치는 사랑을 이해하고 싶다는 생각이 들었다.

10

내가 그닥 신뢰하지 않는 동료 시인 Y가 우편으로 보내온 시집의 겉봉투를 뜯고 있는데, 전화벨이 울렸다. S였다. S는 깔깔 웃으며 오늘 저녁에 놀러 가도 되냐고 물었다. 그녀는 홍대 미대에 다니는 여자애인데 내가 석 달 동안 강의를 나갔던 사설 시창작교실의 수강생이었다. 그러니까 나로부터 시를 배운 학생인 셈이다. 첫날 수업을 마치고 집에 돌아가기 위해 지하철 역사에 들어섰는데, 같은 방향의 플랫폼에 S가 서 있었다. 그녀의 집은 나의 집에서 지하철로 한 구간 떨어져 있는 곳에 있었다. 사실상 같은 동네에 산다고 해도 무방할 정도로 가까운 데 살고 있었던 거다. 나는 지하철 안에서 그녀에게 저녁을 같이 먹지 않겠느냐고 물었다. 그리고 가능하다면 술도 한잔하자고 했다. 아마 이렇게 말을 걸었을 것이다. "시를 가르치는 선생이 학생에게 해도 되는 말인지 모르겠는데, 너랑 밥을 같이 먹고 싶어. 술도 마시고 싶고. 사실은 다른 것도 같이하고 싶은데 그건 말하지 않겠어." 그러자 S가 눈동자를 반짝이며 물었다. "밥도 먹고 술도 마시고 그리고, 다른 것도 같이해요. 그게 뭔지는 모르지만." S와 하고 싶은 건 사실 함께 오래된 일본 영화를 보는 것이었다. 어쩌면 S는 발칙하게 섹스 같은 것을 상상했는지도 모르겠다. 그날 S와 동네에서 참치정식에 사케를 몇 잔 마시고 우리 집에 왔을 때, 내가 S를 오랫동안 방치하고 오즈 야스지로의 영화 DVD를 찾는 데에만 정신이 팔려 있자 S가 토라진 목소리로 물었다. "혹시 나랑 자고 싶지 않아요?" 나는 마치 자동응답을 하는 사람처럼 대답했다. "응, 너처럼 예쁜 여자와 왜 안 자고 싶겠니. 그 욕망 때문에 나도 힘들어. 하지만 너와 자고 나면 틀림없이 후회하게 될 것 같아. 특히 내 마음이 사치스러워지는 걸 난 참을 수 없어. 그리고 솔직히 말하면……" "솔직히 말하면?" "나는 세상이 무서워. 나는 페미니즘을 옹호하는 사람인데, 지금 세상이 무서워." 그러자 S가 말했다. "나는 지금 섹스에 한참 관심이 많을 나이지만 쌤이 이렇게 나오면 어쩔 수 없죠, 뭐." 나는 또다시 자동응답기처럼 대답했다. "미안해, 미안해. 너를 집에 데리고 오지 않는 건데."

11

S는 다섯 시까지 온다고 했다. 나는 S를 기다리며 술을 마

시고 있다. 처음 우리 집에 S가 왔던 날, 나는 그녀와 오즈 야스지로의 영화를 보았다. 소파에 비스듬히 누워 손을 잡은 채였다. 「꽁치의 맛」이라는 영화였는데, 그 영화는 전쟁에 패한 일본 시민들의 적당히 슬프고 적당히 조용하고 적당히 품위 있는 세계를 다룬 영화였다. 영화가 끝났을 때 어찌 된 일인지 S가 내게 가벼운 키스를 했다. 살짝 담배 맛 같은 게 난 것 같기도 했는데 담배를 피우냐고 묻지는 않았다. 나는 지금 S를 기다리며 술을 마시고 있다. 무언가를 기다릴 때, 그것이 사람이든, 어떤 몽상이든, 죽음이든, 무언가를 기다릴 때 시간을 보내는 가장 좋은 방법은 술을 마시는 것이라고 믿기 때문이다. 나는 보통 술을 마시면 4일 내지 5일을 연속으로 마신다. 그런 다음 하루를 쉬고는 또다시 사오일을 연속으로 마시는 식이다. 지나친 음주 때문에 건강이 염려스럽긴 하지만, 술을 마시는 일 이외에 내가 일상 속에서 반복적으로 딱히 하고 싶은 일이 떠오르지 않는다. 술을 마시면 다음 날 머리가 아프고 소화 기능도 약해지는 단점이 있지만, 술을 마시는 순간만큼은 좋은 점도 제법 많다. 일단 상상력이 좀 더 담대해진다. 그리고 무책임해진다. 정확히 말하면 무책임해지면서도 마음이 무겁지 않다. 예컨대 H에게서 빌린 돈 같은 건 잊어버리게 되는 것이다. 자유롭게 살기 위해서는 사실은 좀 뻔뻔해져야 한다. 사람들의 시선이나 기대 따위는 무시할 수 있어야 한다. 그런데 그게 생각처럼 쉽지 않다. 가끔 나는 내가 거미줄 한복판에 쓰러져 있는 곤충 같다는 생각이 들기도 한다. S는 어디쯤 왔을까. 나는 오늘도 그녀와 일본 영화를 볼 생각이다. 일본 영화는 적당히 익숙하면서 동시에 적당히 낯설어서 좋다. 스마트폰에 문자 수신음이 울린다. H로부터 온 문자다. 그는 평일 중에 날짜를 정해 가까운 데 바람을 쐬러 가자고 한다. 나는 생각해보겠다는 간단한 답을 보낸다.

12

S는 혼자 오지 않았다. S는 혼자 오겠다는 말을 하지 않았으므로 혼자 오지 않은 것이 잘못된 것은 아니다. S는 비슷하게 생긴 친언니를 데리고 왔다. 그들의 손에는 장바구니가 들려 있었다. S는 나를 손가락으로 가리키며 언니에게 말했다. "이분이 내게 시를 가르쳤던 분이셔. 자존심이 대단히 강한 시인이야. 그리고 자칭 권태주의자래." S와 S의 언니는 장바구니에서 먹을 것을 끄집어냈다. 과일과 빵과 주스와 햄과 즉석조리식품들. 그리고 외국에서 만들어진 맥주도 몇 병 꺼냈다. 나는 S의 팔을 잡으며 물었다. "이런 걸 왜 사 왔어?" 그러자 S가 기다렸다는 듯 대답했다. 그것은 문장으로서도 제법 멋진 것이었다. "혼자 사는 시인을 동정하는 건, 나의 풍속이에요." S와 S의 언니와 나는 소파에 앉아서 오즈 야스지로의 다른 영화를 보았다. 나는 그 순간 어린 S에게 동정의 대상이었지만, 권태주의를 제대로 이해하고 싶은 시인인 동시에, 이

세상에 오직 한 사람만 있는 시인이었기 때문에 생각보다 마음이 위축되지는 않았다. 오즈 야스지로의 영화에 나오는 인물들은 술을 자주 마신다. 나도 그 영화 속 인물이라도 된 것처럼 영화를 보는 내내 계속 술을 마셨다. S의 언니는 영화가 좀 지루했는지, 내 발바닥을 자신의 발가락으로 간지럽혔다. S의 언니는 대기업의 비서실에 근무한다고 했는데, 지금은 휴가라고 했다.

13

S와 S의 언니가 돌아간 이후, 나는 샤워를 했고, 시를 몇 줄 썼다. 그리고 H로부터 받은 문자에 대해 구체적인 답신을 했다. "그래, 좋아. 어디 갈까? 난 동해안이 좋아. 포르노 여배우 열 명을 데리고 갈게." 그러자 H로부터 바로 답장이 왔다. "동해안은 좀 진부하지 않니? 포르노 여배우 열 명은 어떻게 섭외했어?" 나는 다시 답장을 보냈다. "포르노 여배우 열 명은 내 마음속에 살고 있어. 좋아, 동해안이 아니어도 좋으니, 날 좀 어디론가 데려가줘. 내 포르노 배우들과 함께." 나는 H에게 마지막 문자를 보내고 나서 일기장에 이렇게 희망을 적어 넣었다. 불가능해서 격렬한 희망을. "이것은 나의 사치다. 우선 불이 있는 자리였으면 좋겠다. 드럼통에 장작을 넣고 불을 때는 것이다. 그리고 그 주위에 차가운 글을 쓰는 사람들이 모여 앉는 것이다. 늦게 오는 자는 맑은 술이 든 쇼핑백을

들고 오면 좋겠다. 음악도 있으면 좋겠다. 그리고 그 이외에는 모든 것은 정물, 정물의 운명처럼 움직이지 않았으면 좋겠다. 이야기를 누군가 시작하여야 한다. 누군가 시작하여야 할 이야기는, 가족을 추억하는 것도 아니고, 잘못 살았다는 반성도 아니었으면 좋겠다. 희망도 아니었으면 좋겠다. 차를 바꾸고 싶어, 이런 말을 하는 자는 불속에 던져질 것이다. 단지 정신의 욕망만을 말하는 것이다. 그들이 쓰는 글처럼 차가운 욕망. 둘러앉아서, 움직이지 않고 격하지 않게 말하는 것이다. 그리고 그 창백한 얼음처럼 날카로운 욕망들이 얼마나 순진무구하게 말하여질 수 있는가를 넉넉하게 바라보는 것이다. 이것은 다시, 나의 사치다. 바흐와 슈만의 음악을 들으며 방문을 잠그고 향기로운 술에 취하는 것. 그리고 아무런 글자도 읽지 않는 것이다. 너무 많은 글자를 보고 있다. 신문과 잡지의, 교정지와 간판의 글자들 그리고 지하철에 도배된 시들. 뒤라스처럼 늙어도 추하지 않은, 그녀를 아름답게 만드는 젊은 애인 '얀'처럼, 나는 설레게 하는, 설레는 사람의 친구가 되고 싶다. 자정이 넘어도, 충혈되지 않은 선명한 눈을 갖고 싶다.

14

점심때쯤 H가 내게 전화를 걸어 말했다. "우리 여행 가는 거 말야. 제주도 어때? 너만 괜찮으면 제주도에 펜션을 예약하려고 해. 비행기 표도 오늘 중으로 예매할 거야. 사실 제주도에서 환경운동을 하는 친구가 있는데, 그 친구가 오래전부터 한번 다녀가라고 했거든. 너 혹시 누구 데리고 오고 싶은 사람 없어? 네 몫으로 비행기 표 두 장을 예매할 거야. 난 혼자 갈 거고." 나는 대답했다. "여자애를 데리고 갈게. 아주 어린 여자 친구야." 나는 S를 염두에 두고 그런 말을 했지만, 어쩌면 S의 언니를 생각했는지도 모른다. S의 언니는 내게서 시를 배운 적이 없으므로, 나에게 아무런 편견이나 욕망 같은 것이 없을 것이다. 그 점이 마음에 든다. 그녀의 휴가가 언제까지인지 묻지 못했던 것과 연락처를 알아두지 못한 것이 조금 후회되었다. 그런데, S에게 연락을 하면 그런 것을 알아내는 건 그리 어렵지 않은 일일 것이다.

15

일요일 아침이다. 네 시간 정도를 자고 일어났다. 나는 조금 이상한 고독감을 느끼는 중이다. 내가 중학교에 다닐 때만해도 일요일 아침은 내게 매우 경건한 태도를 요구했다. 일요일은 주의 날이었고 교회에 가서 예배를 드려야 했기 때문이다. 나는 깨끗한 옷을 입고 선반 위에서 성경책을 꺼내 들었다. 하지만 그 일요일의 경건함은 지금은 눈을 씻고 찾아보려야 찾을 수 없다. 예배를 드리던 가족은 그때부터 이미 충분히 짐작되었던 것처럼 와해되었다. 누구는 죽었고 누구는 배

교했으며 심지어 누구는 타락하기까지 했다. 타락한 쪽은 바로 나를 가리킨다. 나는 고독하고 타락했다. 고독과 타락은 이혼하지 않고 사는 오래된 부부 같다. 궤변에 불과하겠지만 내게 타락이란 고독의 최상급이다. 물론 모든 고독한 자들이 타락하는 건 아니다. 하지만 타락한 이들은 예외 없이 모두 혹독하게 고독한 사람들이다. 타락에서 방탕의 혐의를 지우는 건, 고독한 자가 좇는 진실의 대상이 무엇인가에 달려 있을 것이다. 이러면 안 되는데, 일요일 아침부터 술 생각이 난다. 지난번에 S 자매가 사놓고 간 맥주는 싱겁기 짝이 없다. 미국 사람들이 자국 맥주를 시원하게 마시는 이유는 말 오줌과 구분하기 위해서라는데 S 자매가 사놓고 간 맥주는 처녀의 오줌처럼 밋밋하다. 내가 처녀의 오줌을 마셔봤는지 마셔보지 않았는지에 대해선 발설하지 않겠다.

16

어머니에게서 전화가 왔다. 내가 전화를 건 경우든 어머니가 건 경우든 그녀와 전화 통화를 하는 건 거의 일 년 만인 것 같다. 어머니는 침울하지만 단정한 목소리로 말했다. "규리남편이 위암에 걸렸다는구나. 수술하기 위해 입원했대. 병원에 좀 다녀오는 게 어떻겠니? 그래도 누나 남편이잖아." 누나의 남편을 나는 두어 번 본 적이 있다. 워낙 가족 모임에 나가지 않는데다가 아버지에 대한 입장 차이로 누나와 절연하다시피 했기 때문에 나는 누나의 남편, 그러니까 내가 매형이라고 불러야 하는 사람을 두 번밖에는 못 본 것이다. 누나의 남편의 직업은 변호사다. 격무에 시달리다가 건강을 해친 것인지 가족력이 있었던 것인지는 잘 모르겠다. 나는 어머니가 불러주는 병원 이름과 병실 호수를 메모했다. 문득 장례식이나 결혼식 같은 데 마지막으로 가본 게 언제인지 생각나지 않는다. 나는 사실 누군가를 위로하고 축하하는 일에 무척이나 서툴다. 아마 세상에서 그 일을 가장 못하는 사람 중 하나일 것이다. 언젠가부터 사람들이 그걸 눈치채고 결혼이나 장례를 내게 알리지 않는 것인지도 모른다. 권태주의자를 자처하는 시인이 관례나 습속에 서툰 것은 흉이 되는 일은 아니지만, 사람의 기본적인 도리를 못하고 사는 것이 자랑이 될 수 없다는 것도 안다. 나는 아마도, 매형이 입원한 병원에 가지 않게 될 것이다.

17

H에게 문자를 보내서 제주도에 가는 걸 며칠만 미루자고 했다. 사실 계획대로라면 모레가 제주도에 가기로 한 날이다. S에게 제주도에 같이 가겠느냐고 물었더니 그녀는 흔쾌히 나와 함께 제주도에 가겠다고 말했다. S가 내게 바라는 것이 도대체 무언인지 궁금하다. 나이 차이가 많은 남자를 좋아하는 어린 여자들에겐 어떤 보편적인 비밀이 있는 것인지도 궁금

하다. S의 언니는 휴가가 끝나서 회사에 출근해야 하는 평일에는 제주도에 갈 수 없다고 말했다. 하지만, 우리가 제주도에 오래 머문다면 주말을 이용해 제주도에 오겠다고 말했다. 그런데 나는 그만 모든 것이 귀찮아졌다. 공항의 탑승 게이트를 통과하면서 소지품을 검사받는 과정 같은 걸 치러낼 자신이 없었다. 그래서 H에게 문자를 보내서 제주도에 가는 걸 며칠만 미루자고 했다. H는 무척이나 당혹스러워했다. "아니, 펜션이랑 비행기 편을 다 예약해뒀는데, 그리고 제주도에 있는 친구에게도 손님 맞을 준비를 단단히 시켜두었는데, 갑자기 마음이 바뀌면 어떡해." 나는 답장을 보냈다. "미안해, 며칠만 더 있다가 가자. 그렇게 하는 게 더 좋을 것 같아." 오만한 생각이지만, 고등학교에 다닐 때부터 정신적으로 내게 구속되어 있는 H는 내 말을 거부하지 못할 것이다. 나는 그에게 오백만 원을 빌린 처지지만, 내 마음이 원하지 않는 것을 따라갈 생각은 조금도 없다.

18

오늘은 아무도 알아볼 수 없는 이상한 글을 쓰고 싶어서, 최선을 다해서 이상한 글을 썼다. 여기에 옮겨보겠다. "남쪽에 비가 내리면 북쪽에선 누군가 토마토를 따먹고, 북쪽에서 누군가 발목을 다치면 남쪽의 숲속에선 늙은 고라니가 새끼를 낳는다. 숙명과 우연을 생각하면 자만과 풍요를 욕심낼 수 없다. 가난한 자유를 상상하며 사는 이에겐 언제나 결핍만이 풍요롭고 부족만이 충만하다. 가급적 최소한으로 존재하고 조금씩만 살고 싶은 나는, 모르면 좋았을 세계에 너무 깊이 들어선 선량한 가족의 낯선 아들이다. 나는 아버지가 되지 못한 채 죽을 것이고 아마도 이것이 내 선행의 전부일 것이다."

19

무책임하게 제주도행을 연기한 이후, 나는 무서운 집중력으로 글을 썼다. 시와 산문 가릴 것 없이 썼다. 오늘도 한 편의 시를 탈고했는데, 그 기념으로 저녁에는 가벼운 쇼핑을 할 생각이었으나 사고 싶은 것을 생각해내지 못해 금방 시들해졌다. 나는 그래서 외출을 포기하고 다시 이상한 글을 썼다. 그것도 여기에 옮겨보겠다. "문득 떠오른 당신을 용서하고 오래 침묵한다. 침묵 속에서 무거운 관념의 죄를 짓기도 한다. 나는 당신을 용서하는 대신 죄를 짓기로 마음을 바꾼다. 그 죄가 궁금한 당신의 호기심은 사양한다. 곧 오겠다고 말한 당신은 내가 태어나기 전에 죽어버렸다. 그러므로 나는 고독을 묘사하는 흔들리는 눈동자의 피로를 견뎌야 한다. 피로한 자만이 사랑의 미래를 알 수 있으니까. 현실 너머, 붙잡히지 않는 전선을 건너는 잉여의 군인들과 염소들을 관찰하기에도 시간이 모자라다. 사랑의 미래는 과거와 부적절한 대화를 한다. 몽상은 가장 확실한 다이어트 방법인데, 삼십 초의 몽상만으로도 팔십 칼로리가 소모된다고 알려져 있다. 우리의 침묵은 여전히 다습하고 비만이지만."

20

어머니에게서 전화가 왔다. 그녀는 내게 함부로 화를 내고 있었다. 어머니가 내게 화를 내다니. 어이가 없었다. "내가 그렇게 당부를 했으면, 병원에라도 다녀갔어야지. 아직도 안 다녀갔다면서. 그래도 하나밖에 없는 누나 아니니. 누나 남편이 암에 걸렸다는데, 너는 마음이 아무렇지도 않니? 내가 그렇게 당부를 했는데, 도대체 네 마음속에 살고 있는 짐승은 어떻게 생겨먹은 거니?" 나는 단호하게 어머니에게 말했다. "어머니가 내게 화를 낼 권한은 없어요." 나는 그리고 전화를 거칠게 끊어버렸다. 그러곤 H에게 전화를 걸었다. "제주도 가는 날짜를 빨리 잡아줘. 제주도에 못 견디게 가고 싶어졌거든." 그러자 H가 희색이 만연한 목소리로 물었다. "정말 네 변덕은 알아줘야 해. 그래 빨리 다시 날짜를 정하고 예약을 해볼게." 그는 내게 오백만 원을 빌려준 채권자다. 그가 살아 있는 한에는 나는 오백만 원이라는 금액을 계속 떠올릴 수밖에 없다. 이건 정말 잘 모르고 하는 소린데, 만약 H가 오늘 저녁이라도 교통사고로 죽는다면, 나는 H에게 오백만 원을 갚을 필요가 없는 것일까? H가 내게 오백만 원을 빌려줬다는 증거는 통장의 온라인 기록밖에 없다. 그는 채무와 관련한 문서를 전혀 요구하지 않았다. 만약 그가 교통사고로 죽는다면, 사실 돈은 갚지 않아도 될 것이다. 그의 유족이 채무의 상환을 요구한다면, 그 돈은 빌린 돈이 아니고 그냥 받은 돈이라고 우겨도 될 것이다. H가 오늘 밤 교통사고로 죽을 가능성은 얼마나 될까. 나는 이런 생각을 계속해도 되는 것일까.

21

누나로부터 전화가 걸려왔다. 전혀 예상하지 못한 일이었다. 누나는 매우 아름답고 지적인 사람이지만, 시적인 분별력은 전혀 없는 사람이다. 그녀는 신실한 종교를 갖고 있고 보수적인 가족관과 사회관을 가지고 있다. 내가 아는 한 누나는 사형제도의 존속을 지지하는 사람이고 동성애 합법화를 반대하는 사람이다. 그 모두 다 내가 동의할 수 없는 것들이다. 스마트폰 속의 누나는 말했다. "아이 아빠가 암에 걸렸는데, 어쩌면 좋니? 내가 무얼 잘못한 걸까. 나는 아무 잘못도 없는데, 병원에서는 육 개월 정도밖에 못 산대. 나는 어떡하면 좋니. 나는 평생 성실하게 살아왔는데, 이웃에게 아무런 피해도 주지 않고 반듯하게 살아왔는데, 내게 왜 이런 일이 생기는 걸까?" 누나의 목소리는 거의 울먹이고 있었다. 누나는 어머니를 배반하고 다른 여자와 정을 통한 아버지를 혹독하게 비난했고, 아버지를 두둔한 내게도 절연을 선언했다. 누나가 믿어 의심치 않는 제도와 윤리와 정의, 그것이 그녀의 가정을 지켜주지 못했을 때 그녀가 느꼈을 만한 절망감은 엄청났을 것이다. 오죽하면 스스로 절연을 선언했던 내게 전화를 다 했을까. 나는 그런 누나에게 부적절한 말을 하고 말았다. "사람은 누구나 외롭고, 누구나 다 한 번씩 죽어. 매형도 그 길을 가는 것뿐이야."

22

슈만의 피아노곡을 들으면서 술을 마시고 있는데 H로부터 전화가 왔다. 나는 스피커의 볼륨을 줄이지는 않았다. H는 말했다. "다음 주 수요일 편 비행기를 예약했어. 펜션도 정해두었고. 바다 경관이 정말 아름다운 펜션이야. 이번엔 계획이 변경되어서는 안 돼. 너와 제주 바다를 함께 볼 생각을 하니까 정말 기뻐." H와 제주도에 갔던 적이 있다. 고등학교 수학여행 때였다. 지금의 H는 교양과 학식으로 포장되어 있지만, 고등학교 다닐 때 H는 매사 유치하고 어리석은 양아치처럼 굴었다. 집안의 힘과 아버지의 영향력을 배경으로 학교에서 못된 짓을 일삼고 다녔다. 나는 H의 무지몽매함을 무척이나 경멸하면서도 한편으론 그를 각성시키고 싶었다. 다시 말해 삶을 얼마나 부끄럽게 살고 있는지를 알게 해주고 싶었다. 그리고 내가 걷고 있는 시인의 길이 얼마나 깊고 높은지를 일깨워주고 싶었다. 그때 이미 시의 세계에 깊이 빠져든 나는, 계몽에 대한 열정 같은 것이 있었던 것 같다. 그러다가 수학

여행을 갔던 제주도에서 H를 각성시킬 기회가 우연히 찾아왔다. 그것은 정말 우연한 일이었다. H가 선생들 몰래 술을 마시고, 우리가 묵고 있는 숙소의 옥상으로 어떤 술 취한 여학생을 끌고 가는 걸 보았을 때, 나는 소주병을 손에 들고 그의 뒤를 따라갔다. 옥상에서 H가 여학생을 협박하며 성추행을 하려고 할 때, 나는 소주병을 H의 머리에 내리치며 그에게 뛰어들었다. 그리고 소리쳤다. "너 같은 쓰레기는 죽어버려야 해!" 눈에 힘이 풀리면서 완전히 제압당한 H에게 나는 시인의 분노, 세계에 대한 울화를 쏟아냈다. "야만과 쓰레기들은 모두 처단하겠어. 시인이 야만을 두고 본다는 건 말이 안 돼. 너부터 처단해버리겠어. 그런 다음 네 아버지와 네 가족 모두를 처단할 거야! 이 쓰레기 새끼야, 난 네 집안이 얼마나 더러운 집안인지 알고 있어!" 그러자 H가 부들부들 떨면서 울음을 터뜨렸다.

23

나는 H를 사면했고 용서했다. 그리고 마침내 H는 각성되었다. 사면과 용서와 각성, 나는 그것이 H의 삶을 좋은 방향으로 변화시켰다고 믿는다. 그는 수학여행을 다녀온 이후 더 이상 양아치 짓을 하지 않았다. 교과서나 참고서가 아닌 책을 읽었고 사색하는 눈동자를 갖게 되었다. 사실 그것은 열심히 나를 흉내 낸 것에 불과했지만, 반 아이들과 선생들은 H의 변화를 매우 신기하게 바라보았다. 나는 H를 각성시킨 사람으로서 그를 완벽하게 구속하고 지배하게 되었다. 사실을 말하자면 시의 힘으로, 상상하는 힘으로 H가 그의 아버지로부터 물려받은 악과 폭력의 가능성을 통제한다는 어떤 쾌감 같은 게 내 안에 있었다. 지금에 와서야 생각하는 것이지만, 가장 좋은 권태주의는, 최소한의 영향력으로 가장 거대한 변화 가능성의 징후를 계속 자극하는 것 같다. 어머니와 누나처럼 분명하고 직설적인 말을 통해서는 그 누구도 온전하게 변화시키지 못한다. 내가 믿는 권태주의는, 개인의 신념과는 멀리 떨어져 있다. 오히려 끝없이 끝없이 자신을 지우면서, 상대와 세계를 변화시키는 것이다.

24

숙취 때문에 입맛이 없어서 바게트 빵 몇 조각을 먹었다. 딸기잼을 발라서 오물오물 씹어 먹으면 속이 달래진다. 과음으로 상한 속을 바게트 빵 따위로 달래는 사람은 많지 않을 텐데, 내겐 이게 그나마 가장 효과적인 방법이다. 바게트 빵의 가장 좋은 점은 잘 상하지 않는다는 것이다. 수분을 최소한만 머금고 있기 때문일 것이다. 잘 썩지 않는 것들은 경이롭다. 그리고 권태롭다. 생에 대한 맹렬한 의지를 가진 것들은 흠뻑 수분을 머금기 마련이다. 삼림과 수풀이 그렇고 아프리카의 동물들이 그렇다. 그러나 그들은 언제든 쉽게 썩는다.

권태주의는 자기 안의 수분을 조금씩 조금씩 하지만 확고하게 날려 보내는 것이다. 그래서 썩지 않는 조건에 가까이 다가가는 것이다. 나는 S에게 문자를 보냈다. "우리는 이제 더이상 만나서는 안 돼. 연락하지 않을 테니 너도 연락하지 마. 넌 너에게 어울리는 좋은 남자를 만나야 해." 그리고 H에게 문자를 보냈다. "제주도에 가는 걸 좀만 더 미루고 싶어. 미안해." 나는 이제 그들의 답 문자를 기다린다. 바게트 빵을 건성으로 뜯어 먹으면서. 채권자의 교통사고를 기다리면서. 어린여자애의 찬란한 삶을 축복하면서. 암으로 죽어가는 혈육의 남편을 생각하면서. 다시 말해 권태주의자가 견뎌야 할, 아무것도 아닌 모든 것의 모호한 태도들을 생각하면서 말이다.

다큐,
스물네 시간

뉴스 속보 "판교 터파기 공사장 붕괴, 일용직 노동자 5명 사망, 8명 중경상"

경기 성남시 판교 택지개발지구 내 ○○사옥 터파기 공사 현장에서 지반 약화로 보이는 붕괴 사고가 발생해 인부 5명이 숨지고, 8명은 중경상을 입었다. 그러나 이번 사고 이전에 지반이 붕괴 조짐을 보였고, 공사 관계자가 이를 감지했을 것이라는 주장이 나와 '인재(人災)' 논란이 일 것으로 보인다. 16일 오전 8시 25분쯤 성남시 분당구 삼평동 동판교 택지개발지구 ○○사옥 터파기 공사 현장의 북쪽 비탈면 흙더미와 H빔이 붕괴되며 22m 아래 바닥으로 무너져 내렸다. 터파기 현장의 상판(복공판)에 설치된 컨테이너 사무실도 바닥으로 추락했다. 이 사고로 컨테이너 안에 있던 계약직 근로자 성만갑(65) 씨 등 4명이 숨졌고 바닥에서 일하던 인부 주경식(50) 씨와 크레인 기사 등 9명이 매몰됐다가 구조돼 병원에서 치료를 받고 있다. 인부 차승동(60) 씨는 "아침 7시에 조회와 안전 교육을 마친 뒤 터파기 현장 바닥에서 배관 작업을 막 시작하려는데, 한쪽 면에서 흙이 쏟아져 내려와 반대 방향으로 뛰었고, 무너지는 철골에 목 부위를 부딪치며 의식을 잃었다"고 말했다. 사고 현장에는 북쪽 비탈면의 길이 15m, 폭 3m, 높이 22m의 흙더미가 쏟아져 바닥에 쌓였다. 흙더미를 지탱하던 H빔도 심하게 휘며 넘어졌고, 컨테이너 7~8개도 찌그러진 채 떨어졌다. 붕괴된 북쪽 비탈면 바로 옆에는 6차선 도로가 지나는데, 도로 끝 인도 부분도 함께 무너졌다.

이번 사고와 관련, '인재' 가능성을 높여주는 주장이 나와 사고 책임을 놓고 논란이 예상된다. 부상자 A 씨는 "현장 관계자가 며칠 전부터 '사고가 난 벽면에서 이상한 소리가 난다'고 말했다"며 업체 측이 위험을 감지했으면서도 공사를 강행했음을 주장했다. 그러나 사고 원인을 놓고 업체들은 서로 책임 떠넘기기에 급급해하고 있다.

시공사인 ○○건설 측은 "터파기는 이미 끝난 상태였는데, 도로 공사를 하며 1~1.5m 깊이로 매설한 상수도관을 건드려 물이 새어 나와 지반이 약화된 것 같다"고 주장했다. 그러나 도로 공사를 한 시공사 관계자는 "도로 공사는 지난해 11

월 끝나고 지난달 16일 개통했다"며 "상수도관이 누수되지 않았고, 인도가 떨어져 나가며 소화전에서 물이 샌 것"이라고 반박했다. 경찰은 이들 회사 관계자의 말과 사고 이틀 전 많은 비가 내린 점, 현장 바닥의 웅덩이(지름 40m)에 물이 차 있는 점으로 미뤄 지반 약화로 붕괴됐을 것으로 보고 현장 관계자들을 불러 사고 원인을 조사했다. 사고 발생 이틀 전인 14일 성남 지역에는 35.5mm의 많은 비가 내렸고, 이날 새벽에도 1mm의 비가 내렸다.

○○사옥은 지하 5층과 지상 8~9층의 2개 건물에 연면적 4만 7천 650㎡ 규모로, 지난해 9월 9일 착공됐고 2013년 4월 완공될 예정이다. 시공사는 ○○건설이고, 터파기 공사는 ○○○사에서 하청을 받아 진행했다.

*사망자 명단 : 노희상(57) 이태준(25) 김태식(42) 박준표(34) 성만갑(65) 이상 분당 제생병원

　　　　—『○○일보』 2013년 2월 16일 인터넷판 속보

2013년 2월 15일 아침 08:00

성만갑

만갑은 오늘도 판교 터파기 공사장에 도착해서 감독관과 현장 소장의 지시에 의해 안전 수칙 준수 선언과 몸풀기 운동

을 하고 작업복과 보호구를 착용한 뒤 공사장에 투입된다. 그는 친분이 있는 인력 소개소 장 사장의 주선으로 벌써 일주일째 같은 공사장에 투입되고 있다. 오늘은 아침부터 날씨가 끄물끄물하다. 우수가 사나흘 앞으로 다가온 탓인지, 여기저기 얼었던 땅들이 풀리고 있다. 올봄 초등학교에 입학하는 손주 녀석에게 게임기를 사주기로 약속했다. 지금처럼 고정적으로 이번 달 말까지만 일을 하면, 손주 녀석 게임기는 물론, 며느리에게 용돈도 듬뿍 줄 수 있을 것 같다. 그걸 생각하면 마뜩하기만 하다. 만갑은 인생을 다시 시작하는 기분이다. 그래서 그런지 하루하루 가깝게 다가오는 봄기운이 반갑기만 하다. 오 년 전, 이십오 년간 다니던 작은 제조회사에서 명예퇴직을 하던 해에 아내까지 몹쓸 병으로 먼저 보내고 그에겐 깊은 우울증이 찾아왔다. 매일 종묘나 인사동에 나가 오다가다 만난 노인들과 술 먹고 시빗거리나 찾다가 취해서 들어오는 것이 그의 일상이었다. 쓸쓸하기 짝이 없는 노후였다. 하지만 열심히 살려고 발버둥 치는 아들과 며느리, 그리고 자신을 쏙 빼닮은, 쑥쑥 자라는 손주 녀석을 보면서 정신을 다잡아야겠다는 생각을 했다. 타고난 골격에 힘은 아직도 자신 있던 그는 그때부터 새벽 인력시장에 나갔고 자신의 노동이 필요한 곳이면 어디든지 달려갔다. 예순 중반에 이른 나이였지만 그는 젊은 사람 못지않게 일을 해내 현장 소장이나 용역 업체 사장으로부터 좋은 평을 받고 있었다.

노희상

만성적인 천식을 앓고 있는 희상은 전날 술을 마신 탓에 평소와는 달리 일곱시쯤 눈을 뜬다. 그는 매일같이 다섯시쯤이면 눈을 뜨고 일어나 인력시장에 나가는 사람이다. 그는 말하자면 일용직 노동으로 하루 벌이를 하는 처지인 것이다. 눈을 뜬 그는 머리맡에 있는 대접에 손을 뻗어 물을 벌컥 들이켠다. 아내는 벌써 일을 나간 모양인지 보이지 않는다. 아내는 개인 성형외과의 청소 일을 하고 있다. 일을 시작한 지는 육 개월 정도 됐는데, 비위가 약하고 깔끔을 떠는 아내 성격에 병원 청소 일을 어떻게 견뎌내고 있는지 희상은 감히 짐작만 할 뿐이다.

선천적으로 신장염을 앓고 있는 아들의 방에서는 아무런 기척이 없다. 아직은 곤히 자고 있는 모양이다. 오랜만에 술을 마셔서 그런지 속이 제법 쓰리다. 고향 하동의 재첩국 생각이 간절하다. 하지만 그건 상상만으로도 얼마나 사치스러운 일인가. 고향을 뜬 지 벌써 사십 년 가깝다. 그는 중학교를 졸업하고 근동의 농업고등학교에 진학해 졸업장을 탈 수 있을 만큼만 출석일수를 겨우 채웠다. 그러곤 아저씨뻘 되는 먼 친척이 운영하는 대구의 양화점에서 구두 만드는 일을 육 개월쯤 배우다가, 아저씨의 잦은 주사와 폭행을 견디다 못해 서울에 무작정 올라와 중국집 주방 일을 얻었다. 착하고 근면했지만 타

고나기를 영민하지 못하고 또 딱히 눈썰미도 좋은 편이라고는
할 수 없어 중국집에서도 오래 붙어 있지를 못했다. 그는 설거
지와 배달 같은 허드렛일만 죽도록 하다가 삼 년 만에 중국집
일을 그만두었다. 그러고는 도피하듯이 군대에 갔다.

　군대에서는 최전방 사단에 배치돼 철책을 지키다가 장교들
의 꼬임에 넘어가 하사관으로 연장 근무를 신청, 소위 말뚝을
박았다. 그런데 사병들로부터는 노골적인 무시를, 그리고 장
교들로부터는 조롱과 멸시를 당하면서 생고생만 하다가 총기
도난 사건에 연루돼 아무런 잘못도 없이 제대를 당한다. 그는
타고난 성정 자체가 야물지 않았던 것이다.

이태준

　태준은 도서관에 가기 위해 일곱시쯤 눈을 뜬다. 이제 보름
후면 복학해서 대학에서의 마지막 일 년을 시작해야 하기 때
문이다. 그는 어머니와 단둘이 십오 평 남짓한 팔천만 원짜리
전세 빌라에서 사는데, 어머니에 대한 효심이 남다르다. 그
것은 그를 아는 주변 사람들의 한결같은 평가다. 태준은 어
머니와 이혼한 후 소식을 끊었던 아버지가 작년에 재혼했다
는 사실을 최근 아버지의 지인과 통화하다가 우연히 알게 되
었다. 하지만 태준은 그 사실을 어머니에게는 말하지 않았다.
아버지는 지인을 통해 태준의 용돈과 학비를 책임질 테니 자
신과 같이 살자는 뜻을 전했지만 태준은 일언지하에 그 제안

을 거절했다. 아버지가 재혼을 한 여자는 번듯한 약국을 운영하는 약사라고 한다. 훤칠한 키에 화통한 성격, 그리고 언변이 반듯하고 수완이 좋았던 아버지는 하는 일 없이 사람들에게 인기가 많았다. 아버지는 일정한 직업도 없으면서 집에는 일주일에 고작 한두 번 들어왔는데, 어머니 몰래 많은 여자들과 외도를 한 끝에 가정을 파탄 내고 말았다. 그런 아버지 때문에 어머니가 얼마나 애를 태워야 했는지 태준은 모르지 않았다. 어머니는 재작년에 갑상샘암으로 투병을 하기도 했는데, 그 모든 것이 아버지 때문이라고 생각했다. 태준은 어머니와 가정을 버린 아버지를 이해할 수도, 그리고 용서할 수도 없다. 이제는 자신이 가장의 자격으로 어머니를 지켜야 한다고 생각했다. 자신이 생각해도 철이 단단히 든 것이다. 복학을 하면 공부와 함께 병행할 수 있는 마땅한 아르바이트가 있을지 벌써부터 걱정이 되는 태준은 틈나는 대로, 흔히 친구들이 '노가다'라고 부르는 공사 현장에 나가 일용 아르바이트를 하고 있다. 하지만 복학을 하게 되면 노가다를 계속하기는 어려울 것이다.

김태식

태식은 한기가 서린 고시원 쪽방에서 막 눈을 뜬 참이다. 기세 좋던 겨울 한파가 어느 정도 꺾였다고는 하지만 외풍이 심한 고시원 쪽방 안의 온도는 여전히 입김이 눈으로도 보일 정도로 낮다. 태식은 오 년 전 꽤 큰 규모의 부동산 개발업을 하면서 투자금을 확보하기 위해 무리하게 투자자를 모집하다가 사업이 망하면서 사기죄로 실형을 살게 되었다. 그 결과 그간 쌓아 올린 삶의 모든 바탕을 한꺼번에 잃어버렸다. 그가 꼬박 이 년 육 개월을 복역하고 나왔을 때 간이며 쓸개며 모두 빼줄 것처럼 그를 따르던 친구들도, 그리고 하늘이 무너져도 자신을 지지할 거라고 믿었던 가족들도 모두 그를 떠나고 없었다. 아니, 어쩌면 태식이 그들을 밀어낸 것인지도 모른다. 그는 망실된 자존심을 회복하기 위해 절치부심했지만 뾰족한 방법이 없었다. 모두들 자기들 앞가림하는 데만 혈안이 되어 있는 듯 보였다. 의지만 가졌다고 해서 넙죽 재기의 기회를 줄 정도로 이 사회는 너그럽지 않았다. 재기의 기회가 멀어지면 멀어질수록 태식의 성정은 더욱 강퍅해져 가장 가까이에 있는 사람들에게 화풀이를 하기 일쑤였다. 그는 결국 노숙자가 되어 밑바닥 삶을 살다가 시에서 운영하는 자활 프로그램의 지원을 받아 가까스로 밑바닥에서 지상으로 올라온 처지다. 여기저기에 이력서를 넣어보기는 했지만 아직 호의적인 연락이 온 곳은 없다. 그가 당장 할 수 있는 일은 공사 현장의 일용직 일뿐이었다. 그런데 오늘은 그만 늦잠을 자버리고 말았다. 그는 담뱃갑에 담배가 하나도 남아 있지 않다는 것을 확인하며 내일 아침에는 꼭 인력시장에 나가리라 다짐한다. 출구가 보이지 않는 아침인 것만은 분명하다.

박준표

준표는 전통의 명가로 소문난 '24時 원조 설렁탕집'에서 부지런히 서빙을 하고 있는 중이다. 이 집은 바쁘게 출근 준비하느라 아침을 거른 회사원들, 밤새 일을 마치고 허기진 배를 채우는 노동자들, 그리고 술판을 벌이고 해장을 하는 자영업자나 한량들로 언제나 만원이다. 박준표는 이 집에 일주일에 두 번 나와서 아르바이트로 일을 한다. 성격이 서글서글하고 인상도 좋아서 이 집 아주머니들은 모두 준표를 좋아한다. 올해 서른넷, 가정을 꾸리고 한창 안정된 직장에서 일을 해야 하고 있을 나이지만, 그는 사실 스물한 살에 출가해서 사미계와 법명까지 받은 스님이었다. 그가 환속을 한 건 불과 이 년 전의 일이다. 그 사실을 아는 사람은 별로 없다. 그의 부모님과 동생은 그가 고등학교 다닐 때 교통사고로 모두 세상을 떴다. 그가 출가를 하기로 결심한 데에는 이런 통절한 사연도 한몫했음은 물론이다. 세상 물정에 어두운 준표가 믿는 것은 삶에 대한 자신의 헌신과 책임뿐이다. 자신이 선택한 삶에 부끄럽지 않게 매 순간 최선을 다하는 것, 그리고 가급적 현재를 즐기는 것, 그것이 준표가 해탈에 대한 의지를 모두 내려놓고 산에서 걸어 내려오면서 마음에 새겼던 생각이다. 그의 법명은 월하(月下)다. 달빛 아래 모든 중생이나 사물이 저 지상에서 드러나 있는 만큼만 달빛을 받듯이, 모든 것은 이미 자기 자리가 정해져 있다는 뜻이라면서 그가 모신 큰스님이 내린 것이다.

준표는 원조 설렁탕집의 아침 손님이 물러가는 열시쯤이면 퇴근해서 아르바이트를 하고 있는 편의점으로 곧장 간다. 그리고 그곳에서 밤 열한시까지 근무를 한다. 내일 아침에는 인력시장의 중개를 통해 판교에 있는 공사 현장에 투입되기로 이미 약속이 되어 있다. 그는 설렁탕집, 편의점, 인력시장을 통한 공사 현장 등 스리 잡(three job)을 하고 있다. 그리고 그렇게 벌어들인 수입에서 자신이 쓸 최소한의 용돈을 제하고는 전액을 결식아동과 독거노인을 돕는 자선단체에 기부하고 있다. 그가 환속한 가장 큰 이유는 바로, 자신이 그토록 좇았던 해탈마저 자신밖에 모르는 이기적인 욕망이 시킨 일뿐이라는 깨달음 때문이었다. 남을 위한 헌신과 희생이 어쩌면 진정한 해탈에 가까운 게 아닐까, 라는 물음에 답하기 위해서.

2013년 2월 15일 오전 10:00

성만갑

판교 공사 현장에서 열심히 감독관의 지시를 받아가며, 그리고 동료들과 손발을 맞추며 일을 하고 있는 만갑은 이상하게 오늘 일이 그다지 순조롭지 않다고 생각한다. 여기저기서 이상한 말들이 들리기 때문이다. 인부들에게 그 소식이 전해진 것은 삼십 분 전쯤이었다. 동네 주민이 현장 사무소를 찾아와 공사장 북쪽 비탈면을 막은 콘크리트 벽과 바로 앞에 설치된 H빔 쪽에서 며칠 전부터 이상한 소리가 난다며 민원을 제기했다는 것이다.

연배가 만갑보다 대여섯 살 아래인 차씨가 만갑에게 말한다.

"형님, 그 얘기 들으셨슈? 저쪽 벽에서 이상한 소리가 난다고 누가 민원을 넣었다는 소리요."

"응, 나도 들었어. 엊그제 비가 많이 왔잖아. 그래서 빗물이 땅속에 스며드는 소리 아닌가."

"그렇죠. 지금 여기 시공하는 회사가 엄청나게 큰 대기업인데, 이런 기초공사가 허술할 리가 없죠."

"그려, 우리처럼 일당 받고 일하는 노가다들이 저런 거 하나하나 어떻게 신경을 쓰나."

"그렇쥬, 형님. 저는 아직 죽으면 안 되는디. 아직 마누라도 팔팔한데 내가 먼저 가믄 큰일 나유."

"예끼 이 사람아, 무슨 말을. 오늘 끝나고 가볍게 막걸리 딱 한 잔씩만 하세."

노희상

희상은 아내가 식탁에 차려놓고 간 조촐한 아침을 혼자 먹는다. 반찬은 꽈리고추와 멸치 등속을 함께 볶은 것과 콩나물국, 구운 김 정도다. 그는 공연히 어제 술을 마셨다고 자책한다. 술만 마시지 않았다면 오늘도 일을 나갔어야 마땅하기에. 자신이 하루를 벌지 않으면, 언제든지 발생할 수 있는 지출을 감당할 수가 없다. 월세에, 대출금에 대한 연체이자, 아들 병원비, 그리고 자신의 약값까지. 아들의 신장 투석 날짜는 점차 가까워지고 있다. 계약직에 불과한 아내의 벌이로는 어림도 없다. 노가다를 나가면 하루 팔만 원 정도를 현금으로 받을 수 있다. 몸 관리를 잘해서 한 달에 보름이나 이십 일 정도만이라도 일을 할 수 있다면 백이십에서 백육십만 원 정도는 벌 수 있는 것이다. 예순이 다 된 나이에 그 정도 수입이 어딘가, 희상은 그런 생각을 하며 쓴 입맛이지만 밥을 꾸역꾸역 밀어 넣는다.

이태준

학교 도서관에서 열심히 토익 관련 교재를 풀던 태준에게 같은 과의 친한 선배인 운용이 다가와 알은체를 한다.

"태준아, 오랜만이다. 너 도서관 다니는구나."

"아, 운용 선배님. 정말 오랜만이에요."

태준은 자리에서 일어나 운용의 손을 잡는다. 둘의 발걸음은 자연스레 휴게실로 향한다. 휴게실에는 빵과 우유를 먹으면서도 책에서 눈을 떼지 않는 친구도 있고, 캔 커피를 들고 눈빛을 나누며 까르르 웃는 커플도 있다.

"태준이 너 어떻게 지냈니? 이번 학기에 복학하지?"

"네, 복학하긴 하는데 정말 걱정이에요. 등록금하며 용돈하며, 그리고 취업 공부도 해야 하고."

"등록금이 정말 많이 올랐어. 너 휴학할 때와 비교해보면 놀랄걸."

"그러게 말이에요. 정말 간 떨어지는 줄 알았어요. 그래서 닥치는 대로 아르바이트를 해야 할까 봐요."

"그러게 말이야, 나도 요 며칠 노가다 뛰었는데, 정말 우리는 불행한 세대야. 그치?"

"네 선배님, 저도 내일은 인력시장에 나가보려고요. 노가다 한 번 뛰면 그래도 일주일 용돈은 되니까."

김태식

태식은 빈 담뱃갑을 구겨서 휴지통에 버리고 지갑을 열어본다. 지갑에는 이만이천 원이 들어 있다. 사실상 그것이 그의 전 재산이다. 그는 낡은 패딩 점퍼와 코르덴 바지를 주섬주섬 주워 입고 고시원 문을 열고 나선다.

태식은 편의점에서 디스플러스 담배를 한 갑 사고 아침을 먹기 위해 인근의 고시생들을 대상으로 영업하는 뷔페식당에 들어간다. 삼천오백 원만 내면 먹고 싶은 만큼 먹을 수 있는 곳이다. 태식은 밥과 밑반찬을 듬뿍 접시에 담고는 늘 앉는 구석 자리에 가서 밥을 먹기 시작한다. 그때 뷔페식당 주인이 벽에 걸린 TV를 켠다. 마침 뉴스가 나오고 있다.

"쪽방촌 주민 10명 중 6명은 최근 1년간 자살을 생각한 적이 있고 이 중 21.9퍼센트가 실제로 자살을 시도한 것으로 조사됐습니다. 건강세상네트워크가 지난 9월부터 두 달간 동자동 쪽방 주민 225명(남성 191명·여성 34명)을 대상으로 건강권 실태 조사를 벌인 결과입니다. 13일 건강세상네트워크에 따르면 쪽방촌 주민들은 '최근 1년간 자살을 생각한 적이 있느냐'는 질문에 61.5퍼센트의 응답자가 '있다'고 답했고 '없다'는 응답자는 38.5퍼센트였습니다. 또 자살을 생각한 적이 있다고 응답한 주민 중 실제로 자살 시도를 한 주민은 21.9퍼센트에 달했습니다."

태식은 앵커의 무덤덤하고 건조한 멘트를 들으면서 새삼 서글픔을 느낀다. 자신이 씹고 있는 것이 밥인지 모래알인지 알 수 없을 정도다. 순간 삶이 무섭고 두렵고 무겁게 느껴진다.

박준표

24시 설렁탕집에서 일을 마치고 편의점으로 가기 위해 지하철역으로 향하는 계단에 발을 디딘 준표는 입구 쪽에서 바닥에 바짝 엎드려 구걸을 하고 있는 걸인을 만난다. 준표는 주머니에서 오천 원짜리 지폐를 한 장 꺼내 걸인이 내민 바구니에 넣는다. 그러곤 가볍게 합장을 한다. 그런데 몇 발자국 떼지 않아 준표는 또 한 사람의 걸인을 만난다. 준표는 이번에도 주머니에서 지폐를 꺼내 그 걸인에게 건넨다. 그러곤 가볍게 합장을 한다. 준표는 모든 가난한 것들, 모든 낮은 것들, 모든 착한 것들에게 한없이 약해져야 한다고 생각한다. 그가 강해야 하는 사람은 다른 사람을 지배하고 낮은 것들 위에 군림하는 권세 있는 사람들뿐이어야 한다고, 그리고 그들에게 강하기 위해선 자기 자신에게도 강해야 한다고. 그 생각뿐이다. 아마도 준표가 지나가는 길목에 자리를 편 걸인은 그날은 운이 좋은 날이었다고 믿어도 될 것이다.

2013년 2월 15일 정오 12:00

성만갑

공사 현장에서 가장 즐거운 시간은 뭐니 뭐니 해도 중식을 먹는 시간이다. 근처 함바집의 음식이 맛깔스럽고 푸짐하면 그 즐거움은 배가된다. 만갑을 비롯한 현장 인부들은 땀으로 젖은 얼굴을 훔치고 옷을 털어내며 함바집으로 몰려간다. 오늘 메뉴는 버섯 불고기에 북엇국이다. 나물무침과 꼬막, 두부부침 등 밑반찬도 풍성하다.

"어, 오늘 반찬 좋다. 형님 많이 드슈."

차씨가 너스레를 떤다.

"응 그려, 자네도 많이 먹게나."

"근데 형님, 박근혜 대통령이 아버지 닮아서 뚝심 있게 일

잘하겠죠? 대통령도 몇 명 안 되는 나라에서 아버지에 이어서 딸이 대통령이 되다니 참 신통방통하네."

차씨는 열흘 앞으로 다가온 박근혜 대통령의 취임식을 떠올린 모양이다.

"대통령보다는 국회의원들이 정신을 똑바로 차려야 나라가 잘되지. 그리고 우리도 우리가 할 일만 잘하면 되는 겨. 네 편 내 편 가리지들 말고."

만갑은 그렇게 말하고는 급히 허기를 채우기 위해 북엇국에 밥을 한술 만다.

노희상

아침을 먹고 잠시 동네 천변을 둘러본 그는 봄의 기운을 느낀다. 엊그제 내린 비로 도랑의 물은 꽤 불어 있다. 중학생으로 보이는 대여섯 명의 남자아이들이 깔깔 웃으면서 희상의 옆을 지나간다. 그들이 바람처럼 지나갈 때, 희상은 소생하는 봄의 기운을 느낀다. 오늘은 금요일이고 아이들은 봄방학을 한 모양이다. '참 좋을 때구나, 나도 저 나이 때는 두려울 것도 무서울 것도 없었는데. 그래서 서울로 올라오지 않았던가.'

희상은 자신을 이토록 겁이 많고 약하게 만든 게 무엇인지를 떠올려본다. 그건 세월인가, 현실의 짐인가. 그때 희상의 휴대폰이 울린다. 아내다.

"응, 무슨 일인가."

"네, 아침 드셨지요. 저도 막 점심 먹었어요. 근데 지금 어디예요?"

"머리 좀 식힐 겸 운동 삼아 집 앞에 산책 나왔네."

"병호 약 좀 잘 챙겨줘요. 자주 둘러보고요. 어제 보니까 개가 식은땀을 흘리던데."

아내는 자나 깨나 신장염을 앓는 아들 걱정이다. 그러고 보니 아들 방을 들여다보지도 않았다. 희상은 자기도 모르게 발걸음을 집 쪽으로 옮기고 있다.

이태준

태준은 여전히 학교 도서관에서 '열공' 중이다. 토익 교재를 계속 들여다보던 그가 스마트폰을 집는다. 문자가 수신됐음을 알리는 진동이 울렸기 때문이다. 문자를 보낸 이는 세라다. 태준을 잘 따르는 과 후배. 사실 세라는 태준을 선배 이상으로 좋아하지만, 태준은 세라의 마음을 알면서도, 그리고 자신도 세라가 싫지 않으면서도 그녀의 마음을 쉬이 받아들이지 못한다. 연애가 자신의 처지에서는 사치라는 것을 알기에. 그것은 여유 있는 아이들의 취미 같은 것이라고 생각하기에. 문자의 내용은 이런 것이다.

"선배, 오늘 도서관 나와 있다는 얘길 운용 선배한테 들었어. 선배랑 만나서 커피도 마시고 영화도 봤으면 좋겠다."

문자를 본 태준의 얼굴에 엷은 미소가 비치는 것도 잠시,

태준은 복잡한 표정을 짓는다. 이삼 분 정도 스마트폰 액정 화면을 골똘히 바라보던 태준은 답 문자를 타이핑하기 시작한다.

"세라야, 미안. 내가 오늘은 어머니랑 볼일이 좀 있어. 너도 알지, 내가 어머니에게 꼼짝 못하는 마마보이라는 거. 미안해. 다음에 보자."

사실 태준은 마마보이가 아니다. 그건 아는 사람은 다 안다. 태준은 둘러댈 말을 찾다가 세상에서 자신이 가장 지켜야 할 존재라고 생각하는 어머니가 떠오른 것이다. 별것 아닌 것 같지만 커피값이나 영화 관람료 모두가 자기 삶을 온전히 치러야 하는 스물다섯의 태준에겐 부담스럽기만 하다.

김태식

태식은 공중전화 부스에 들어가서 어딘가에 전화를 걸고 있다. 버튼을 누르고 한참을 기다린 그의 입이 어렵게 열린다.

"여보, 나야 나. 어떻게 지내고 있어?"

태식이 전화를 건 이는 아마도 부인인 모양이다. 크게 벌여 놓은 사업이 망하고 태식이 사기죄로 수감된 이후 아내는 두 딸아이와 함께 친정이 있는 도시로 내려가서 작은 식당을 열었다고 한다. 사실 그 식당은 태식의 장모님이 하던 것이었는데 그 일을 물려받은 것이다. 태식이 부인을 보러 가지 못하는 것은 그의 알량한 자존심 때문이기도 하고 자책감 때문이기도 한데, 자신이 부인과 딸아이들에게 말도 못할 상처를 줬다는 것을 알고 있기 때문이다. 자신이 하는 일이 잘 풀리지 않을 때나 다른 사람들로부터 멸시를 당했을 때 태식은 부인과 아이들에게 모든 화를 풀었다. 한번은 술을 마시고 휘발유 일 리터를 사 들고 집에 들어가서는 벌벌 떠는 부인과 아이들 앞에서 다 죽어버리자고 엄포를 놓으며 휘발유를 방 안 곳곳에 뿌리기도 했다. 그때 라이터로 불을 댕겼다면 어찌 되었을까. 모든 것, 그러니까 불행도, 불운도, 치욕도 다 끝났을까. 사실상 그때 태식은 이미 가장으로서의 지위를 스스로 내려놓은 셈이다.

"여보, 나야, 무슨 말이든지 해봐. 나도 지금 최선을 다하고 있단 말이야."

여전히 태식은 대답 없는 송수화기에 대고 소심하고 자신 없는 목소리로 한때는 가장 가까웠던 가족을 부르고 있다.

박준표

편의점에는 오늘따라 손님이 많다. 저쪽 간이 테이블 앞에서는 중학생으로 보이는 아이들 셋이 왁자지껄 떠들며 컵라면을 먹고 있다. 음료수와 과자와 캔 맥주 등을 손에 들고 계산대 앞에 줄을 선 사람들이 네댓 명이다. 준표는 간밤부터 아침까지 설렁탕집에서 일을 한 피로가 풀리지도 않았을 텐데 친절하게 웃으면서 손님들을 맞는다. 편의점 주인은 언젠가, 준표의 나이가 많은 편이어서 처음에는 일을 맡기는 것을 꺼렸는데 밝고 선한 인상을 보고 믿음이 생겨서 일을 맡긴 것이라고 준표에게 말한 적이 있다. 편의점 주인의 눈은 결과적으로 정확했던 것이다. 준표가 계산대에서 손님들이 고른 물건값을 받고 있는 사이, 라면을 먹고 있던 아이들이 자리에서 일어난다. 준표가 계산대 앞의 손님들 너머로 그들을 바라본다. 담뱃값을 계산하려 할 때, 준표의 눈이 천장 구석에 매달린 볼록거울을 향하고, 그 볼록거울 안에서 한 녀석이 머리칼에 바르는 왁스를 몰래 호주머니에 넣고 있는 것을 본다. 편의점에서 심심찮게 일어나는 절도다. 계산대 앞이 복잡한 틈을 타 아이들이 빠져나간다. 하지만 준표는 그들을 제지하지 않는다. 아무 일이 일어나지 않은, 무심한 편의점의 평일 오후 같다.

2013년 2월 15일 오후 3:00

노희상

하릴없이 집 앞 천변을 둘러보고 집에 들어온 희상은 아내의 당부대로 아들의 방부터 들어가본다. 그런데 아들의 방문을 열기도 전부터 안에서 가느다란 신음이 들려온다. 희상은 가슴이 덜컥 내려앉는 기분이다. 방에 들어가니, 환자의 방에서 나는 눅눅한 냄새가 코를 찔러온다. 희상은 아들 곁으로 다가가서 이마를 짚어본다. 이마에는 약한 열이 있는데, 아들의 얼굴엔 땀이 흥건하다. 아들은 가느다란 신음을 내면서 물을 찾는다. 희상은 주방에서 따뜻한 물을 한 컵 떠 와 아들에게 준다. 물을 마시던 아들이 물컵을 손에서 놓친다. 물이 아들의 앞섶과 이불을 적신다. '이놈의 자식이 이젠 물컵도 제대로 못 쥐네.' 희상은 속에서 눈물이 나올 것만 같다. 어려서부터 잦은 병치레로 마음을 쓰게 했던 아들이다. 그것이 변변찮은 형편에 잘 먹이지 못해서 그런 것이 아닌가, 하는 데에 생각이 미치면 희상은 죄스럽기까지 하다. 아들이 건강해져서, 온 가족이 함께 따뜻한 봄날 여행이라도 가보는 게 희상의 소원이다. 대통령도 바뀌는데, 우리 삶도 바뀌어야 하지 않겠는가. 그런데 그것이 넘보지도 말아야 할, 다른 사람 몫의 행복일까.

이태준

태준은 여전히 토익 교재를 푸는 것에 열중이다. 금요일 오후, 도서관에서 공부하던 친구들도 어지간히 빠져나갔지만 태준은 꼼짝도 하지 않는다. 토익 교재 안에 자신의 삶을 자신이 생각하는 대로 이끌고 갈 모든 솔루션이 들어 있다고 믿는 것 같다. 그때 태준의 스마트폰 진동이 다시 울린다. 이번에는 어머니의 문자다.

"아들, 오늘 저녁에 바지락칼국수 해 먹자. 엄마가 준비 다 해놨어. 여섯시까지는 집에 오렴."

태준은 미소를 지으며 곧장 답 문자를 보낸다.

"오, 엄마표 칼국수 제가 제일 좋아하죠. 알았어요. 여섯시까지 갈게요.^^"

2013년 2월 15일 오후 4:30

성만갑

점심 먹고 일을 하다 보니 어느새 다섯시가 다 되었다. 이제 거의 일을 마무리할 시간이다. 뉘엿뉘엿 저물어가는 저 황혼의 서녘이 보기에 참 좋다. 열심히 일한 사람만이 온전히 감상할 수 있는 풍경 아닐까. 그런데 현장 사무소 쪽이 또 시끄럽다. 명일의 작업 명령서를 확인받기 위해 그쪽에 다녀온 P가 고개를 주억거리면서 딱히 누구한테 들으라고 하는 것 같지 않은 목소리로 말하는 것을 만갑이 듣는다.

"계속 옹벽 쪽에서 무슨 소리가 들린다고 민원이 들어온다는데, 무슨 일일까."

그러자 차씨가 뭔가를 알아냈다는 표정으로 그 말을 받는다.

"아, 이제 알았다. 그거, 나중에 여기에 건물 들어서면 뭐 일조권이니 이런 걸로 소송을 걸려고 미리 기선 제압하려고 선수 치는 거 아닐까유. 이 동네 주민들이 말이에요."

만갑은 여전히 뉘엿뉘엿 저물어가는 석양을 바라볼 뿐 아무런 말이 없다. 어서 집에 가서 적당히 피로에 전 몸을 누이고 싶을 뿐이다.

김태식

태식은 노숙할 때 길에서 만난 친구 O를 만나러 O가 일하고 있는 재활용센터 앞에 와 있다. O는 태식과 함께 자활 프로그램을 이수한 이후에 태식보다 사회 적응을 잘해서 구청에서 운영하는 재활용센터에 취직을 했다. 태식은 오늘처럼 마음이 답답할 때는 O를 찾곤 한다. 아무래도 밑바닥의 삶을 함께 경험한 처지이기에 O가 자신의 마음을 가장 잘 알아주리라 믿기 때문이다. 아닌 게 아니라 O를 만나고 나면 꽉 막혔던 가슴이 어느 정도 뚫리는 기분이 들곤 한다. O는 술을 받아주기도 하고 밥을 사주기도 하면서 태식의 말벗이 되어주었다. 재활용센터 작업장에서 막 분류 작업을 마친 O가 태식을 보고 다가오자 태식이 살뜰하게 말을 붙인다.

"일 다 끝났지? 그럼 어디 가서 막걸리나 한잔하는 거 어때. 자네가 한턱 내게."

태식은 여느 때처럼 살뜰한 정을 표현하며 말을 붙였는데, 알 수 없게도 O의 표정이 예전 같지 않다.

"이봐 태식이, 미안하지만 나 술 끊었네. 담배도 끊고. 이젠 일하는 게 제일 즐거워."

"그래도 막걸리 한 잔 정도는 할 수 있잖아."

"태식이, 한 잔이 두 잔 되고 두 잔이 열 잔 되고 그러면 우린 다시 길바닥으로 내몰릴 수밖에 없어. 나는 그런 인생 다시는 살고 싶지 않네. 자네도 마음을 좀 독하게 먹으라고."

"아니, 무슨 일 있었나. 갑자기 왜."

"정말 미안한 말이지만, 술 마실 생각이라면 날 다시는 찾지 말게. 그리고 오늘 나는 선약이 있어서 일찍 들어가봐야 해."

O는 그러면서 태식의 등을 살짝 떠밀기까지 한다. 태식은 O의 예상 밖의 행동에 당혹스러움과 서운함을 함께 느낀다.

박준표

여전히 편의점에서 일을 하고 있는 준표는 메모지 한 장을 뜯어 자필로 다음과 같은 글을 적기 시작한다.

"2월 15일 12시경 본 편의점에서 왁스를 빌려 간 학생은 저에게 개인적으로 연락을 주세요. 그 왁스 비용은 일단 제가 지불했어요. 편의점 알바 박준표. 전화번호 010-○○○○-○○○○."

준표는 메모지를 편의점 외벽에 투명 테이프로 붙인다. 마침 편의점 앞 법무사 사무실에서 일하는 단골손님이 편의점에 들어오면서 그 메모지를 본 모양이다.

"준표 씨, 저거 무슨 말이에요?"

준표가 자초지종을 설명하자 손님이 고개를 끄덕이면서, 이렇게 말한다.

"요즘 애들이 정말 영악한데, 저런 선심이 읽힐까."

"글쎄요. 연락이 오면 좋겠지만 안 와도 낙심은 안 하려고요. 적어도 양심의 가책을 느끼긴 할 테니까요. 당장 저에게 연락을 해 올 용기는 없어도 자라나는 청소년들이 자기 양심을 들여다볼 기회를 가진다면 그보다 더 큰 소득이 또 있을까요."

"거참, 준표 씨 보면 볼수록 물건이란 말이야. 연락이 오면 내게도 알려줘요."

손님은 그러면서 말보로 한 갑을 주문한다.

2013년 2월 15일 저녁 7:00

성만갑

만갑은 일당 팔만 원을 수령하고 차씨와 가볍게 막걸리 한 잔을 걸친 후 버스를 타고 집으로 돌아가는 길이다. 동네 정류장에 내려 귤 한 봉지와 손주 녀석이 유독 좋아하는 치킨을 산다. 집에 들어오니 손주 녀석이 제일 반긴다. 하루의 피로가 싹 가신다.

"할아버지 오셨어요?"

"응, 할아비가 우리 강아지가 좋아하는 치킨 사 왔다."

"와, 신난다. 엄마 거봐, 내 말이 맞지?"

아이가 깡충깡충 뛴다.

"아이, 아버님도 이런 걸 왜 사 오셨대요. 근데 참 신기하네요. 애가 오늘은 할아버지가 치킨을 사 올 것 같다고 아까부터 자기는 저녁 안 먹고 할아버지 기다리겠다는 거예요."

며느리가 재미있다는 표정으로 활짝 웃으며 그렇게 말할 때, 만갑은 나이를 먹고도 일을 할 수 있는 건강과 용기를 자신에게 허락한 누군가에게 정말로 고맙다.

노희상

희상은 간단히 집안 청소를 하고 자기 옷과 아들의 옷가지, 수건과 양말 등을 넣고 세탁기를 돌린다. 일을 나가지 않는 날에는 집안일을 거드는 것이 그나마 아내에게 덜 미안하기 때문이다. 아내는 수건과 양말을 같이 넣고 돌리는 것을 타박하지만, 희상 입장에서는 따로따로 돌리는 것이 여간 번거로운 일이 아니다. 초인종이 울리고 현관문을 열자 병원 일을 마치고 온 아내가 서 있다. 아내는 피곤한 기색이 역력하지만, 집에 들어서면 다시 가정의 중심이 된다. 몸 상태가 다소 호전된 아들은 자신의 방에서 컴퓨터를 들여다보고 있다. 무난한 저녁이다. 기쁜 일도 없지만 그다지 나쁜 일도 일어나지 않은 하루다. 아내는 고등어를 굽거나 된장찌개를 끓일 것이고, 희상은 오늘 하루 충분히 충전을 했으므로 내일 아침에는 일당 팔만 원을 벌기 위해 인력시장에 나갈 것이다. 아들은, 투석을 하면 또 몇 달은 잘 버텨줄 것이다. 그래, 행복하길 바라지 말고 불행하지 않기만을 바라자. 희상은 평소의 희상답지 않게 어떤 관조, 혹은 달관에 가닿는 생각을 하며 아내가 주방에서 저녁을 준비하는 모습을 지켜보고 있다.

이태준

태준은 엄마와 함께 식탁에 앉아 있다. 그들은 마주 보고 싱싱한 바지락이 가득 든 칼국수를 먹는 중이다.

"엄마가 만든 칼국수는 정말 대한민국 최고야. 어딜 가도 이런 걸 먹을 수가 없어."

"칫, 엄마를 띄워주려는 건 알겠는데, 네가 우리나라 칼국숫집을 다 가본 것도 아니잖아."

"다 가봐야 아는 건 아니죠. 표본조사라는 게 있는 건데. 근데 정말 맛있다."

"그래, 이렇게 맛있게 먹어주니 고맙네. 네가 있어서 얼마나 든든한지 몰라. 우리 아들은 이 엄마의 전 재산인 거 알지."

"당연히 알죠. 걱정하지 마세요. 제가 정말 엄마 행복하게 해줄게. 참 엄마, 저 내일은 좀 일찍 나가려고요. 다섯시 반에는 나가야 하니까 아침에 제가 없어도 놀라지 마세요."

태준은 내일 인력시장에 나가서 교잿값이라도 벌어야겠다는 생각을 이미 굳힌 상태다.

"너 혹시 또 공사판 나가려는 거 아니니?"

"아, 아니에요. 토익 학원 새벽반을 공짜로 들어보는 자리가 있는데 한번 들어보려고요."

"응 그래. 공사장 일 너무 위험하니까, 공부만 열심히 해. 엄마도 뭐든 일을 시작할 거니까. 알았지?" 태준은 엄마의 걱정을 스스로 털어내려는지 씩씩하게 한마디 한다.

"엄마, 저 국물 좀 더 주세요."

김태식

재활용센터에서 일하는 친구를 꼬드겨 막걸리나 얻어먹으려던 계획이 무산된 터에 무안까지 당한 태식은 O에게 몇 마디 쓴소리를 퍼붓고 싶었으나, 그가 딱히 틀린 말을 한 것도 아니어서 꾹 참고 집으로 돌아오는 길이다. 그런데 그는 동네 구멍가게에서 기어이 두부 한 모에 막걸리 한 병을 산다. 저녁 대신 막걸리와 두부를 먹고 푹 자고서는 내일 아침 인력시장에 나갈 계획인 것이다.

박준표

준표는 편의점에서 일하는 동안 창밖을 통해 거리를 오가는 사람들을 구경하는 것을 매우 좋아한다. 편의점 앞에는 넓은 폭의 횡단보도가 있는데, 횡단보도를 통해 오가는 사람들의 입성과 표정을 살피는 것이 그렇게 재미있을 수 없다. 그것은 연출되지 않은, 서로 약속하지 않은 다큐멘터리 같기에. 산속에서 수도승으로 살 때, 그는 아집을 버리면 모든 삼라만상의 본질에 가닿을 수 있다고 믿었다. 그런데 생각해보면, 그것 또한 아집이 아닌가, 라는 생각이 들었다. 삼라만상의 본질에 가닿고 싶다는 생각 때문에 정작 삼라만상의 본질을 보지 못하는 거라는 생각. 만물의 본성이란 스스로 그렇게 있는 것일 텐데, 어찌 그것을 내가 내 머릿속에서 그릴 수 있을까. 준표, 아니 월하 스님은 머릿속의 아집을 깨버리지 않고서는 절대 만물의 본성을 볼 수 없으리라 느끼고 표표히 절을 내려왔던 것이다. 그는 매일 거리를 지나가는, 편의점에서 마주치는, 설렁탕집에서 음식을 먹는 수많은 사람들의 표정과 말 한마디 한마디가 어느 것 하나 허투루 쓰인 사경(邪經)은 아니라는 생각이 들었다.

2013년 2월 15일 저녁 9:00

성만갑

만갑은 아직 뉴스가 끝나지 않은 TV를 끈다. 그는 포만감과 안정감, 만족감 속에서 일찍 잠을 청하기로 한다. 내일도 판교 공사 현장에 나가야 하기 때문이다. 판교 공사 현장에서는 앞으로도 약 한 달 동안 고정적인 일을 할 수 있을 것이다. 현장 소장과 인력소개소 소장으로부터도 확약을 받은 것이다. 그곳에서 일하는 인부들과도 호흡이 잘 맞는 편이다. 터파기 공사가 본격화되면서 내일은 추가로 새로운 인부들이 투입된다는 얘기가 있었지만 만갑의 지위는 변함이 없다. 그리고 곧 봄이 올 것이다. 그러면 손주 녀석은 초등학생이 된다. 젊었을 때 잠깐 말 안 듣고 방황하던 아들도 자기 아들이 자라나는 것을 보면서 느낀 것이 있는지 이제는 철이 바짝 들었다. 며느리도 순종적이고 지혜롭다. 일찍 떠난 아내만이 불운했던 것 같다. 그는 불현듯, 못 견디게, 사무치게 아내가 보고 싶다. 꿈속에서만이라도 아내를 만날 수 있다면.

노희상

아들 방에 들어가서 약을 챙겨주고 나오는 아내를 보며 희상이 부러 명랑한 표정으로 말한다.

"여보, 이리 와봐요. 내가 안마를 좀 해줄게. 오늘 일을 안하고 공을 쳤으니 밥값이라도 해야지."

"아이고 됐어요. 무슨 안마를. 남사스럽게."

"하하, 부끄러운가 보네."

"됐어요. 오늘은 일찍 자요. 내일은 일 나간다고 했죠?"

"응, 내일은 무조건 나가야지. 날씨도 나쁘지 않다고 하니, 틀림없이 일할 만한 데가 있을 거야. 근데 박근혜가 정말 우리나라를 잘 이끌어나갈까."

희상은 TV 속 뉴스 화면을 보면서 말한다. 화면 속에는 박근혜 대통령 당선인이 나오고 있다.

"그러기를 바라야죠. 젊은 사람들은 박근혜를 무지 싫어하는 것 같던데. 그래도 대통령이 됐으니 잘하기를 바라야죠."

이태준

태준은 자신의 방에서 음악을 들으며 스마트폰으로 세라에게 문자를 보내고 있는 중이다. 아무리 생각해도 오늘 낮에 보낸 문자가 마음에 걸렸기 때문이다. 태준은 세라의 마음을 지금 당장은 받아주지 못하더라도 자신을 좋아하는 마음 때문에 세라가 슬픔 같은 것을 느끼게 하는 일은 없도록 하자고 다짐한다. 태준은 이렇게 타이핑을 하고 있다.

"세라야, 오늘 잘 지냈어? 나도 너랑 커피도 마시고 싶고 영화도 보고 싶어. 그런데 오늘은 사실 내가 참은 거야. 참고 참고 참다가 너와 마시는 커피가 더 맛있고 참고 참고 참다가 너와 보는 영화가 더 재밌을 것 같아서. 세라야, 다음 주 주말엔 너와 꼭 영화를 보고 싶은데, 맛있는 스파게티 같은 것도 먹고 싶고. 허락해줄 수 있겠니?"

답 문자가 온 것은 일 분도 지나지 않아서다.

"선배, 허락하고말고.^^ 벌써부터 설렌다. 다음 주말이 빨리 왔으면."

"그래 세라야, 다음 주가 나도 빨리 왔으면 좋겠어. 난 오

늘은 일찍 잘 거야. 내일 아침 일찍 일어나야 하거든. 세라 너
도 잘 자고 우리 꿈속에서 만나자."

김태식

태식은 쪽방의 한기 때문에 이불을 둘둘 말고 방바닥에 앉
아 막걸리를 마신다. 그러곤 두부를 잘라 김치에 싸서 입에
집어넣는다. 그의 가족은 멀리 떨어진 도시에 살고 있다. 태
식은 가족에게 돌아갈 수가 없다. 돌아가고 싶은 마음은 있지
만 돌아가지 못하는 것이다. 법이 그를 가족과 떨어뜨려 놓은
것도 아니고, 풍습이 떨어뜨려 놓은 것도 아니고, 어떤 명령
이 떨어뜨려 놓은 것도 아니다. 그들을 떨어뜨려 놓은 건, 어
쩌면 삶 자체인지도. 태식은 막걸리를 마시면서 코를 푼다.
냉랭한 방에서 지내다 보니 생긴 비염 때문에 그는 언제나 술
을 마시면 콧물이 나온다. 언제까지 그의 이런 유배는 계속될
까. 태식은 이제 그것조차 궁금하지 않은 듯 무심한 표정으
로, 아니 달관한 표정으로 막걸리를 생두부와 함께 먹는다.

'내일 인력시장에 꼭 나가야 한다. 내일 인력시장에 나갔는
데 일이 없으면 어떡하지. 내일 비나 눈이 오면 어쩌지.'

일기 예보를 확인하지 못한 태식의 머릿속엔 오직 이 생각
뿐이다.

박준표

편의점 교대 시간이 되어 카드 전표와 캐시, 매출액 체크를 막 마쳤을 때 물건을 사러 자주 오는 편이어서 낯이 익은 어떤 여자가 편의점에 들어온다. 그녀는 편의점에서 가까운 ○○화원에서 일하는 아가씨다. 나이는 서른이 막 넘었을까. 그녀는 물건을 고르지도 않고 카운터 앞으로 오더니 다짜고짜 준표에게 약간 두툼한 부피의 봉투를 내밀고는 빠르게 나가버린다. 봉투에는 꽃무늬가 그려져 있다.

준표는 멍하니 여자의 뒷모습을 바라보다가, 봉투의 내용물을 꺼낸다. 초콜릿이다. 그리고 작은 카드 하나가 뚝 떨어진다. 준표가 이 세상에서 가장 고요한 표정으로 그 카드를 열어본다. 거기에 이렇게 쓰여 있다.

"어제가 밸런타인데이였는데, 제가 몸이 아파서 전하질 못했어요. 제가 이 세상에서 초콜릿을 주고 싶은 단 한 사람이 바로 당신이에요. 하루 늦은 것을 용서해주세요."

준표의 가슴에 물기가 돋는다. 준표는 무언가에 취한 사람처럼 인수인계를 마치고 거리로 나선다. 그러곤 거리를 뛰어가기 시작한다. 그의 손엔 초콜릿과 카드가 들려 있다. 가슴이 뛴다. 심장이 뛴다. '누군가가 나를 지켜보고 있다. 더 열심히 살아야 해.' 자신도 모르게 맹세하듯, 주문을 외듯 외친다. 내일은 토요일이다. 준표가 인력시장에 나가는 날로 정해둔 날. 그에게 또 다른 삶이 시작될.

2013년 2월 16일 아침 08:25

판교 터파기 공사장 붕괴 사고 발생

2013년 2월 16일 오전 11:00

TV 뉴스 자막 속보 "판교 터파기 공사장 붕괴, 일용직 노동자 5명 사망, 8명 중경상"

현재 사망자 명단 노희상(57) 이태준(25) 김태식(42) 박준표(34) 성만갑(65) 이상 분당 제생병원.

사소설을 위한
몇 장의 음화

소설가 K는 어느 날, 자신의 삶이 수백 수천 조각의 파편으로 분절되어 있다는 것을 발견하고 경악한다. K에게 그것은 마치 토막 난 사체처럼 끔찍하게 느껴진다. 소설이 흩어진 개인의 삶을 재구성하고 복원하는 데 가장 용이한 장르라면, K는 마땅히 자신이 그 작업을 수행해야 한다고 생각한다. 소설이 그것에 주체적으로 관여하는 대상을 구원할 수 있다면, 작가는 마땅히 자기 자신의 시간을 탐색하여 그 시간에 걸쳐 있는 이야기의 파편들을 고고학자처럼 수집해야 한다고 말이다. 그런 노력을 게을리한다면, 시간이 인간의 의식에 새겨놓은 모든 의미들은 멸실되고 말 것이다. 거기까지 생각이 미치자 K는 문득 두려움을 느낀다. 자신의 실제 이야기에 서사를 기대는 것, 편의상 그것을 사소설이라고 부를 수 있다면 K는 사소설에 어떤 희망이 있을지도 모른다고 생각한다. 그는 그래서 그동안 겨우 수집한, 사소설을 위한 몇 장의 음화를 끄집어내기로 한다.

첫번째 밑그림 : 개

나는 가장 먼저 개에 대해 말하려고 한다. 그 안타깝고 사랑스러운 것의 환상 혹은 실존의 방식에 대해.

우리가 살고 있는 이 세상에 개라는 오묘한 생명이 있는 이상에는, 개에 대해서 이야기하는 것을 멈춰서는 안 된다고 믿는다. 물론 개에 대해서 이야기한 사람들*이 전혀 없었던 것은 아니다. 나는 그들의 이름을 꽤 여러 명 알고 있고 그들이 묘사한 개들의 기묘한 표정들을 마음만 먹으면 언제든지 눈앞에 떠올릴 수 있다. 그들은, 내가 보기에는 나름대로 충실하게 개를 묘사했다. 하지만 개들의 영묘한 영혼까지 묘사한, 영혼에 서린 신비로운 적막까지를 정확하게 묘사한, 그렇게까지 집요하게 개를 관찰한 사람은 아직 없었던 것 같다. 그

---

* 개를 소재나 주제로 한 것 중 국내에 소개된 문학작품은 로제 그르니에의 『내가 사랑했던 개, 율리시즈』, 산도르 마라이의 『성깔 있는 개』, 김훈의 『개』, 그라시엘라 몬테스의 『오! 행복한 카시페로』, 아지즈 네신의 『개가 남긴 한마디』, 김숨의 「투견」, 「노란 개를 버리러」, 바바라 오코너 『개를 훔치는 완벽한 방법』, 체호프의 『개를 데리고 다니는 부인』 등이 있다.

것이 내가 개에 대해서 말하기로 결심한 이유다.

　나는 앞에서 방금 개의 영혼이 영묘하다는 식으로 말했는데, 그렇게 말한 까닭은 어느 날 역설적이게도 개의 영묘함이란 것이 철저하게 숨겨져 있고 위장되어 있다는 것을 발견했기 때문이다. 그 순간 나는 바로 그것에 개의 영묘함의 본질이 들어 있다고 확신했다. 또 하나의 영묘한 동물이랄 수 있는 고양이와 비교하면 그와 같은 사실은 매우 자명해진다. 고양이의 영묘함은 눈에 금방 드러나는 것이다. 그렇기에 그것은 매우 자명하고 가시적이다. 고양이의 게으른 수염과 우아한 자태, 심장을 파고드는 울음소리와 영원할 것 같은 침묵, 표독스러운 눈초리와 앙증맞은 발톱을 보라. 고양이의 영묘함은 고양이와 반나절만 지내봐도 금방 발견할 수 있는 것이다. 하지만 개는 그렇지 않다. 개들은 좀처럼 자신들의 영묘함을 보여주지 않는다. 개들과 일 년을 같이 지내고 오 년을 같이 지내도 개들은 자신이 어떤 존재인지를 설명하지 않는다. 대신 그들이 보여주는 모습이란 대개가 굽실거리고, 끙끙대고, 아부하고, 배를 보이고, 혓바닥을 날름거리는 자못 바보스러운 짓들이다. 이렇듯 개들은 대체로 자신이 죽을 때까지 단 한 번도 자신의 영묘함을 보여주지 않는다. 비 맞은 유기견들이 큼큼 코를 벌름거리며 저잣거리에서 기식을 하는 장면을 나는 여러 번 보았는데, 그때까지만 해도 도저히 개에게 영묘한 영혼이 있으리라고는 상상도 할 수 없었다.

하지만 나는 개에게 영묘함이 있음을 증명하는, 치명적일 만큼 결정적인 장면을 목격한 적이 있다. 열한 살 때였다. 그 시절 우리 집은 도시와 농촌의 모습이 어지럽게 혼재되어 있는 소읍에 있었다.

당시 집에서는 '피터'라는 이름의 개를 키웠다. 피터는 문학적 감성이 풍부한 나의 어머니가 지어준 이름이다. 아마도 어머니는 피터라는 이름에서, 동유럽 어느 유서 깊은 왕조의 공작 이름을 떠올렸거나, 푸른 눈동자와 금발의 배우를 떠올렸을 수도 있다. 나를 포함한 가족들도 피터라는 이 특별한 이름을 좋아했다. 그 당시에는 아무도, 특히 소읍에서는 개에게 피터라는 이름을 붙이지 않았기 때문이다. 하지만 사실 어머니가 피터라는 이름을 지어준 개는 전혀 우아하지 않은, 시골이나 소읍의 어느 집에서든 볼 수 있는 평범한 잡종견이었을 뿐이다. 새끼 때 어느 집 농장에서 얻어 온 이 개는 우리 가족이 먹다 남긴 밥을 먹으면서 무럭무럭 자라 곧 늠름한 황구의 자태를 갖게 되었다. 가족들에게는 꼬리를 흔들면서 주저앉고, 낯선 사람들을 향해서는 곧잘 짖어대던 꽤나 사랑스러운 개였다. 그런데 어느 날 아침, 피터는 싸늘한 주검으로 발견되었다. 엊저녁까지 사자처럼 용맹스럽고 늠름하던 개가 하룻밤 사이에 이렇게 목각처럼 죽다니. 어린 나이에도 나는 뻣뻣하게 죽어 있는 개의 사체를 보고 어떤 공포감, 아니 정확히 말하면 죽음이라는 것에 대한 경외감 같은 것을 느낄 수 있었다. 그것은 확실히 슬픔에 앞서는 감정이었다. 아버지는 옆집에서 손수레를 빌려 마대 자루에 죽은 개의 주검을 넣었다. 학교에서 과학을 가르치는 선생님이었던 아버지는 매사에 매우 깔끔했던 사람으로 죽은 개의 사체 처리에 한 치의 빈틈이나 망설임도 없었다. 아버지는 그 개의 사체를 개울가에 있는 자갈밭에 묻을 심산이었다.

나는 개의 사체가 실린 손수레를 끌고 있는 아버지를 도와, 뒤에서 손수레를 밀었다. 마대 자루가 약간 작았는지, 자루 밖으로 개의 뒷다리가 삐죽 나와 있었는데, 나는 그것이 이물스럽기도 했지만 한편으론 무척이나 애잔해 보였다. 그것은 열한 살의 나에게 삶과 죽음의 질곡을 굽어보게 하는 어떤 영감을 주기까지 했다.

집에서 개울 자갈밭까지는 일 킬로미터 정도 떨어져 있었고, 그쪽으로 가기 위해서는 동네의 노인정을 지나가야 했는데, 그 노인정 앞을 지날 때, 동네의 하릴없는 아저씨들이 모여 담배를 피우고 있는 모습이 보였다. 아버지는 수레를 끄는 걸음을 보다 재게 했다. 삐죽 나온 개의 뒷다리는 울퉁불퉁한 길바닥에 반응하는 수레의 요동에 따라 위아래로 흔들렸고 그것을 보는 내 눈동자도 덩달아 물에 뜬 달처럼 흔들렸다. 그리고 아저씨들의 무리를 지날 때, 술꾼으로 동네에서 유명한 한씨 아저씨가 수레를 끌고 가는 아버지와 나, 그리고 수레에 실린 마대 자루를 흘끔 쳐다보더니 이렇게 말하는 것이었다.

"그 집 개가 죽었나 보군. 어이 김 선생, 그거 우리에게 내려주고 가지."

그러자 아버지는 얼굴이 벌게지며 이렇게 말했다.

"약을 먹고 죽은 개예요. 잘 묻어줘야죠."

나는 개가 약을 먹고 죽었다고 대답하는 아버지의 말을 듣고서야, 개를 내려놓고 가라는 한씨 아저씨의 말이 무엇을 의미하는 것인지를 깨달을 수 있었다. 그들은 죽은 개의 사체를 보신용 고깃거리로 생각하는 것이었다. 사실은 개가 약을 먹었다는 아버지의 말이 진실이었는지, 아니면 한씨 아저씨의 말에 대한 응수로 부러 지어낸 것인지 아직까지도 확인할 길이 없다. 아버지는 아저씨들의 무리를 빨리 벗어나고자 그랬는지, 손수레를 더욱 알심 있게 끌었다. 그러자 이번엔 한씨 아저씨와 짝패인 강씨 아저씨가 거드는 것이었다.

"에이 그러지 말고 여기 내려놓고 가. 내장만 안 먹으면 되는데, 뭘."

"아니요, 묻어야 해요. 이 불쌍한 것을 어떻게."

아버지는 내처 그렇게 말하고, 뒤도 돌아보지 않고 피터의 주검을 실은 수레를 바투 끌고 나아갔다. 그러자, 뒤에서 아저씨들이 혀를 차는 소리가 들려왔다. 그것은 안타까움의 표현인 것 같기도 하고 아버지에 대한 비웃음의 표현 같기도 해서 공연히 내 뒤통수가 불편했다.

아버지와 나는 물가에서 떨어진 자갈밭 양지바른 곳을 곡괭이와 삽으로 파내고 피터의 주검을 묻었다. 나는 아버지가 지켜보는 가운데, 돌무덤 위에 삼층 높이의 돌탑을 쌓아주었다. 한 번도 죽음의 의식을 경험해보지 못했던 어린 나이였지만, 막연히 그렇게 하는 게 죽은 피터를 위하는 것이라고 생각했던 것 같다. 모든 죽음은 산 자를 깨운다는 것도 그날 알았다.

그러고 이틀인가 지나고, 나는 집에 놀러 온 친구들에게 피터의 무덤을 보여주고 싶은 생각이 들었다. 무덤 위에 쌓은 돌탑이 잘 있는지도 궁금했을 것이다. 친구들은 피터의 근사한 돌무덤을 보여주겠다는 말에 좋다고 나를 따라나섰다. 나는 친구들을 따라 아버지와 함께 수레를 끌고 갔던 그 길을 되짚어 개울가 자갈밭으로 갔다. 개로 태어나 동유럽 왕족의 이름으로 살았던 한 생명이 안식을 취하고 있을 그곳에. 결론부터 말하면 나는 그날 그곳에서 개의 부인할 수 없는 영묘함을 발견하게 되었다. 분명히 이틀 전, 아버지와 내가 피터를 묻었던 곳의 자갈들은 낱낱이 파헤쳐져 있었고, 그 자리에는 텅 빈 묘혈처럼 마른 바닥만이 드러나 있었다. 피터는 어디에도 없었다. 피터는 부활한 예수님처럼, 예수님의 명령으로 다시 일어난 나사로처럼 죽은 자 가운데서 다시 살아나서 알 수 없는 곳으로 사라진 것이었다. 피터의 무덤은 동네 아저씨들에 의해 파헤쳐졌고, 피터는 아마도 갈기갈기 해체되어 펄펄

끓는 가마 속에서 고단백의 고깃점으로 익어갔으리라는 매우 온당한 추정은 그래서 별다른 의미를 가질 수 없었다. 그런 추정이 가능하다고 하더라도 나는 피터가 증명한 영묘함이 훼손되지 않는다고 생각한다. 무덤 속에서 부활해서 고깃거리로 동네 술꾼들의 왁자한 식탐의 대상이 된 것부터가 매우 특별하고 거룩한 삶의 종적이 아니겠는가. 개에 대해서 하고 싶은 얘기는 무궁무진하나, 밑그림을 그리기 위해 준비된 지면 관계상, 개의 이야기는 여기에서 줄이겠다.

두번째 밑그림 : 책

1999년 소설가로 데뷔한 이후 나는 지금까지 열다섯 권의 책을 펴냈다. 소설책이 여섯 권, 그리고 산문집이 네 권, 성인을 위한 동화집이 한 권, 시인 열다섯 명과의 대화를 묶은 인터뷰집이 한 권, 시집이 두 권이다. 세간의 평가와는 관계없이, 나는 내 이름으로 열 권이 넘는 책을 가지고 있다는 것에 제법 큰 자부심을 느낀다. 그것은, 이런 비유가 썩 적절치 않다고는 생각하지만, 열다섯 대의 차를 가지고 있는 것보다도 훨씬 더 큰, 아니 그것과는 비교할 수 없는 마뜩한 긍지를 가져다주는 자부심이다. 그리고 나는 지금, 직업적으로 책을 만드는 일을 하고 있다. 어찌 됐거나, 삶을 구성하는 외견적 특질로도 책과 나는 매우 밀접한 관계인 것이다.

사실 책은 내게 친구와 같은 것이다. 지금까지도 그랬지만 나는 남아 있는 나의 생에서 책처럼 믿음직스럽고 우직한 친구를 다시는 둘 수 없으리라 확신한다. 나는 책과 다투기도 하고, 책과 함께 점심을 먹기도 했으며, 심지어는 책을 앞에 두고 만취할 때까지 술을 마시기도 했다. 나는 책을 어디로든 데려가기를 원했고 실제로 그렇게 했다. 이 정도면 책은 인격을 가진 타자적 존재로 간주될 만하다. 책은 내 감정이 수시로 변해도 언제나 표정 한 번 바뀌지 않았는데 그런 것을 보면 인내력이 대단하다는 생각이 드는 한편, 속으로는 별의별 수사를 동원해서 나를 흉볼지도 모른다는 상상을 하기도 한다. 책이 나에게 항상 너그러운 것만은 아니기 때문이다. 어떤 책은 나를 놀라게 하고 격정을 선사하기도 하며 사정없이 내 정신을 창백한 겨울의 벼랑쯤으로 내몰기도 한다. 나는 그래서 어느 날 책에 대해서 진지한 몽상에 잠길 기회를 갖게 되었고, 이런 이상한 산문을 쓰기도 했다.

의사를 만나기 전 나는 스스로 적어 넣은 병력의 책을 불태웠다. 그 책엔, 과거의 나는 상처를 입은 적이 있다라는 문장과 과거의 나는 아직 백치의 미래다 따위의 문장이 적혀 있다. 내가 처연한 눈으로 책의 상처를 바라보았을 때, 상처가 날 알아보았을 때, 내 눈도 상처를 입었으며, 나는 상처가 곧 단 한 권의 책이란 걸 알았다. 나는 나 자신이 쓰고 읽는 상처 입은 나의 책을 갖고 싶었다. 내가 책 안에 써

넣고 싶은 것은 상처의 내력과 모험, 그리고 불치의 희망 같은 것이었다. 상처 입은 책은 곧 책의 세포들인 문장을 감염시킨다. 상처가 무서운 건 감염과 전이 때문인데, 문장으로 상처가 감염되었을 때, 이미 책은 손을 쓸 수 없는 위대한 상태에 이른다. 지혜로운 의사는 환자에게 상처를 보이지 않는다. 환자가 상처를 보는 순간 환자는 회복의 의지를 상실하고 맹렬하게 상처에 순종하게 되기 때문이다. 결국 환자는 제 몸의 상처를 동경하게 된다. 환자의 책, 환자의 문장은 이런 지배와 구속의 암거래로 만들어진 것이다. 환자는 끝내 의사에게 자신의 가족력을 알리지 않는다. 의사는 최선을 다해 착각한다. 책이 환자가 몰래 키운 상처의 훌륭한 은유가 될 수 있는 건 이 때문이다.

우리 집에는 어렸을 때부터 책이 적지 않았다. 부모님 모두에게 독서 취미가 있었기 때문이다. 하지만 적어도 초등학교 4, 5학년 때까지는 책장에 꽂힌 수많은 책들이 나의 눈에 들어오지 않았다. 책장 속의 책은 나로서는 활용도를 알 수 없는, 성격을 가늠할 수도 없고 관계를 맺을 수 없는, 무엇에 쓰는 물건인지 알 수 없는 무생물이었을 뿐이다. 나는 오히려 집 뒤편의 개울이나 학교 운동장에서 살아 움직이는 것들과 보내는 시간이 더할 나위 없이 즐거웠다. 좀 더 노골적인 비유를 하자면 서가의 책들은 내게는 아버지가 별채를 지으려고 들여놓았다가 마당 한 귀퉁이에 쌓아둔 벽돌과 전혀 다를 게 없었다. 그토록 심상한 풍경이라니. 그런데, 신기하게도 그토록 눈에 띄지도 않던 책들이 어느 순간부터 한 권 한 권 눈에 들어오기 시작했던 것이다. 더 구체적으로 말하면 그 책들의 제목과 활자를 내가 언제부턴가 눈으로 읽기 시작했다. 나는 이와 같은 경험을 토대로 사랑은 곧 발견하는 것이라고 말했던 어떤 시인의 말을 지지한다. 그때 내 눈에 들어오기 시작했던 책들을 떠올려보면, 먼저 톨스토이 전집이 기억나고, 『한국근대소설선집』도 기억난다. 이광수의 소설도 있었고, 정비석과 유주현의 소설도 있었고 김승옥과 최인훈의 소설도 있었다. 낡은 『창작과비평』 계간지들과 『시상계』도 꽂혀 있었다. 그건 아버지의 책이었고, 어머니의 책은 『천로역정』이나 조용기 목사가 해제한 『신약성경』 같은 것이었다.

내가 직접적으로 손으로 만지고 펼쳤던 책들은 대개 큰형의 책장에 꽂힌 책들이었다. 『제인 에어』와 『말테의 수기』, 『유리알 유희』와 『달과 6펜스』, 『마의 산』과 『구토』, 『성』 같은 책들을 형의 책장에서 뽑아다 읽으며 사춘기의 정신을 앓았다. '스트릭랜드'였던가 서머싯 몸이라는 이상한 이름을 가진 작가가 쓴 『달과 6펜스』의 주인공에 대해서 나는 좀 분개했는데, 지금 그 소설을 다시 읽으면 충분히 그의 입장을 이해할 수도 있을 것 같다는 생각이 든다. 읍내 중심가에 있던 경양식집 '달과 6펜스'가 서머싯 몸의 소설 제목에서 따온 것이라는 걸 우리 반에서 나 혼자 알고 있다는 걸 확인했을 때는 자못 우쭐한 기분이 들기도 했을 것이다. 좀 더 나중에 『폭풍의 언덕』을 읽고 나서는 『제인 에어』라는 소설이 지나치게 센티멘털해 보였다. 그 소설을 쓴 이들이 자매 사이라는 사실이 얼마나 신기하고 재미있었는지. 그 시절에 나를 가장 경악시킨 소설은 조지 오웰의 『1984』였다. 어찌 됐건 교양소설류로 분류되는 것들을 읽으며 나는 그다지 특색이 없는, 유별날 것이 없는 성장기를 보냈다. 잠이 든 사이, 마루에 앉아서 강아지를 쓰다듬는 사이 내 영혼에 독이 고이고 있는지도 몰랐다.

이십대 초반부터는 본격적인 문학 수업이 시작된 시기였다. 닥치는 대로 문학 텍스트를 읽었다. 시집들을 죄 섭렵했고 한국 소설도 의무적으로 읽었다. 그 무렵부터 서른 살이 되기 전까지는 책을 읽으면 그 책에 대해 마구 떠드는 것을 마다하지 않았다. 나는 내 독법을 조금도 의심하지 않았고 내가 파악한 대로 책을 평가했다. 책과 작가에 대해서, 시인에 대해서 경솔하게 함부로 말했던 것 같다. 하지만 그런 재미가 얼마나 허망하고 속으로 남루해지는 일인지를 나중에야 알았다. 지금은 책을 읽으면 진흙처럼 천천히 음미하고 가급적 내가 읽은 책에 대해서는 발설을 하지 않으려고 노력한다.

앞에서도 잠깐 언급했지만 나는 등단한 이후 소설과 시와 산문 따위를 나름 가열차게 쓰면서 그와 동시에 출판사에 고

용돼 책 만드는 일을 해왔다. 나는 텔레비전을 잘 보지 않는 편인데, 텔레비전을 볼 바엔 음악을 듣는 것이 낫고, 음악을 들으면서 책을 읽는 것이 내가 할 수 있는 가장 좋은 것이라고 생각한다.

기약 없이, 마치 지하철을 타고 순환선을 한 바퀴 도는 듯한 가벼운 기분으로 한 시간에서 두 시간 정도 책을 읽는 시간을 나는 참 좋아한다. 책을 읽는 시간을 제외하면, 나는 집에서 주로 청소와 운동을 하고 또 술을 마신다. 술 이야기는 뒤에서 따로 할 것이다. 아무튼 슬픔도 분노도 없이 술을 마시고, 혼자서 공상에 잠기다 보면, 그 눈앞에, 그 눈의 표면에 예전에 읽었던 책의 문장들이 떠다니기도 한다. 그러면 잠시 말할 수 없이 침울해지기도 한다. 나는 이 밑그림의 두번째 단락에서 책과 함께 술을 마시는 경우도 있다고 말했는데, 그건 거짓말이 아니다. 나는 술을 마시면서 주로 시집을 찾아 읽는다. 믿을 수 없을 정도로 신기한 것은, 술을 마시면 시를 이해하기가 훨씬 쉬워진다는 것이다. 황병승이나 조연호, 이수명의 시들은 맨정신으로 읽을 때는 다소 난해한데, 술을 마시면서 읽으면, 놀랍게도 그들이 먼저 상냥하게 내게 속삭이는 것이다.

나는 지금 책을 읽기도 하고 책을 쓰기도 한다. 내 속에는 무궁한 책의 표지가 들어 있고 면지가 들어 있고, 문장과 문체와 이야기가 들어 있다고 믿는다. 이것들을 차례차례 끄집어낼 생각을 하면 언제라도 가슴이 벅차다. 악몽에서만 벗어날 수만 있다면 견과 껍질 속에 갇혀서도 무한 공간의 왕으로 행세할 수 있다고 말한 사람은 햄릿이었지? 인정하고 싶지 않지만 아무래도 나는 책과 함께 살고 그것과 함께 죽을 것 같다. 그러니 일찍이 이런 친구를 둔 적이 없었던 나는 책에게 좀 더 다정하게 굴어야겠다는 생각을 한다.

세번째 밑그림 : 술

나는 술을 좋아하는 편이다. 이건 우리 가계의 풍속이다. 한 번도 본 적이 없는 할아버지도 술을 좋아했다고 들었고, 내 아버지 역시 애주가였다. 아버지의 형제들도 모두 술을 즐긴다. 그러니, 술을 좋아하는 내 습벽은 어느 정도 DNA의 간섭을 받았다고 보는 편이 맞을 것이다. 시인 조지훈이 만들어놓은 주도의 품계에 의하면 나는 7급 '민주(憫酒)'에 해당하는 것 같다. 민주를 조지훈은 이렇게 설명한다. "마실 줄도 알고 겁내지도 않으나 취하는 것을 민망하게 여기는 사람." 취하는 것을 민망하게 여기면서도 나는 술을 마시면 두 번 중에 한 번은 취할 때까지 마신다. 그래야, 소위 말하는 '직성'이 풀리기 때문이다.

내가 술을 마시는 이유는 비교적 명확한 편이다. 일상생활에서 받은 스트레스와 과도한 자기 검열 등으로 경화되고 피로해진 심신을 위로하고 나쁜 기억들을 일시에 해소하는 것이 내가 술을 마시는 의도이다. 술을 마시면 사고가 유연해져서 수많은 영감과 아이디어가 떠오르기도 한다. 그것들은 글쓰기의 훌륭한 모티프가 되어준다. 술을 마셨을 때 좋은 건 이 정도다. 그 외엔 모든 것이 나쁘다고 할 수 있다. 우선 돈이 들고, 시간을 많이 빼앗기며, 아침에 일어날 때 괴롭고, 소화불량과 두통이 따라붙는다. 물론 몸과 정신도 상하기 마련이다. 내가 기대했던 신선한 영감 대신에 난삽한 상상들이 끼어들어 내 의식을 지배할 때의 씁쓸함도 못 봐줄 노릇이다.

처음 술을 마신 건 열일곱. 고등학교의 불량한 선배들이 종이컵에 따라준 소주였다. 난 그 술을 서너 잔 받아 마시고 오후의 긴 하굣길을 비틀거리며 걸었다. 그때 정수리에 부딪치던 햇볕들, 살랑살랑 불던 봄바람을 잊을 수 없다. 열일곱의 나는 독일어 여선생님의 총애를 받던 선량한 모범생이었다. 그 길에서 마주친 친구에게 나는 "난 지금 황홀경에 빠졌어"라며 돼먹잖은 자랑을 했던 것도 같다. 고2의 어느 일요일에는 다분히 악의적으로 술에 잔뜩 취한 채 친구가 다니는 교회에 찾아갔다가 예배당 출입을 제지당한 적이 있다. 나는 그날 징을 박은 가죽점퍼를 입고 있었다. 그 악을 가장한 순수의 단출함을 생각하면, 지금도 참 안타깝고 부끄러운 마음이 든다. 나를 막아섰던 전도사의 수심 어린 눈빛이 선명하게 떠오른다. 그는 눈빛만으로 이렇게 말하고 있었다. "이 죄인을 인도하소서." 나는 사실 그 전도사를 조금도 신뢰하지 않았기 때문에 그의 수심과 기도에도 마음이 흔들리지 않았다. 그래, 술은 담대해지는 법을 가르쳐주는지도 모른다.

가끔 술을 마시다 보면 쓸쓸하게도 아버지와 처음이자 마지막으로 포장마차에 갔던 장면이 떠오른다. 내 나이 스무 살때였는데, 아버지와 정치를 화제 삼아서 얘기했던 것 같다. 갓 성인이 된 내 의식이 얼마나 성숙해졌는지를 확인하려고 그랬던지 아버지는 정치적인 의견을 많이 물어보았다. 노태우 정권 후반기, 이곳저곳에서 집회가 열려 무척이나 혼란스러운, 아버지의 월급이 아주 더디게 오르던 시절이었다. 나는 아버지에게 보여주기 위해 정치권의 부정부패를 소재로 삼은 칼럼을 학교 신문에 기고하기도 했다. 아버지는 말년에 간암 선고를 받고 술을 끊으셨고 사 년 정도 그 좋아하는 술을 마시지 못하고 살다가 돌아갔다. 그처럼 술을 좋아했던 작은아버지들도 모두 간을 앓고 이른 나이에 돌아갔다. 나는 아버지가 술을 가까이 둔 이유가, 단연코 외로움을 달래기 위해서였다고, 자신이 감당할 삶이 너무나 두려웠기 때문이라고 지금와서 생각한다.

내가 좋아하는 술은 소주다. 일단 부담이 없고 비교적 빨리, 내가 원하는 만큼의 취기에 젖을 수 있게 해주기 때문이다. 대부분의 경우, 나는 소주를 그대로 마시지만, 가끔은 오렌지 주스나 포도 주스도 섞고, 맥주를 섞기도 한다. 한번은 소주에 우유와 커피 등을 섞어서 마셔보기도 했다. 이처럼 응용할 수 있다는 것도 소주가 가진 빼놓을 수 없는 장점이다. 나는 소주가 갖는 서민적인 이미지를 좋아한다. 내 안에는 소주가 놓인 술자리에 대한 일정한 감상 혹은 향수 같은 것이 존재하는 것 같다. 아무튼 나는 독주를 좋아하는 편이다. 맥주는 종종 설사를 유발해서 피하고, 위스키는 쓸데없이 비싸기 때문에 외면하며, 와인은 수많은 딜레탕트들에게 기꺼이 양보하기로 했다. 삼성 그룹에서 직원들에게 와인 비즈니스를 전략적으로 권장했다는 기사를 읽었을 때, 와인을 그들에게 양보하겠다는 나의 마음은 확고해졌다. 와인을 마실 기회가 전혀 없는 것은 아니지만, 즐기면서 음미하기에는 와인이 내게는 아직 이물스러운 생경감을 안긴다.

소주 외에 내가 호감을 갖는 술은, 생각만큼 자주 마시지는 못하지만, 스웨덴산 보드카인 앱솔루트와 호세 쿠에르보 라벨의 데킬라다. 보드카와 데킬라 역시 소주처럼 서민적인 이미지를 가지고 있어서 호감을 갖고 있다. 하지만, 보드카와 데킬라는 일 년에 기껏 한두 번 맛볼 수 있을 뿐이다. 나는 소주를 마시는 정신의 귀족이 되고 싶다. 소주를 몇 잔 마시고 홀로 음악을 듣고 있을 때 나는 이 지상에서 두어 발짝쯤 떠오르는 듯한 기분 좋은 부양감을 느낀다. 나는 가볍게 이편에서 저편으로, 저편에서 이편으로 오갈 수 있다. 억압받은 정신 역시, 좌와 우, 앞과 뒤 없이 섞이어서 해방감을 느낀다. 이 해방감이 너무 좋아서, 나는 이 언제까지나 값싸고 찰나적인 환각을 선사하는 술의 연인이기를 자처한다.

네번째 밑그림 : 주일학교

외가 쪽의 독실함으로 모태 신앙을 가지고 있는 나는 중학교 때까지는 교회에 제법 열심히 다녔다. 내가 다니던 교회는 우리 집이 있던 소읍에서는 가장 규모가 큰 교회였다. 교회에서 만나는 여자아이들은 조금도 예쁘지 않았지만, 나는 다른 학교에 다니고 다른 동네에 사는 아이들을 관찰하고 그들과 대화를 나눌 수 있는 기회를 포기하고 싶지는 않았다. 내가 신의 존재에 대해서 스스로 질문을 하기 전까지, 내게 교회는 학교와 크게 다를 게 없는 곳이었다. 내가 예배 시간보다는 예배 후, 학년별로 모여서 주일학교 선생님의 성경 수업을 듣는 시간을 더 좋아했던 것을 보면 그것은 틀림없다.

주일학교 선생님 입장에서 보면 나는 끊임없이 질문을 던지는 퍽이나 골치 아픈 아이였을 것이다. 그때 나와 함께 교회에 다녔던 다른 친구들은 어떻게 생각했는지 모르지만, 주일학교가 학교보다 좋은 점이 하나 있었는데, 그것은 궁금한 것이 있으면 자유롭게 질문하는 분위기가 주일학교에서는 용인되었다는 것이다. 한번은 내가 기껏 대학생쯤 되었을 주일학교 선생님에게 노아의 방주를 설명하는 일이 과학적으로는 불가능하지 않느냐고 따진 적이 있다. 나는 과학적 사실을 들어 사십 일 동안 폭우가 쏟아져도 결코 지구 전체가 물에 잠길 수 없다고 말했다. 내가 확신에 찬 표정으로 그렇게 말하자 주일학교 선생은 민망한 얼굴로 우물쭈물할 뿐, 내 의구심이 해소될 만한 아무런 부연 설명을 하지 못했다. 나는 그리고 하나님이 만든 세상, 즉 하나님이 지배하는 세계가 태양계에 국한되는 것인지, 아니면 '우리 은하'에까지 미치는 것인지도 조목조목 물었다. 선생은 역시 민망한 얼굴로 우물쭈물할 뿐이었다. 나는 내가 원하는 답, 내 생각이 잘못됐음을 입증하는 답을 듣지 못했음에도 왠지 모르게 뿌듯해지는 기분이 들었다. 그것은 주일학교 선생님 말씀에 순응하기만 했던 다른 아이들에게 내 특별한 존재감을 뽐냈다고 생각한 치기에 다름 아니었을 것이다.

나는 성경 속 이야기가 이적과 신성을 원하는 이들이 만들어낸 환상과 상상의 산물이라고 생각했고, 매주 선생님이 곤혹스러워할 만한 질문을 던졌다. 이를테면 다섯 개의 떡과 두 마리의 물고기로 수천 명의 사람을 배불리 먹인 '오병이어의 기적'은 말하자면 아편 같은 환각제에 의한 착란 현상이 아니냐고 따졌다. 그리고 애굽을 탈출하던 이스라엘 민족 앞에서 모세의 발원에 의해 홍해가 갈라졌던 것은, 지구의 자전에 의해 발생하는 조수의 차이에서 비롯된 우연일 가능성이 크다고 말했다. 나의 도발적인 질문이 끊이질 않자, 주일학교 선생님은 노련한 다른 선생님으로부터 자문을 들었는지, 한번은 나를 붙들고 이렇게 말하는 것이었다.

"하나님이 하시는 일은 우리의 지식과 상식으로는 다 설명되는 것이 아니란다."

그때 나는 무어라고 대답했던가. 아마도 이런 말을 했던 것 같다.

"그렇다면 기독교는 설명될 수 없는 것을 믿으라는 종교인가요?"

그 무렵 내가 가장 좋아했던 취미는 음악을 듣는 것이었다. 음악을 들으면서 나는 그림도 그리고 시도 끄적거리고 소설도 썼다. 음악을 좋아하게 된 건, 교내에 스쿨밴드를 만들어서 노래를 부르던 장형의 영향이 컸다. 나는 지금도 그가 직접 작곡해서 불렀던 노래의 몇 소절을 정확히 기억해서 부를 수 있다. 후렴구의 가사는 이렇다.

"세상 사람들이여, 누가 나를 이렇게 울게 하나." 그 구절이 무척 비장했던 걸 보면 장형은 낭만적 염세주의자였던 게 아닐까 하는 생각을 한다.

교회에 대해서 내가 결정적으로 상처를 받게 된 사단은 크리스마스에 일어났다. 크리스마스 축하 예배가 끝나고 2부가 시작되었다. 2부는 성경 퀴즈나 선물 교환 같은 친교와 여흥의 프로그램으로 채워지는 게 보통이었다. 장기자랑 같은 것도 있었다. 나는 열네 살, 중학교 1학년이었다. 또래나 선배들은 모두 자신들이 좋아하는 가스펠을 불렀다. 학교에서 배운 가곡도 불렀다. 분위기는 화기애애했지만 나는 학예회 같은 분위기가 그다지 마음에 들지 않았다.

내 차례가 되었을 때, 나는 씨익 하고 웃으면서 그 무렵 흥얼거리던 노래를 부르기 시작했다. 그것은 스모키의 「Living Next Door to Alice」였다. 번안곡으로도 인기가 많았던 그 곡을, 아직 변성기가 지나지 않아 앳된 목소리를 가지고 있던 나는 원어로 불렀던 것이다. 그런데 노래가 끝났을 때 알 수 없게도 그 어떤 호응도 없었다. 그것은 나로서도 전혀 예상치 못했던 것이었다. 사람들이 박수를 칠 타이밍을 놓친 것일까. 그건 아니었다. 그들은 나의 이단성에 분노하고 있었다. 내가 부른 곡을 교회에서는 불러서는 안 되는 금지곡쯤으로 여겼던 것이다. 물론 나도 좋아하는 가스펠이 있고 찬송가도 있다. 하지만 그걸 성탄절에 교회에서 부르는 건 너무 빤한 짓 아닌가. 오늘은 좀 특별한 날 아닌가.

하지만 교회 사람들은 결코, 심지어는 또래조차도 그런 나를 경원 어린 눈으로 바라볼 뿐 조금도 이해하지 않았다. 나는 밧줄에 묶여 더 이상 울리지 않는 교회의 고루한 종탑, 헌금과 기복과 장로 선임 같은 인사권으로 썩어들어가는 교회의 부패한 심장을 그날 적시했다. 그리고 얼마 후 다시는 돌아가지 않을 결심으로 교회를 떠났다.

다섯번째 밑그림 : 이모

이모는 엄마와 다르지만 엄마와 가장 닮은 사람이다. 이처럼 단순한 사실을 알아내는 데 십수 년의 세월이 걸렸다는 것은 놀라운 일이다. 그래 나는 지금 이모들에 대해서 쓰려고 한다. 언젠가 한번쯤 이런 날이 오리라 생각했다. 나는 네 명의 이모를 가지고 있다. 어떤 이모는 영부인처럼 고귀하고, 어떤 이모는 애교가 많으며, 어떤 이모는 시고니 위버처럼 와일드하다. 영부인처럼 고귀한 이모는 아들 둘을 목회자로 키워냈다. 그래서 그녀는 나의 어머니에겐 부러움의 대상이다. 이모들은, 서울이나 부산 같은 대도시로 시집을 갔고, 부산으로 시집을 갔던 셋째 이모는 이혼하고 일본으로 건너가 사업을 하고 있다. 그녀가 하는 사업은 요식업으로만 알려져 있을 뿐 자세한 것은 알 수가 없다. 아무튼 돈을 무척이나 많이 벌었다고 한다. 자식을 전남편에게 맡기고 이혼 직후부터 혼자 살아온 그녀에겐 아마 간간이 만나는 일본인 애인이 몇 명 있을 것이다.

이모들이 우리 집에 올 때는 대개 차를 타고 왔다. 검은 양복을 입은 이모부들이 항상 이모들보다 오 초 정도 늦게 운전석에서 내리곤 했다. 그들은 약속이나 한 것처럼 아버지 앞에서 멋쩍은 표정을 지었다. 이모들도 마찬가지였다. 왜냐하면 자신들의 부모를, 그러니까 내게는 외할아버지 외할머니가 되는 분들을 우리 집에서 모시고 있었기 때문이다. 아버지는, 별로 웃지도 않다가 넷째 이모를 보면 수줍게 웃곤 했다. 막내 이모이기도 한 넷째 이모는 애교 만점인 여자였다.

이모들과 삼촌들이 자주 드나들던 우리 집은 그들에겐 어쩌면 휴게소 같은 곳이었는지도 모른다. 나는 비교적 이른 나이에 친척이란 존재가 얼마나 나를 피로하게 하는 존재인지를 깨달았다. 삼촌들은 아버지에게 걸핏하면 도움을 청했다. 나는 그들이 싫었고 의식적으로 멀리하려고 노력했던 덕분으로 결국 그들과 소원해지는 데 성공했다. 내 잘못은 아니다. 나는 지금 친척들과 왕래 같은 것도 하지 않는다. 특히 또래인 사촌들과는 완전한 타인처럼 지낸다. 친형제인 두 형과도 특별한 일이 없는 한은 연락을 하지 않는다. 하물며 사촌들임에야. 그들은 내 아버지의 장례식에 오지 않았고 나 역시 그들의 결혼식에 가지 않았다. 그들이 장례식에 오지 않은 것은 다행한 일이다. 나는 부채감이 싫다. 사촌들이 지금 어디에서 무엇을 하며 사는지도 나는 모른다. 어렸을 때 보고는 본 적이 없기 때문에 길에서 마주쳐도 알아볼 수 없을 것이다. 다행한 일이다. 우리 집에는 확실히 개인주의 전통, 다시 말하면 자신 외의 사람에게는 본능적으로 냉담하고 무관심한 전통이 있는 것 같다. 그 전통을 창안한 사람은 아버지와 어머니다. 우리 가족, 아버지, 어머니, 두 형과 나는 하나같이 자기 자신의 일 외에는 그 어떤 것에도 관심이 없었다. 내 몸은 그 전통에 완전하게 적응했다. 내가 그것을 원했기 때문일 것이다. 끈끈한 혈족으로서의 연대감, 애틋한 육친의 정 따위는 언제부턴가 내 목을 죄고 나를 숨 막히게 할 뿐이었다. 내 자유를 침해하고 구속하는 것이 가족이라면, 응당 가족들로부터 도망쳐야 한다고 생각했다. 그렇기 때문인지 나는 우리 가족사에 대해서, 선조들에 대해서, 혈족들의 역사에 대해서 아는 것이 별로 없다. 관심을 가지고 좋아할 때 알 수 있는 것들이 많아지는 법인데. 내게 가족의 역사는 비밀의 영역이고 보면 볼수록 어둡고 탁해지는 것이다. 탁해진 눈에 모래를 넣어 비벼대는 것처럼 가족의 역사를 생각하는 것은 우울해지고 불편한 일이다.

아주 어렸을 적, 우연한 기회에 다락방에 올라가 사진첩을 뒤지다가 넷째 이모의 결혼식 사진을 본 적이 있다. 어머니의 형제들 중 가장 빼어난 미모를 가진 막내 이모의 젊은 시절 사진이었다. 그런데, 사진 속에서 웨딩드레스를 입은 이모 옆에 서 있는 남자는 내가 알고 있는 이모부가 아니었다. 이목구비가 너무나 달랐다. 나는 뒷머리를 얻어맞은 것 같은 충격을 받았다. 이모는 첫 결혼에 실패한 것인가? 아니면 사별이라도 한 것인가? 그 누구에게도 물어볼 수가 없었다. 지금의 이모부는 바이올린 연주자이다. 미국에서 공부를 했다고 한다. 이모의 빼어난 미모와 애교가 그 연주자의 마음을 사로잡았을 것이다. 이모는 또 어머니의 형제들 중에서 유일하게 크리스천이 아니고 가톨릭이다. 그녀의 세례명은 세실리아. 아무튼 세실리아 이모는 결혼을 두 번 한 것이 틀림없다. 이모가 착하게 생긴 이모부와 함께 우리 집을 방문했을 때, 나는 이모부 앞을 쓸데없이 왔다 갔다 했다. 그의 눈을 흘끔거리며 바라보았다. 입술을 달싹였는지도 모른다. 이렇게 말하고 싶었던 것일까? 혹시 알아요? 당신 아내에게 먼저 결혼했던 남자가 있었다는 것을요. 나는 그 누설의 욕망을 어떻게 참았을까. 이모부는 바이올린을 켜다가 이모를 보면서 살짝 웃었다. 그 웃는 얼굴이 너무 착해 보여서 나는 그들이 떠날 때까지 얌전하고 예의 바르게 굴었다. 그런데, 제 아비를 닮아 음악을 공부한 그 집 아들, 노영심의 어떤 곡을 작곡하기도 했다는 그 집의 아들은 정말 싸가지가 없다. 이종사촌은 정말 영원한 이종이다. 나는 사촌이란 존재가 나와 얼마나 상관없는 존재인지를 내가 깨닫고 있는 것을 다행으로 생각한다. 사촌들은 어떤 경우엔 교활한 고양이가 되었다가 어떤 경우엔 아둔한 돼지가 되기도 한다.

　나는 또한 내가 기억하기 시작한 순간부터 혼자 살고 있는 셋째 이모가 왜 혼자가 되었는지 몰랐고, 궁금했지만 아무에게도 묻지 않았다. 그녀의 호기로운 여장부다운 성격을 그녀와 결혼했던 남자는 견뎌낼 수 없었던 것이겠지. 그녀는 일본을 진작 택했어야 했는지도 모른다. 아마 아버지와 어머니는 그녀의 사연을 알 테지만, 나는 묻지 않았다. 우리 집의 역사에 내가 관심이 있다는 것을 그들이 알게 된다면 아마 내게 각별하게 굴지도 몰랐으므로, 나는 그것이 두려웠으므로 애써 무관심한 체했다. 과부가 된 첫째 이모는 셋째 이모의 주선으로 일본의 사업가와 맞선을 본 적도 있다. 부산이 접선 장소였고, 그날 나는 부산에서 영부인 같은 첫째 이모가 일본 남자와 만나는 장면을 직접 보게 되었다. 첫째 이모가 일본 남자를 만난다고 하자, 호기심을 느낀 어머니가 그 자리에 동석했다. 하지만 그 이후 일이 어떻게 됐는지는 모르겠다. 나는 어느 날, 정말 불현듯 셋째 이모를 떠올리며 이런 시를 썼다.

이모에게

이모는 죽었을까 살았을까. 조숙했던 이모는 여학교에서 공부는 안 하고 자꾸 귓불만 만지며 죽음을 상상했다더군. 교실에선 왜 이리 시간이 안 가는 걸까. 빈혈 때문에 앉아 쉬던 미루나무 아래서는 사랑을 하고 싶고. 종교도 없고 근심도 없는 이모는 언제나 생머리였고 노래 솜씨는 별로였지. 사랑을 한다면 반드시 미루나무 아래에서야만 해야 한다고 생각했어. 남자들이 교문 앞에서 이모를 기다릴 때 이모의 종아리는 늘 가늘었는데. 엄마와 조용히 입을 막고 웃으며 수상한 얘길 나누곤 했어.

고급아파트에 살던 이모는 화장품을 팔러 다닌다고 했어. 그곳엔 신발장에 숨겨둔 남자 구두와 일본어 하급반 교과서, 엄마가 권한 성경책이 있었지. 이모는 엄마의 불안한 동생, 나는 이모가 나를 안을 때 눈을 쳐다보지 않았지. 이모가 일본 남자를 따라 일본으로 건너간 이후, 나는 바다의 기분이 늘 궁금했어. 소식 끊긴 지 10년도 넘은 이모는 죽었을까 살아 있을까. 사실은 나 자신에 대해서도 같은 말을 하고 싶지만 나는 이모가 죽었다고 함부로 상상만 하네. 이모와 나는 살고 싶은 이들이 아니었거든.

바이올린 연주자를 두번째 남편으로 맞은 애교 만점인 넷째 이모는 아마도 시치미를 뚝 떼고 처음 결혼한 것인 양 연기를 했을까. 재테크가 뛰어난 그녀는 지금 부동산 관련 사업을 하고 있다. 나는 그녀의 초대를 몇 번 거절했고, 마침내 연락이 끊겼다. 내가 원하던 것이었다.

여섯번째 밑그림 : 욕망

여섯번째 밑그림의 키워드는 욕망이라고 붙여보았다. 그래, 그것은 나에게 최초로 다가왔던 타인의 가장 노골적이고 소박한 욕망이었다.

스물네 살이었을 때, 나는 친구 한 명과 함께 옥탑방 하나를 얻어 자취를 했다. 그 친구와 나는 군대에서 막 제대를 한 처지였다. 좁은 골목의 맨 끝자락에 있던 그 옥탑방은 슬레이트 구조였기 때문에 여름철이 되면 지붕이 벌겋게 달아올라 방 안을 천연 찜질방으로 바꾸어놓곤 했다. 움직이지 않고 가

만히 있어도 온몸에서 땀이 번졌다. 미끄러운 몸이 비닐 장판 위에서 미끄러졌다. 그 방은 지금은 거의 사라진 사글셋방이었다. 나와 친구는 하루에도 몇 번 슬레이트 지붕에 물을 끼얹어야 했다. 친구는 소방공무원 시험을 준비하고 있었고, 나는 엎드려서 원고지에 소설을 쓰던 시절이었다. 좁디좁았기 때문에 친구와 나란히 누우면 라면 박스가 발에 걸리기도 하던 그 옥탑방의 여름을 내가 더욱 인상적으로 기억하는 건 주인집의 과년한 여자 때문이다.

그 옥탑방의 주인은 육십대 노부부였고 그들은 내가 자취하던 방의 옆, 단층 양옥에서 기거했다. 주인아저씨는 목수였고 아주머니는 그냥 그 목수의 소박한 아내였을 뿐이다. 그들에게는 과년한 딸이 있었는데, 시내의 양품점에 다니고 있었다. 양품점을 직접 경영했던 것인지, 아니면 점원에 불과했는지는 알지 못한다. 그때 서른 즈음이었던 주인집 딸은 한 번 이혼한 경력을 가지고 있었다. 그것이 어쩔 수 없이 그녀의 실루엣을 다소 음울하게 보이도록 만들었다. 목이 좁은 시멘트 계단에서 마주칠 때마다 그녀에게서는 진한 분 냄새가 났다. 여자는 목을 꼿꼿하게 세우고, 내 눈을 한번 쏘듯이 보고는 지나쳤다. 도도한 이미지였다. 리 오스카와 해리 코닉 주니어를 자주 듣던 무렵이었다.

대학을 가지 못해 삶의 막다른 골목에 몰려 있던 친구는 소방공무원이 되는 게 유일한 꿈이었다. 그는 공부에 집중하기 위해 독서실을 끊었다. "너 소방공무원이 되면 이 방 지붕에 매일 물 좀 뿌려라." 그런 농담조차도 심성 착한 그의 마음을 설레게 했다는 걸 나는 알고 있었다. 그가 공부를 하러 간 어느 날, 나는 방심한 자세로 방 안에 누워 책을 보고 있었다. 내가 그 무렵 자주 읽은 책은 김학준의 『러시아 혁명사』였다. 노크 소리가 들려 문을 열었더니, 뜻밖에 주인집 딸이 문밖에 서 있었다. 나는 서둘러서 티셔츠를 찾아 몸에 걸쳤다. "창문이 고장 났어요. 열리지가 않아요." 여자는 그렇게 말했다. 귀찮았지만 나는 여자를 따라서 주인집으로 갈 수밖에 없었다. 여자는 나를 자기 방 쪽으로 인도했다. "어떤 창문인가요?" 내가 그렇게 묻자, 여자가 성큼 내 앞으로 한 발자국쯤 다가오더니, 빠르게 말했다. "지금 집에는 우리 둘뿐이에요." 나는 현기증 같은 것을 느꼈다. 당황하지 않을 수 없었다. 그처럼 꼿꼿했던 여자가, 도도하게 나를 쏘아보던 여자가 완곡하게 내 육체를 요구하고 있었으니. 나의 경우로선 성년이 된 이후 처음으로 여자에게 도발적인 유혹을 당하는 순간이었다. 눈앞에서 요요한 것들, 정체를 알 수 없는 형형색색의 먼지 오라기 같은 것들이 왔다 갔다 하는 것 같았다. 나는 정신을 가다듬었다. 그리고 다음 순간, "창문은 다음에 고쳐드릴게요"라고 말하고는 서둘러서 나의 자취방으로 돌아왔다.

자취방은 여전히 작렬하는 태양 빛을 받아 후끈 달아올라 있었다. 하지만 이상하게도 마음은 서늘하게 가라앉았다. 이

상한 평정이었다. 자취방을 옮겨야 될 때가 되었다는 생각을
했는지도 모르겠다. 그것은 지금 생각하면 지극히 감상적이
고 비겁한 생각이었다. 나는 결국 여자를 위로하지 못하고 그
집을 떠나왔다. 친구가 소방공무원 합격 통지를 받은 직후였
다. 어쩌면 여자의 이미지는 내 환상이 요구한 건지도 모른
다. 여자는 위로를 받고 싶었던 것뿐일지도. 그리하여, 그렇
게 내몰린 여자가 원했던 건 내 비루한 육체가 아니라, 어쩌
면 단 몇 초간이라도 다정히 눈을 마주치는 것이었는지도 모
른다. 아아, 차라리 나를 응시해주세요, 라고 말하지.

일곱번째 밑그림 : 첫날밤

이것은 여기에 처음 쓰는 글이다. 대전지역 대학연합 문학
동아리 시화전 마지막 날 작품들을 철거하고 뒤풀이를 하고
있을 때, 다른 대학의 어떤 여자 선배가 나를 술집 밖으로 불
러내었다. 내 앞에 앉아서 씩씩하게 맥주잔을 비우던 선배였
다. 그 선배의 이름을 지금 나는 전혀 기억할 수 없지만, '마
리' 정도면 나쁘지 않을 것 같다.

"너에게 꼭 보여주고 싶은 시집이 있는데, 그게 내 자취방
에 있어. 같이 가지 않을래?"

"다음에 보여주세요."

나는 의례적으로 방어적인 태도를 취했다.

"아니야, 오늘 꼭 보여주고 싶어."

마리(일지도 모르는 선배)는 내 손을 잡아끌고는 택시를 잡았다. 이런 기묘한 상황이 처음이었던 나는 마땅히 대처할 방법을 알지 못했다. 이십 분 정도 택시에 실려 가니 그 여자 선배의 자취방에 도착했다.

마리는 맥주를 더 사 왔고 담배를 피웠다. 나도 담배를 달라고 해서 같이 피웠다(나는 이십대의 칠 년 동안 담배를 피웠는데, 그날 피웠던 담배가 가장 기억에 남는다). 마리는 내게 보여주고 싶다고 했던 시집은 찾을 생각도 하지 않았다. 지금 생각해보면, 그 시집은 아직 쓰인 적이 없는 시집인지도 모르겠다. 예상했는지는 모르지만 그 방에서 나는 마리에 의해 동정을 뗐다. 나는 스물한 살이었고 누군가가 완곡하게 내 육체를 원하고 있을 때, 그걸 모를 만큼 무디지도, 그리고 그것을 외면할 만큼 고지식하지도 않았다. 내 태도에도 어떤 고의가 있었다는 생각마저 든다. 그런 건 그렇다고 말하고 싶다.

새벽에 마리의 자취방을 나왔다. 마리는 엎드린 채로 움직이지 않고 있었다. 자고 있었던 것인지, 침묵으로 나를 배웅하고 있었던 것인지는 알 수 없다. 그건 중요한 게 아니다. 새벽에 방을 빠져나가는 어떤 불안을 묵인했다는 게 중요하겠지. 마리도 결정적인 무언가를 아는 여자인 것이다. 희부윰한 빛 속에 드러난 마리의 등골이 어렴풋하지만 아직 기억 속에 살고 있다. 밖으로 나오니 낯선 동네였다. 차들이 더 많이 몰리는 쪽으로 무작정 걸었다. 그러다가 어떤 초등학교를 지나게 되었다. 어둠이 아직 흥건하게 남아 있는 시간이었다. 나는 홀린 듯 그 초등학교 운동장으로 들어갔다. 텅 빈 어둠과 텅 빈 운동장. 그런데 어디선가 아기 울음소리가 들려왔다. 갓난아기의 울음소리.

그것은 고양이 울음소리였다. 고양이가 기괴하게, 잔뼈가 부서지도록 울고 있었다. 나는 새벽의 빈 운동장에서 그 소리를 오랫동안 들었다. 마리가 침묵하는 등을 보여주었던 밤이었다. 그리고 나는 어떤 세계의 광활한 공포 속에 서 있었다. 놀랍게도 그 순간 나는 이미 알고 있었다. 아무리 많은 시간이 흘러가더라도 내가 이 순간을 잊지 않을 것이란 걸. 내가 고양이 울음소리를 갓난아기의 그것과 혼동한 것처럼 삶이 지속되는 동안의 공포와, 그것과 비슷한 것들을 종종 구분하지 못하리란 것을.

마리의 방을 나온 이십 년 후에, 나는 이런 시를 쓴다.

섹스보다 안녕

섹스보다 안녕, 멀리서 담배 연기처럼 흔들리는 당신이 내게 말했다. 내일 아침엔 배가 뜰 거야. 우수와 농담을 다 버리고 이곳을 떠나자. 망명지에서 교복을 입은 소녀들을 바라본다. 그들은 거기에 있다. 서러운 짐승의 영은 숲으로 돌아가라. 섹스보다 안녕, 초원에서 추는 왈츠의 리듬과

절지동물들의 이름을 외울 것, 우리의 연애는 거기에서 시작되었지. 습관적으로 접두사를 사용하고 커피에 각설탕을 넣지 않을 때 당신은 완성된다. 안녕의 상상력을 흉내 낼 수 없는 섹스를 내버려두자. 미지는 미지에서 오는 것, 섹스보다 안녕, 멀리서 바다처럼 흔들리는 당신이 내게 말했다. 화석처럼 굳어 있는 사랑을 만지고 마침내 우리는 헤어지자. 당신은 내가 모르는 최후의 사람, 우리는 모두 섹스보다 안녕. 당신은 아는가, 우리의 섹스는 우리가 통과했던 가난처럼 귀여웠다. 당신이 흔들린다, 당신을 흔든다.

아만다와
레베카와
소설가

소설가 K

 저장되지 않은 번호로부터 전화가 걸려온 것은 늦은 점심을 동네 해장국집에서 대충 먹고 막 일어섰을 때였다. 그 전화에 신경을 쓰는 통에, 주로 카드로 음식값을 계산하던 평소의 습관을 어기고 현금을 내고 말았다. 은행 현금지급기 앞에서 줄 서는 것을 세상에서 가장 싫어하는 나는, 가급적 지갑에 채워져 있는 현금에는 손을 대지 않는다. 거스름돈을 받는 와중에도 스마트폰 진동은 계속 울린다. 나는 전화를 받거나 받지 않거나 둘 중 한 가지 행동을 선택할 수 있다. 받거나 받지 않는 것 이외에 선택할 수 있는 건 아무것도 없다. 그 중간이 없다는 것. 그리고 그것을 매우 부조리한 상황으로 간주한다는 것. 이것은 아주 오래전부터 내가 전화에 대해 가지고 있는 태도일 것이다. 어쨌거나 나는 내게 걸려온 전화를 받아도 되고 받지 않아도 된다. 아마도 전화를 걸어온 쪽 역시 그것을 잘 알고 있을 것이다. 나의 경우, 저장되지 않은 번호로부터 걸려온 전화를 처리하는 아주 사소한 기준이 하나 있다. 그 기준에 따라 수신을 받아들이거나 거부하는 것이다. 스마트폰 액정에 찍힌 발신자의 번호가 조합하기 쉽거나 기억하기 쉬운 번호일 경우에 나는 수신을 거부한다. 예컨대 뒷자리 번호가 3369라든가, 1114라든가, 4455, 1234, 9876 같은 번호들은 개인이 아닌 사업자나 회사의 전화번호라고 간주하기 때문이다. 반대로 매우 개인적이고 시적인 번호들이 있다. 어떻게 이런 번호들이 조합됐는지를, 그 우연과 신비를 상상하게 만드는 번호들, 예컨대 4827, 6849, 3518, 2716 같은 번호들이 그렇다. 공공과 상업의 냄새를 전혀 풍기지 않는 번호들 말이다. 나는 이런 번호로 걸려온 전화는 대개 받는 편이다.

아만다

H와 헤어졌다. 나는 그의 재능과 상상력을 사랑했지만, 내가 신뢰하고 존경하기에는 너무 나쁜 사람이었다. 소유에 대한 욕심이 너무 많았다. 그는 자신이 가지고 있는 모든 것을 동원해, 더 많은 모든 것을 장악하려 했다. 그가 자신이 만든 영화에 출연한 여배우들과 숱한 염문을 뿌리고, 그가 재직 중

인 학교의 시스템을 통해 자기 라인을 만들고, 끝없이 세속적인 지위와 이익을 향해 나아갈 때, 나는 도대체 그에게 어떤 존재였던가. 그는 무엇 때문에 내가 곁에 있는 걸 허락했고 내게 원했던 건 무엇이었나. 섹스 파트너라면 내가 아닌 배우들만으로도 충분했을 텐데. 그가 원하는 경제적, 행정적 지원도 나에게선 기대할 수 없는 것들 아닌가. 그의 화술에 넘어가지 않은 공공이나 민간 지원단체의 간사가 있었던가. 그래서 아마 나는, 그의 감정을 더욱 착각했는지도 모른다. 기대할 것이 아무것도 없는데도 나를 좋아하는 걸 보면, 나에 대한 그의 감정이 순수한 것일지 모른다고. 그런데 내가 순수라고 착각했던 것 역시, 그가 가지고자 했던 '모든 것'에 누락된 희유한 항목에 지나지 않았다는 걸 알고 나는 그를 떠나기로 결심했다. 내가 가장 싫었던 것은, 내 앞에서 자기 아내를 아무렇지 않게 자랑하는 모습이었다. 그는 미국에서 학위를 받은 영문학과 교수인 아내의 학식과 국제적 감각을, 초기 천주교를 받아들인 집안이라는 처가의 기품과 문화적 전통을 내 앞에서 얼마나 찬양했던가. 내가, '그렇게 훌륭한 부인이 있으면서 왜 나를 좋아해요?'라고 물었을 때, 그는 이렇게 말했다. 네 집안의 가풍, 증조할아버지 때부터 면면히 이어진 반듯한 예인의 전통 때문에 널 존중하는 거라고. 그 전통에서 기인하는, 너의 타고난 오만함과 절제를 가장한 욕망을 좋아하는 것이라고. 그 설명하기 힘든 기품 때문이라고. 그가 언급한 내 증조할아버지는 근대 한국화의 종조로 평가받는 분이었다. 할아버지와 아버지 역시 서화에서 일가를 이룬 분들이었고, 미술대전의 심사를 도맡아 하신 분들이다. 지금 생각해보면, 내 집안의 배경이 그에겐 관념적인 욕망의 이데아거나 상징 자본의 기호였을 것이다. 이제는 다 잊자. 내년 가을에 있는 B영화제 준비에만 몰두해야 한다. H로부터 기대할 수 있는 건 이제 아무것도 없다. 그로부터 도움을 받은 시나리오 파일은 이미 폐기했다. 철저히 혼자 힘으로 나만의 문법이 녹아 있는 영화를 만들어야 한다. 요즘은 한국 작가들의 소설을 읽고 있다. 혹시 내가 하고 싶은 이야길 하고 있는 작품이 있을지 모른다는 기대로.

레베카

아만다 언니에게 K의 소설 한 편을 보여주었다. 한예종과 영화아카데미에서 영화 연출을 공부한 언니는 내년 가을 열리는 영화제에 출품할 작품을 준비 중이다. 언니에게 읽어보라고 권한 소설에는 '홍대에서의 바람직한 태도'라는 제목이 붙어 있다. 몇 주 전 주말, 언니와 나는 아버지의 생일 선물과 언니와 내게 필요한 재킷과 부츠 등을 사기 위해 명동 L백화점에 갔다가 쇼핑을 마치고 커피전문점에서 커피를 마셨는데, 그때 언니가 불쑥 내게 이렇게 물었다.

"이오네스코적이고 좀 페스트적인, 그러니까 병적인 냄새를 풍기는 그런 소설 알고 있는 거 없니?"

그곳은 명동이었고 온통 럭셔리한 걸로 뒤덮인 L백화점 인근 커피전문점이었다. 그런데, 이오네스코와 페스트라니. 누군가 알아들었더라면 크게 실소를 자아냈을 단어잖아.

"이오네스코? 페스트? 근데 그런 소설은 왜?"

"왜긴 영화 때문에 그러지. 뭔가 실험적인 걸 만들어보고 싶은데, 아직 내 마음에 쏙 드는 견고한 대본이 없어. 원작을 찾고 있는데 잘 안 보이네."

그때 내 머릿속에 떠오른 게 K의 소설 「홍대에서의 바람직한 태도」였다. 그 소설에는 특별할 것도 없는 한 남자, 아무도 좋아하지 않는 시를 쓰고 가끔 번역을 하는 외로운 시인이 나온다. 나는 K가 묘사하는 그 시인의 종잡을 수 없는 의식을 따라가는 것이 몹시 좋았다. 외롭고 불안해서 황홀한 시인의 권태가 정말 섬세하게 그려진 소설. 어쩌면 그 소설이라면, 언니가 찾고 있는 작품에 해당될지도 모르겠다는 생각이 들었다.

"그런 소설이 하나 있어. 내가 집에 가서 찾아보고 말해줄게."

"오 정말?"

소설가 K

전화번호의 조합은 지극히 비논리적인, 인위적인 조합의

흔적이 조금도 없는, 다시 말해 무척이나 개인적이고 비균질적인 것이었다. 9741. 내 기준에서 그 번호는 수신을 허락해도 되는 번호였다. 그래서 나는 전화를 받았다. 전화를 걸어온 사람은 젊은 여자였는데, 첫마디가 이랬다.

"전화 받아주셔서 감사합니다. K 작가님이시죠?"

목소리에서 기품 같은 것마저 느껴진 건, 예의 바른 말투와 정확한 발음 때문이었을 것이다. 나는 전화를 받길 잘했다고 생각했고, 내가 스스로 정한 기준에 다시 한번 자부심을 느꼈다. 내가 나임을 확인해주자 그는 다시 이렇게 말했다.

"전화로 이런 말씀 드리는 게 예의는 아닐 텐데요. 저는 영화제 출품을 준비하는 사람입니다. 영화 연출자인 셈이죠. 그런데 선생님의 소설 「홍대에서의 바람직한 태도」를 읽고 그 소설을 영화로 만들고 싶다는 생각을 하게 됐어요. 그래서 원저작자인 선생님을 뵙고 작품 사용 허락도 받고 몇 가지 상의를 하고 싶어서 이렇게 전화를 드렸습니다."

「홍대에서의 바람직한 태도」라는 소설은 사오 년 전쯤 발표한 단편소설이다. 지금은 그 작품 속에서 전개되는 이야기도 흐릿하고, 몇몇 문장만이 어슴푸레 기억날 뿐이다. 그런데 분명한 것은, 아무리 생각해도 그 소설은 영화에는 어울리지 않는 작품이라는 것이다. 소설의 서사가 요구하는 요소들, 이를테면 멋진 인물과 극적인 사건과 아름다운 배경 같은 것을 찾아볼 수 없는 단조롭기 짝이 없는 그 작품은, 어느 날

'권태'가 내게 도래한 이후 내가 느낀 이 세계의 참을 수 없는 즉물성과 공허함을 표현하기 위해 쓴 것이다. 발표 당시에 몇몇 동료로부터 잘 읽었다는 문자를 받긴 했지만, 별다른 이목을 끌지 못했던 아무도 이해하지 않으려 했던 저주받은 작품인 것이다. 그런데 그 소설을 영화로 만들겠다니. 나는 전화를 걸어온 상대에 강렬한 호기심을 느꼈다.

레베카

아만다 언니는 내가 찾아서 건네준 K의 소설을 마음에 들어 했다. 언니는 마사지하던 머그가 잔뜩 묻은 손으로 내 볼을 쥐고 흔들면서 소리쳤다.

"역시 넌 내 동생이야. 으하하, 정말 내가 찾던 작품이야."

내가 추천한 K의 소설을 마음에 들어 한 것은 다행한 일이지만 그 작품, 「홍대에서의 바람직한 태도」 군데군데 촌스럽게 밑줄을 쳐놓은 것이 좀 창피했다. 밑줄을 그으면서 소설을 읽어야 했을 만큼, 나는 그 소설에 몰입했던가. K는 지난 학기 내가 수강했던 '소설창작연습'을 맡아 강의했다. 첫 수업 시간, 강의실에 그가 들어왔을 때에야 나는 처음으로 K의 얼굴을 실제로 볼 수 있었다. 그는 인기가 있다거나 유명한 소설가도 아니었고, 그렇다고 소수의 마니아를 거느리는 카리스마 넘치는 유형의 작가라고도 할 수 없었다. 그는 그냥 우리에게는 B급 정도로 치부되는, 어설프고 애매하고 어중간한 작가였던 셈이다. 수강 신청 웹페이지에 들어가 강좌명 옆에 있는 K의 이름을 발견하고 좀 생뚱맞은 느낌이 들었던 것은 아마도 그런 이유 때문이었을 것이다. 나와 늘 같은 수업을 듣는 슬기는 이렇게 말했다.

"난 이 사람 전혀 몰라. 소설 읽어본 적도 없고. 근데 어떻게 우리 학교 수업을 맡게 되었을까? 넌 이 사람 알아?"

나 역시 그의 소설을 읽어본 적은 없었다. 그리고, 그가 내가 들어야 할 강의를 맡게 되었다는 것을 알게 된 이후에도 그에게 아무런 관심이 생기지 않았다. 나는 다른 친구들과 마찬가지로, 유명하고 인기 있는, 문예지와 방송이나 신문 같은 데 자주 이름이 언급되는 그런 작가로부터 수업을 들으면 좋겠다는 생각을 종종 했으니까. 그러니까 김영하나 김연수나 박민규 같은.

소설가 K

별스럽게도 내 소설을 가지고 영화를 만들고 싶다는 기별을 해온 여자와는 나흘 뒤인 다음 주 수요일, 합정역 부근의 커피전문점에서 보기로 했다. 그런데 그와 통화를 마치고 얼마 지나지 않아 P 선배로부터 전화가 걸려왔다. 나는 발신자가 명백한 그 전화를 받지 않았다. 받을 수 없었다. 틀림없이 며칠 전 있었던 어떤 문학 행사와 관련 있는 전화라는 생각이 들었기 때문이다. 나는 평소 친하게 지내는 그의 요청을 거절하지 못해, 예의 문학 행사의 어떤 프로그램에 출연하게 됐는데, 결과적으로 주최 측과 나를 초대한 P 선배를 퍽이나 난감하게 하는 돌출 행동을 하고 말았다. 오랜만에 장편소설을 펴낸 P 선배가 내게, 자신의 출간기념회를 겸한 북콘서트 행사에 게스트로 참석해달라는 부탁을 해온 것은 한 달쯤 전의 일이다. 일이 이렇게 될 줄 알았다면 마땅히 거절해야 했으나 P 선배의 사람 좋은 표정과 목소리 때문에 결국 그의 부탁을 수락하고 말았다. 그래, 그게 사단이다. 행사가 있던 날, 이십 분쯤 일찍 행사가 열린다는 카페에 도착하니 예상과 달리 제법 많은 숫자의 관객들이 자릴 잡고 있었다. 그때부터 나는 뭔가 심사가 꼬이고 불편했던 것 같다. 행사의 사회자는, 몇 번 수인사를 나눈 적이 있는 출판평론가 S였는데, 내가 별로 신뢰하지 않는 사람이었다. 아마도 그것 역시 내 심사를 더욱 뒤틀리게 했을 것이다. 출판사 대표와 P의 인사, 책 소개 영상, 현악사중주단의 연주와 작품 낭독 등에 이어 내가 출연하기로 되어 있는 대담 순서가 되었다. S의 사회로 나와 P 선배가 관객과 독자들이 궁금해할 만한 대화를 나누는 게 그 프로그램의 성격이었다. 무슨 말끝에 사회자 S가 내게 이렇게 물었던 것 같다.

"K 작가님은 다소 개인주의적인 세계에 골몰하고 P 작가님은 사실주의적 경향의 소설을 쓰고 있다고 알고 있어요. 이번에 펴낸 소설도 이주 노동자의 삶을 통해 우리 사회의 소통과

화해의 가능성, 그리고 세계와 타자의 각성에 대한 희망을 그려내고 있잖아요. K 작가님이 선호하는 경향의 소설이라고는 볼 수 없을 것 같은데, 오늘 대담자로 선뜻 나선 이유는 무엇인가요? P 작가님과 친분이 돈독하다는 얘긴 들었는데요."

S의 질문이 끝나는 것과 동시에 공교롭게도 P 선배와 눈이 마주쳤는데 그는 사람 좋은 얼굴로 웃고 있었다. 아마도 그건, 너무 심각하게 받아들이지 말고 두루뭉술하게 대답을 하라는 어떤 시그널이었을 것이다. 그런데, 나는 순간 그런 모든 기대를 배신하고 부정하고 싶다는 생각이 들었다. 무언가를 망치고 싶다는, 어깃장을 놓고 싶다는 거부할 수 없는 무의식의 명령.

"네, 저는 사실, P 선배나 출판사에겐 미안하지만 이런 유의 소설 별로 좋아하지 않아요. 그리고 문학에 대한 P 선배의 태도에도 동의하지 않고요. 그냥 거절을 하지 못해 지금 여기에 앉아 있는 것뿐입니다."

그렇게 말하자 S가 실실 웃으며 분위기를 바꿔보려고 했다.

"하하, 정말 솔직한 말씀이네요. 하하 정말 두 분 사이가 돈독하신 것 같아요. 그렇죠? 하하."

나는 아예 작정을 하고, 관객들 눈 하나하나를 바라보면서 다음 말을 이어갔다. 마치 어리석은 자를 조롱하고 힐난하듯이.

"문학은 말이에요, 사교가 아니에요. 모여서 낭독하고, 악단 불러서 연주시키고, 북콘서트 하고, 그런 건 문학과는 무관한 것입니다. 사람들과 어울려서 즐겁고 좋은 일을 하는 것보다 혼자서 나쁜 꿈을 견디는 것, 내 어리석은 생각에는 그것이 훨씬 문학다운 것에 가깝습니다. 나는 문학이 사회와 세계를 개조하거나 자기 자신을 구원할 수 있다고 생각하지 않습니다. 만약 그것이 가능한 것이라면 나는 그것을, 그것이 가능하다고 믿는 분들의 몫으로 양보하고 싶어요. 공로상도 마땅히 그들이 받아야 하지요. 공로상이라니, 하하. 문학은 대체적인 차원에서 성숙함과 완결성을 지향하는 게 맞지만, 미숙한 상태의 불안이나 위태로움을 계몽하거나 꾸짖는 것이어서는 안 되는 겁니다. 이런 게 다 무슨 소용이람."

북콘서트장이 술렁이는 것이 느껴졌고, 나는 일단 거기까지만 말하고 마이크를 내려놓았다. 내게 발언의 기회가 더 주어진다면 더 많은 말들을 할 수도 있었겠지만, 다시는 내게 발언의 기회가 주어지지 않았다. P 선배에게 두세 번의 질문이 주어진 후 서둘러 대담 순서가 끝났기 때문이다. 무대에서 내려온 나는 P 선배와 담배를 피우러 휴게실로 나갔다. P 선배는 힐난의 표시인지 격려의 표시인지 알 수 없는 눈빛으로 내 어깨를 두어 번 손바닥으로 두드리곤 담배에 불을 붙였다. 그는 아무런 말도 하지 않았다. 잠시 후 출판사 대표인 L이 와서 내게 말했다.

"아니, K 작가님, 어떻게 공개 무대에서 그런 말씀을 하실 수 있어요? 우리가 어떻게 해서 이 북콘서트를 준비한 건데. 정말 훼방을 놓으려고 작정하신 건가요? 좀 서운합니다."

나는 서둘러 담배를 두어 번 깊이 빨아들였다. 그러곤 출판사 대표의 볼멘소리를 묵묵히 귓전으로 흘리면서 행사장을 나와 버스 정류장 쪽으로 걸어갔다.

"행사 마칠 때까지 있다가 저녁 먹고 가."

P 선배가 내 뒤통수를 향해 소릴 쳤는데도 아무런 대꾸도 하고 싶지 않았다.

아만다

레베카가 알려준 K의 연락처로 전화를 걸었다. 레베카는 학교에서 있었던 무슨 행사 때문에 K의 전번을 알게 되었다는 말과 함께 K에게 전화를 하더라도 자기 얘기는 하지 말아 달라고 부탁했다.

"학생이 한둘이 아닐 텐데 그가 널 기억할까?"

그렇게 묻자, 레베카는 얼버무리듯 이렇게 말했다.

"아니 뭐, 그렇지는 않겠지만. 그냥 출판사를 통해 전번을 알게 되었다고 둘러대."

레베카에 따르면 그는 수업 시간에 매우 과묵한 사람이었다고 한다. 수업 시간에 한 번도 웃는 것을 본 적이 없다고. 심지어는 그의 산문집 제목이 '나는 잘 웃지 않는 소년이었다'라는 것도 알려줬다. 그리고 그가 택한 수업 방식도 매우 괴팍하고 이례적이라고 말했다. 그런 정보들 때문인지, 그의 전화번호를 누를 때는 살짝 긴장이 되기도 했다. 그러나 레베카가 추천해준 그의 소설 「홍대에서의 바람직한 태도」는 정말 내가 찾던 그런 유형의 작품이었다. 부조리하고 회의적인 세계를 떠도는 잉여의 비관주의자가 자신의 삶을 대하는 독특한 태도, 부적응하는 사회에 소극적으로 저항하는 유약한 탐미주의의 일상이 매우 희귀한 정조에 실려 섬세하게 묘사되고 있는 작품이었으니까. 나는 거기서 이오네스코를, 카뮈가 말한 페스트적 징후를, 베케트와 한트케적인 질문을 발견했다. 다행히 그와의 통화는 잘되었고 며칠 뒤에 만나기로 했다. 그가 까다롭게 굴지만 않는다면, 나는 이 작품으로 반드시 내 영화를 만들 것이다.

소설가 K

P 선배의 전화를 받지 않고 오 분쯤 지나자 문자가 왔다. 역시 P 선배였다.

'자식, 전화를 피할 것까진 없잖아. 좋은 사람이 되려고 애쓸 것 없어. 넌 잘못한 것이 없으니 애쓰지 마. 출판사 대표도 지금은 널 이해할 거야. 나도 말을 잘해두었고. 그날 행사도 잘 끝냈어. 조만간 소주나 한잔해.'

그의 문자를 천천히 손가락으로 한 자 한 자 짚으며 읽고 있자니 왈칵 눈물이 나려고 했다. 그래, 나는 좋은 사람이 되고 싶다는 생각을 한 적이 없다. 나는 결정적인 비굴과 자기부정의 욕망으로부터 자유롭지 못한 사람이다. 소설을 쓰고 문학을 하면서 나는 그 부분을 세밀히 들여다보려고 노력해 왔다. 나는 내 주변에서 좋은 사람이 되려는 노력을 하는 순간 본래 가지고 있던 좋은 것들을 잃어버리는 경우를 많이 보았다. P 선배도 좋은 사람이 되려고 노력하면서 오히려 소설이 나빠진 케이스다. 그런 것들을 지켜보면서 자연스럽게 나는, 내가 나쁠 수 있다는 생각과 다투지 않을 때 오히려 내가 나쁘지 않은 상황에 놓이는 것을 알게 되었다. 나는 이제 나 하나만 어떻게든 견뎌내면 된다. 나 하나만 지탱하면 되는 것이다. 이혼을 한 이후 내 삶에 생긴 변화 중 드물게도 긍정적인 것이 하나 있는데 그것은 투쟁심 같은 것이 희박해진 게 아닐까 싶다. 내게 아내가 있었을 때, 나는 내가 싸워서 지켜내야 할 나의 '영역'을 언제나 늘 막연하게나마 의식하고 있었던 것 같다. 예를 들면, 아내와 내가 지하철을 탈 때, 문이 열리자마자 승객들이 내리기도 전에 안으로 뛰어드는 사람들에게 나는 분노와 적의를 숨기지 않았는데, 그것은 그들이 그렇게 하지 않았다면 최소한 아내가 앉을 자리는 확보됐을 거라는 가정 때문이었다. 그런 조바심은 어디서든 항상 나를 따라다녔는데, 신기하게도 이혼한 이후에는 말끔히 사라져버렸다. 지금 나는 내가 좋은 남편, 괜찮은 가장이었다는 말을 하려는 게 아니다. 내가 알량한 책임감이라는 이름으로 나 스스로를 억압했던 어떤 상황을, 그런 것이 아무렇지 않게 강요되는 이 세계의 우스꽝스러운 점을 좀 사소한 방식으로 얘기해보려는 것이다. 지킬 것이 있다는 것, 그것은 어쩔 수 없이 자기 자신에 대한 억압을 추동할 수밖에 없는데, 그 억압이 타자에 대한 투쟁의 방식으로 표현되는 것이 이 빌어먹을 세계의 고약한 점 아닐까. 쉽게 말해, 당연한 것을 지키고 유지하는 데에도 투쟁심이 강요되는 세계, 이게 온전한 세계인가. 이런 데서 문학이 무슨 소용이 있는가. 나는 P 선배에게 답장을 보냈다.

'선배, 미안해요. 어떻게 사는 것이 내게 맞는 건지, 계속 고민해볼게요.'

그렇게 답장을 보내고 나니 견딜 수 없이 술이 마시고 싶어졌다. 그리고 실제로 마트에 들러 술을 샀다. 집에 오자마자 술병을 따서 잔에 따른 나는 나 자신에게 질문을 던졌다.

'당신은 무엇을 하는 사람입니까?'

나는 그 질문에 친절한 목소리로 천천히 답을 했다.

'나는 부적응하는 자의 슬픔을 묘사하는 소설을 쓰는 사람입니다. 나는 술을 마시는 사람입니다. 나는 술에 취하기도 하고 취하지 않기도 하는 사람입니다. 나는 국수를 좋아하는 사람입니다. 나는 잠을 자는 사람입니다. 나는 걷는 사람이기도 합니다. 나는 술을 먹고 앓는 사람입니다. 나는 그림을 그리는 사람입니다. 나는 드물게 산책을 하는 사람입니다. 나는 명상하는 사람입니다. 나는 그렇고 그런 생각들과 싸우는 사람입니다. 나는 아름다운 것을 사랑하는 사람입니다. 나는 연약한 것을 사랑하는 사람입니다. 나는 논리적으로 사고하고 그것을 격렬하게 지우는 사람입니다. 나는 아무것도 아닌 사람이 되려고 노력하는 사람입니다. 나는 무엇을 하는 사람입니까라는 질문에 진지하고 사소하게 대답하는 사람입니다.'

아만다

K를 만나기에 앞서 나는 다시 「홍대에서의 바람직한 태도」를 읽는다. 벌써 다섯번째. 읽으면 읽을수록 소설 속에 등장하는 무명 시인 K를 사랑하지 않을 수 없다. 그리고 어쩌면, 아니 너무도 뚜렷하게, 소설 속의 시인 K가 이 소설을 쓴 소설가 K와 같은 인물일 거라는 생각을 한다. 소설 속 인물과 소설가를 동일시하는 건 좀 촌스러운 것이긴 하지만 이런 상상이 제법 유쾌한 즐거움을 안겨주는 것도 사실이다. 이상한 것은 이 소설을 읽고 있으면, H와 얽혀 있는 불쾌한 기억이 날아가고, 그의 몸에 겹쳐졌던 내 몸의 얼룩들이 씻기면서 몸과 마음이 정화되고 있다는 느낌마저 드는 것이다. 소설 속의 K는 무욕적인 사람이다. 욕망이라는 것을 뛰어넘은 사람 같은 거다. 그는 정치적이고 계산이 빠른 후배 시인이 자신의 동거녀를 짝사랑하는 것을 눈치채고는, 후배 시인과 동거녀를 방으로 몰아넣고 문을 잠그기도 한다. 그리고 자주 가는 편의점에서 마주치는, 자신에게 늘 퉁명스럽고 불친절한 여자 점원에게 항의하기 위해 기껏 술을 마시고 찾아가 자기

시집을 펼치고 읽는 사람이다. 나는 무명 시인의 이 무기력한 슬픔에 깊이 공명하면서 절망하고 환희한다. 슬픔의 호위를 받는 절망과 환희가 한 소설, 한 문장 안에 함께 임재하다니. 나는 이렇게 슬픈 사람이라면 기꺼이 내 체온을 나눠줄 수 있을 것만 같다. 나 자신에게도 제대로 설명하기 어렵지만 소설 속의 인물에게 강렬하게 동침의 욕망을 느끼는 것도 처음이다. 「홍대에서의 바람직한 태도」의 주인공 '시인 K'를 생각하고 있으면, 몸과 마음이 뜨겁게 달뜨는 것을 느낀다. 그래서였을까. 그를 생각하며 모호한 글을 써보았다. 가능하다면 영화 속 내레이션으로 삽입하고 싶은.

"그에게 슬픈 일이 있었다. 당신이 오래전 그를 모독한 계획을 세웠으나 아직 실천하지 않았다면 지금 그걸 실행하는 게 좋다. 슬픈 자를 모독하는 건 잔인하지만, 그를 잔인한 모독의 희생자로 만들 때, 다시 말해 그에게 자신이 희생자가 되었다고 자각할 수 있는 기회를 줄 때, 우리는 그가 가까스로 슬픔에서 벗어날 수 있을 것이라는 기대를 가질 수 있다. 그에게 슬픈 일이 있었다. 그는 돌아갈 집이 없고, 그가 죽을 때 눈을 쓰다듬어줄 사람도 없다. 한때 그가 가지고 있었던 것으로 알려진 명예와 사랑, 열정과 분별력은 모두 사라지고 이제 그의 것이라곤 의뭉스러운 의심과 허약한 연민만 남아 있다. 그는 매일 의뭉스러운 날씨를, 그가 선택할 수 없는 날씨를 고통스럽게 연민한다. 그에게 슬픈 일이 있었다. 즐겁거나 명랑했던 일조차 없던 그에게 슬픈 일이 일어났다. 그의 슬픔에 누구든 동참할 이유는 없다. 우리는 그를 모독하고, 그를 열심히 조롱하고, 가능하다면 그를 외면해야 한다. 그가 슬픔 속에서 다시 한번 쓰러질 때, 자신이 쏟은 눈물에 미끄러져 슬픔에 치일 때, 우리는 일제히 야유의 노래를 불러 그가 다시 일어날 생각조차 할 수 없게 해야 한다. 그를 슬픔 속에 가둬야 한다. 그에게 슬픈 일이 있었다. 그가 스스로 조롱하는 법을 터득해 그 슬픔을 깨고 나선다면, 그때 우리는 그에게, 차갑고 가벼운 몇 차례의 박수를 칠 수 있을 것이다. 그에게 슬픈 일이 있었다. 우리가 몰라도 되는, 알 수도 없는."

여기까지 쓰고 나니 알 수 없게도 눈물이 흘러내렸다. 그리고 레베카에게 이 글을 보여주고 싶다는 생각이 들었다. 괜찮다면 소설 속 시인 K에게도, 그리고 소설 밖에 있는 소설가 K에게도.

레베카

"레베카, 나 다음 주 수요일에 K를 만나기로 했어."

아만다 언니가 방문을 열고 빠끔 얼굴만 들이밀면서 한 말이다. 소설가 K에게 전화를 걸어 만날 약속을 잡았다는 것이다. 그런데, 이상하게 그걸 전하는 언니의 말투에서 전에 없던 설렘과 흥분의 기운이 느껴진다. 잠깐 들어가도 되니? 언니는 침대에 걸터앉더니, 손에 들고 있던 A4지 출력물을 내게 내민다.

"K의 소설에서 영감을 받아 쓴 건데 읽어볼래?"

언니가 쓴 글을 읽는다. 이상한 느낌이지만, 글을 다 읽은 나는 언니가 시인 K를, 아니 소설가 K를 좋아하고 있는 게 아닐까라는 의심이 든다. 외로워서일까. 언니가 말을 해주지는 않았지만, 나는 최근 언니가 H 감독과 헤어진 것을 알고 있다. 그건 언니의 판단이고, 또 언니의 사생활이기 때문에 내가 개입하거나 논평할 여지가 없지만, 그 이별로부터 언니가 아무런 상처를 받지 않기만을 바랄 뿐이다. 상처를 받는 순간, 이별은 하나의 장르가 된다. 모든 장르는 확산되는 경향이 있다. H 감독의 천재성은 인정하지만 여자관계가 복잡하고 평판이 좋지 않다는 건 나를 포함해 많은 사람들이 알고 있다. 처음 언니가 심각한 표정으로 "나 어제 H 감독과 잤어"라고 말했을 때, 나는 내가 H 감독이 찍은 영화 속의 그 쇄말적인 한 시퀀스 속에 들어와 있는 듯한 느낌을 받았다. 아무튼, 언니가 독립적으로 꿋꿋하게 감독의 길을 가기 위해서라도 더 이상 H 감독에게 휘둘려서는 안 될 것이다. H 감독과 헤어진 것은 잘한 일이다. 언니가 쓴 글은, '그에게 슬픈 일이 있었다'로 시작하고 있었는데, 다소 감상적인 면이 있긴 하지만 아주 못 쓴 글은 아니다. 실제로 언니에게도 그렇게 말해줬다. 언니가 미소를 지었다. 그러곤 물었다.

"소설가 K가 정말 그렇게 웃지 않는 사람이니? 그에게 큰 상처가 있었던 것은 아닐까? 그러니까 아무리 시간이 흘러도 씻기지 않는 상처 같은 거 말야."

"글쎄 그건 우리가 알 수 없지. 그가 쓰는 소설은 일단 허구의 형식으로 우리들에게 주어지니까."

"난 그가 궁금해졌어. 사실은 그래서 담 주 수요일이 무척 기다려져."

"사실은 말야. 나도 그가 마음이 쓰이긴 해. 지난 학기가 끝나갈 무렵 그를 우연히 마주친 적이 있거든."

"그에게 마음이 쓰인다니 그게 무슨 말이니?"

"그의 슬픔이 나를 건드렸거든."

소설가 K

채 어두워지지도 않았는데 술을 마시니까 금세 취기가 돈다. 나는 잠을 좀 자두기로 한다. 침대로 가서 눕는다. 하지만 의도한 대로 잠이 오지 않자 습관적으로 스마트폰을 들고 이것저것 들여다본다. 문자함을 연다. 몇 개월 동안 주고받은 문자들의 내역이 차례대로 뜬다. 가장 최근 것은 P 선배로부터 온 것 '착하게 살려고 애쓰지 마. 넌 잘못한 것이 없어'로 시작하는 문자이다. 아, 고마운 사람이다. 그가 모든 사람에게 친절하게 너그러운 건 불만이지만, 그 역시 최선을 다해 죽음과 맞서고 있는 것이다. 내가 지난 행사 때는 참 너무했지. 내가 못났지. P 선배의 문자를 보고 있자니 그런 후회가 밀려온다. 손가락을 움직여 문자 내역을 과거로, 지난 시간으로 계속 넘겨본다. 눈에 보이지 않는 회로를 통해 무수히 주고받은 사소하면서도 던적스러운 어떤 욕망들, 그리고 화해와 용서, 체념들의 기호가 백과사전의 페이지처럼 휙휙 지나가던 어느 순간, 지난 6월 어느 날 레베카와 주고받은 문자가 내 눈에 들어온다.

"저 레베카예요. 좀 이상하게 들릴지 모르지만 저, 선생님과 술 한잔 마시고 싶어요."

"정말, 왜?"

"선생님의 슬픔이 나를 건드리니까."

"……"

"선생님과 술 마시면 안 돼요?"

"음, 그럼 집으로 올래?"

그날의 이상한 열기가 어제 일처럼 생생하게 떠오른다. 이른 더위에 아침부터 헉헉대며 학교에 갔던 날. 수업을 마치고 또 이상한 허기에 휩싸여 허겁지겁 학교 앞 식당에 들어가 밥을 사 먹었던 것. 그렇게라도 세계에 모욕당한 나 자신을 위로하고 싶었던 것. 그리고 그 남루한 의식을 레베카에게 목격당했던 것.

아만다

뜻밖에도 레베카가 K에 대한 말을 꺼냈다. '그의 슬픔이 나를 건드렸거든'이라고 말을 하는 게 아닌가. 나는 그게 무슨 말인지 알 듯 말 듯했다. 그래서 물었다.

"슬픔이 널 건드렸다고?"

레베카는 차분하게 말을 이어나갔다.

"K에게 나는 아무 관심도 없었어. 그는 유명한 소설가도 아니고 인기 있는 스타일을 가진 작가도 아니었거든. 그냥 한 학기 정도 수업하다가 다른 학교로 떠나는 그렇고 그런 강사라고 생각했지. 뭐 실제로 그 학기만 우리 학교에 나왔지만. 그런데 그가 첫 수업 시간에 이런 말을 하는 거야. '나는 여러분을 가르칠 자격도 없고 욕망도 없고 의도도 없습니다. 나는 죽음에 맞서는 한 사람의 나약한 소설가일 뿐입니다. 나는 여러분들에게 아무것도 가르치지 않음으로써 우리의 삶이 얼마나 우습고 사소한 농담 앞에 직면해 있는지를 보여주고 싶습니다. 문학이 무언가를 할 수 있다면 그런 걸 보고 기록해야 한다고 생각해요. 수업 시간에 여러분은 상상하고 싶은 걸 상상하세요. 쓰고 싶은 글이 있다면 그걸 쓰세요. 여러분들을 구속하지 않겠습니다. 여러분을 구속하고 지배하려는 것들을 보기 좋게 반역해보세요. 죽이고 싶은 게 있으면 죽이세요. 그 순간 여러분은 모두 황홀한 존재가 될 겁니다.' 그렇게 말하곤 정말 학생들이 앉는 의자에 앉아서 책을 읽더라고 수업 시간 내내."

"너희는 어떻게 했어?"

"처음엔 어리둥절했지. 그런데 정말 그는 아무것도 가르치지 않았어. 가끔 자기가 읽던 책의 문장을 읽어주는 경우는 있었지만. 그러던 어느 날 어떤 친구가 강의를 맡았으면 강의계획서를 작성하고 그것에 준해서 수업을 해야 하는 것 아니냐고 따졌어."

"그랬는데?"

"그러니까 놀랍게도 그가 울상을 짓더니, 정말로 눈물을 뚝뚝 흘리더니, '나는 정말 아무것도 가르칠 수가 없습니다. 나는 거절을 하지 못해 여기에 앉아 있는 것뿐입니다. 그리고 모욕을 견디는 것뿐입니다. 이해해주세요'라고 말하는 거야. 명색이 강의를 하러 온 소설가가 학생들 앞에서 울면서 가르칠 수 없다고 말하는 걸 보고 학생들도 모두 아연실색했지. 그런데 난 그때부터 그에게 호기심이 생겼어. 그에 대해 알고 싶었고, 그의 소설을 찾아 읽었고, 조교한테 그의 연락처를 알아내서 가끔 안부 문자를 보냈어."

"그러니까 뭐 매우 괴팍한 사람이었구나."

"그런 셈이었지. 학기 마치고 학생들에 의해 실시된 강의 평가는 엉망이었고, 그는 강사로 재임용되지 않았지. 그런데, 나는……"

"……?"

"마지막 수업이 있던 날 그를 우연히 봤어."

레베카는 가볍게 떨리는 한숨을 내뱉더니 지난 유월 어느 이른 더위가 왔던 날의 이야기를 들려줬다. 말을 다 마쳤을 때, 그러니까 레베카가 말을 마치고 무언가를 게워낸 듯 창백해진 얼굴로 의자에서 일어나 이미 어두워진 창밖을 내다보았을 때, 내 가슴에 고요하고 투명한 파란이 일었다. 그것은 혼란도, 질투도, 연민도, 동경도, 원망이나 불안도 아니었다. 어떤 말로도 설명하기 힘든, 설명할 수 없는 고요하고 투명한, 말 그대로의 파란일 뿐이었다. 호수처럼 깊고 어두운 심연을 두드리면서 내 목울대를 건드리고 눈시울을 자극하는.

레베카

의도하지 않게 언니에게 다 털어놓고 말았지만, K가 우리 학교에 나왔던 지난 학기의 마지막 수업이 있던 날, 내게는 어떤 비밀이 생겨났다. K와 얽힌 일이다. K는 그날도 윌리엄 블레이크의 시 몇 구절을 읽어주었을 뿐, 예의 학생용 책상 하나를 차지하고 앉아 수업이 끝날 때까지 가방 속에서 두세 권의 책을 꺼내 읽으며 시간을 보냈다. 그러는 사이 학생들은 언제나처럼 마음껏 해찰하며 스마트폰으로 게임을 하거나 소셜미디어에 글을 올렸다. 수업 시간에 아무것도 가르치지 않고 책만 읽는 K의 모습은 어떤 학생들에게 사진으로 찍혀 소셜미디어와 온라인 학내 게시판에 올려져 야유의 대상이 되기도 했다. 그날 마지막 수업에서는 오직 두 명의 학생만이 소설이나 시 같은 글을 썼다. 그들은 문예지 공모를 준비하는 친구들이었는데, 그들 역시 K의 수업 방식을 지지하지는 않았다. 그들은 자신들이 좋아하는 작가를 최고의 작가라고 믿었는데, 나는 그 믿음이 좀 가소로웠다. 그 가소로움 역시 K를 알고 난 다음에 생긴 것이다. 나는 그 수업 시간에 민음사 판 헤르만 헤세의 『황야의 이리』를 읽었다. 『황야의 이리』 역시 어느 날의 수업 시간에 K가 세 페이지가량을 읽어주었던 소설이다. 이윽고 수업 시간이 끝나자 K는 무언가에 홀린 사람처럼 허겁지겁 가방을 챙기더니 강의실을 나갔다. 그를 다시 본 것은, 삼십 분쯤 뒤 학교 앞에 있는 찌개와 칼국수 등을 파는 식당에서였다. 내가 슬기와 함께 그 집에 들어갔을 때, 그는 우리를 보지 못했는데, 그것은 그가 주문한 음식을 기다리며 어떤 책 속에 눈을 처박고 있었기 때문이다. 아마 수업 시간에 읽다 만 책이었던 것 같다. 슬기가 손짓과 눈짓으로 자신이 방금 눈으로 본 사람이 K가 맞는지를 묻는 신호를 내게 보냈는데, 나는 그런 슬기의 팔을 붙잡고 K를 지나쳐 서둘러 식당 안쪽으로 들어갔다. K의 시야로부터 차단된 자리였다. 슬기와 나는 '뚝불정식'으로 줄여서 부르는 뚝배기 불고기 정식을 주문했다. 아마 그 식당에서는 가장 값비싼 메뉴였을 것이다. 한 학기 수업을 모두 끝낸 기념으로, 노인들이 좋아하는 메뉴를 시켰던 것 같다. 주문한 뚝배기 불고기 정식이 나오고 슬기와 수다를 떨면서 그걸 먹는 동안 가끔 저쪽에 혼자 있을 K가 떠올랐지만, 나는 이내 슬기의 쉴 새 없는 잡담 속으로 돌아와야 했다. 식사를 다 마치고 식당을 나가려고 입구 쪽을 힐끗거렸는데, 다행히 K는 가고 없었다. 입구 쪽으로 움직이다가 나는 보았다. K가 앉아 있던 그 테이블 위 아직 치우지 않은 빈 그릇들을. K가 한때의 허기를 채운 그 적나라한 흔적을. 그는 나도 가끔 사 먹은 적이 있는 순두부찌개를 먹은 것이 확실한데, 테이블 위에는 순두부찌개가 담겼던 옹기그릇이 놓여 있고, 그 옆에는 찌개에 들어 있던 바지락 껍질이 소복하게 쌓여 있었다. K는 참하게도 바지락 살을 하나하나 발라 먹은 듯 보였다. 밥그릇도 알뜰하게 비워져 있었고, 반찬들도 골고루 손댄 흔적이 보였다. 나는 슬기에게 내 몫의 밥값을 건네주고, 무언가에 홀린 사람처럼 K가 앉았던 그 테이블 앞 의자에 가만 앉아보았다. 그리고 그가 남기고 간, 학생들에게 가르칠 게 없다면서 울었던 참으로 이상하고 외로운 소설가가 급하게 허기를 채운 흔적을 골똘하게 바라보았다. 그 외로움의 가장 가까운 유적을 말이다.

소설가 K

손가락으로 레베카와 주고받은 문자 목록을 계속 넘겨본다. 불과 서너 달 전의 일일 뿐인데도 이토록 아득하게 느껴지는 게 신기하다. 실제로 이런 일이 내게 있었다는 게 믿어지지 않을 정도로.

"선생님 집에 가서 술을 마시고 나면 선생님과 무얼 할 수 있어요?"

"글쎄. 잘 모르겠어. 영화 같은 걸 볼까. 아니면 집 앞 공원을 산책해도 좋구."

"어떤 영화요?"

"난 H 감독 영화는 다 좋아해."

"참 오늘 오후에, 수업 마치고 학교 앞 식당에서 선생님이 식사를 한 테이블을 보게 되었어요. 순두부찌개 드셨죠?^^ 난 거기서 슬기랑 뚝배기 불고기 정식을 먹었거든요. 선생님이 먹은 순두부찌개보다 두 배 비싼 음식이에요. 그런데, 선생님이 먹고 남긴 그 흔적을 보고, 참을 수 없이 이상한 감정이 솟구쳐 올랐어요. 이 세계가, 슬픔과 야만, 욕망과 경건함 속에서 마구 흔들리고 있다는 걸 느꼈고, 또 참을 수 없이 선생님이 궁금해지는 거예요. 선생님보다 비싼 걸 먹은 걸 용서받고 싶었고요."

"아. 저런. 못 볼 것을 봤구나, 네가."

그 문자를 주고받은 유월 어느 날 저녁, 정말 레베카는 내가 알려준 주소를 보고 집으로 찾아왔고 나는 그날 밤 정성껏 멘보샤를 만들어서 레베카에 대접했다. 그리고 『황야의 이리』에 대한 대화를 나누었다. 나는 그녀의 학교 선생이었으니까 그녀를 만지는 일 같은 건 하지 않았다. 다음 학기가 시작되었을 때 나는 레베카가 다니는 학교의 수업을 맡을 수 없었고, 그것을 알고 났을 때 뛸 듯이 기뻤다. 레베카를 볼 수 없다는 사실이 뛸 듯이 기뻤다는 말의 차가운 온도를, 그 슬픔의 습기를 레베카는 이해했을까. 아마도 이해했을 것이다.

아만다

합정역 7번 출구로 나가니 K가 알려준 커피전문점이 금방 눈에 보였다. 문을 열고 들어가 자리를 잡고 스마트폰으로 시간을 확인하니, 아직 약속 시간보다 십 분이 남아 있었다. K로 짐작될 만한 사람도 보이지 않았다. 아직 도착하지 않은 것이 확실하다. 옆자리에선 대학생으로 보이는 커플이 며칠 전 개봉한 H의 신작 영화 팸플릿을 함께 보면서 이야기를 나누고 있었다. 그리고 내 귀에 이런 소리가 들렸다.

"H처럼 유명한 감독과 잔 여자들은 어떤 생을 살게 될까. 그 여자들은 희생자일까 아니면 가스라이팅의 피해자일까. 아니면 공범일까. 아주 나중에 일흔 살이 되고 여든 살이 되었을 때, H와 잤던 밤을 어떻게 추억하고 각색할까."

H와 수없이 많은 잠을 잤던 나는 지금 외롭고 슬프고 이상한 소설가를 만나러 나와 있다. 그는 내 사랑하는 동생 레베카에게 부드러운 수심을 안겨준 사람이다. 수심이 부드럽다니, 이게 무슨 말인가. 그건 연민이 낮은 곳으로 흐른다는 뜻일 게다. 어쩌면 오늘 나는 한 소설가를 사랑하게 될지도 모른다. 외롭고 슬프고 이상한 소설가를 사랑한 사람들은 어떤 생을 살게 될까. 그저 조금 거룩하면서 담담한 생을, 그러니

까 요란한 생으로부터 가급적 달아나는 생을 살게 되지 않을

까. 사실은 잘 모르겠다.

의자야
넌 어디를
만져주면
좋으니

프롤로그

나는 의자에 미친 사람이다. 내가 이렇게 말하면, 오랜 세
월 동안 의자를 만들어온 장인을 떠올리는 사람도 있겠지만
내 말의 뜻은 그게 아니다. 나는 의자를 나와 명백하게 대응
하는 타자로서 열렬하게 좋아한다는 것이다. 얼마나 의자가
좋으냐면 의자와 섹스를 할 정도다. 나와 섹스를 나눈 의자는
지금까지 수백 개가 넘는다. 나는 마음에 드는 의자를 발견하
면 수단과 방법을 가리지 않고 섹스를 시도한다. 의자를 부둥
켜안고 온몸을 부비거나 문지른다. 의자의 매끄러운 등받이
나 다리를 혀로 핥기도 한다. 그것이 내가 의자를 사랑하는
방식이다. 이런 나를 의아한 눈초리로 바라보는 사람들에게

나는, 사랑하는 것과 섹스를 안 하는 것이 어떻게 가능한 것
인지를 묻고 싶다.

대부분의 사람들은 나를 좋게 보지 않는다. 정신이상자나
변태성욕자라고 비난한다. 내 직업은 화가다. 좋은 학교의 좋
은 스승 밑에서 그림을 배웠다. 하지만 사람들은 나를 화가로
부르기보다는 '의자 색정광'으로 부른다. 의자 색정광이라는
별명은 말할 것도 없이 내가 의자를 성적 대상으로 간주하고
의자와의 성행위에 집착하는 데서 비롯된 것이다.

내가 의자와 섹스를 한다고 말하면 사람들 중에는 어이없
는 표정을 지으며 의자와 섹스가 어떻게 가능하냐고 묻는 이
도 있다. 사실 그것은 내게 그리 중요한 문제가 아니다. 나 자
신이 의자와 섹스가 가능하다고 믿는 이상, 그리고 의자와 하
는 섹스에서 어떤 극치의 쾌감을 느끼는 이상에는 말이다.

화가로서 내가 즐겨 그리는 것 역시 의자이다. 네 개의 다
리와 등받이가 있는 평범한 의자 말이다. 내가 지금까지 종이
나 캔버스에 그린 그림은 못해도 수백 점은 될 것이다. 나는
의자와 섹스를 마치고 기념으로 그 의자를 캔버스에 담는다.
나는 그래서 '의자를 그리는 화가'로 통한다.

나를 비난하는 사람들은 내가 정신이 이상해진 나머지 의
자에 집착한다고 생각한다. 그래 그렇게 생각하는 것도 무리
는 아닐 것이다. 의자와 섹스를 시도하는 사람을 어떻게 정상
이라고 볼 수 있겠나. 사실 내가 의자와 섹스를 해서 그렇지,

만약 누군가가 자전거와 섹스를 한다고 하면 나 역시 그 사람을 정상이라고 생각하기는 어려울 것이다.

나는 실제로 의자가 있는 곳, 예를 들어 카페나 레스토랑, 주점이나 공연장, 교회나 강연장, 앤티크 상점, 가구점 등을 자주 찾는다. 그곳에서 마음에 드는 의자를 발견하면 바로 섹스를 시도한다. 그동안 의자와 섹스를 나누다가 종종 정신병자나 변태 취급을 받아 봉변을 당한 것이 한두 번이 아니다. 심지어는 신고를 받은 경찰이 출동한 적도 있다. 내게 다짜고짜 몽둥이찜질부터 하고 보는 성미 급한 사람들도 있었다. 하지만 나는 포기하지 않는다. 오히려 박해와 핍박을 받으면 받을수록 의자에 대한 내 애정이 깊어간다는 걸 사람들은 아는지. 나는 오늘도 끊임없이 만지고 싶고 사랑하고 싶고 핥고 싶고 빨고 싶은 의자를 찾아 나선다. 그런 의자가 있을 만한 곳이라면 어디든 찾아간다. 만약 어떤 진지한 사람이 당신은 왜 그렇게 의자에 집착하느냐고 물으면 나는 다만 그것이 의자이기 때문이라고 대답할 것이다.

유년의 기억

내가 처음부터 의자를 좋아했던 것은 아니다. 의자를 성적 대상으로 간주하고 섹스를 시도하는 내 행동은, 거개의 이상 행동이 그런 것처럼 내 무의식 속에 도사린 설명할 수 없는 나쁜 기억이나 좌절한 욕망, 뿌리 깊은 내상 같은 것과 분명 어떤 연관이 있을 것이다. 뒤에서 좀 더 구체적으로 말할 기회가 있겠지만 나는 바이섹슈얼, 즉 양성애자로 태어났다. 양성애자란 이성과 동성 모두에게 사랑의 욕망을 느끼는 사람을 말한다.

나를 신고했던 앤티크 상점이나 가구점의 점원, 그리고 나를 연행했던 경찰들은 내가 양성애자라는 사실을 털어놓고 나면 하나같이 이런 반응을 보이곤 했다.

"양성애자라고? 그러면 그렇지."

그들을 포함한 많은 이들은 내가 의자와 섹스를 시도하는 행위를 양성애자라는 나의 성적 정체성과 연관지어 단순히 변태성욕의 표출이라고 간주하는 것 같다. 그런 사람들의 머릿속에는 양성애자 역시 변태라는 의식이 깔려 있을 것이다. 양성애자가 변태인가? 글쎄, 그건 잘 모르겠다.

일단 아주 어렸을 적의 이야기를 하나 해보겠다. 아마도 그날 나는 처음으로 의자와 인상적인 인연을 맺었을 것이다. 내가 아직 초등학교에 들어가기도 전이었는데, 아마도 다섯 살쯤이 아니었나 싶다. 나는 가족과 함께 다른 도시에 사는 큰아버지의 집을 방문했다. 한여름의 대낮, 주민들 대부분이 피서를 떠난 동네는 적막하기 이를 데 없었다. 어른들이 모두 외출하고 집에 아무도 없을 때, 당시 고등학생이던 사촌 형이 나를 불끈 안고 자신의 방으로 데리고 들어갔다. 사촌 형은 망설임 없이 내 바지를 벗기고 내 풋고추 같은 성기에 이제 막 파과(破瓜)를 수행할 만큼 자란 자신의 성기를 문질러 댔다. 얼마 후 그의 표정이 일그러지며 그의 성기에서 뜨거운 정액이 뿜어져 나왔다. 그 정액은 내 배를 적셨다. 그 일을 치르고 사촌 형은 사탕 한 봉지를 내 손에 들려주었다. 마땅히 그래야 하는 것처럼 집 밖으로 나온 나는 마당 한쪽에 놓인 낡은 나무 의자에 앉아 소리를 죽여가며 울었다. 소리를 내며 울면 사촌 형이 달려와서 온몸을 꽁꽁 묶을 것만 같았기에. 그렇게 얼마나 울었을까. 낡은 나무 의자가 내가 흘린 눈물을 머금고 촉촉해졌을 때, 그리고 그 의자에서 푸른 이파리가 돋았을 때 나는 비로소 그곳을, 그 시간을 성큼성큼 걸어서 떠나올 수 있었다. 사탕 봉지는 이미 오래전 의자 위에서 이글거리는 햇볕을 받아 녹아 없어졌을 것이다. 큰아버지 가족은 두어 달 뒤 호주로 이민을 갔다. 하지만 나는 지금까지도 그날의 모욕과 더러운 사탕 봉지를 잊지 못하고 있다. 그것이 격렬한 상처의 진앙으로 남아 있기 때문이다. 세계지도 속에서도 호주가 있는 쪽을 바라보지 않는다. 하지만 그 기억 속의 장면 한쪽에 놓여 있던, 한없이 갑갑한 적막 속에서 나를 위무했던 낡은 의자 역시 잊지 않는다. 단 한 번만이라도 쓰다듬어보고 싶은 다섯 살에 만난 의자. 그것이 내 어린 심상에 그려놓은 그림은 얼마나 기괴하고 아름다웠던 것일까.

두 명의 애인

내가 아직 의자에 집착하지 않던 시절의 이야기부터 해보겠다. 그 시절 이야기를 하다 보면, 내가 어떤 연유로 의자에 집착하게 되었는지에 대한 모종의 대답이 나올 수도 있을 것 같기 때문이다.

의자에 아직 집착하지 않던, 그러니까 의자를 성적 대상으로 간주하지 않던 시절, 나는 두 명의 애인을 동시에 사귄 적이 있었다. 두 명의 애인을 동시에 사귀는 일은 부도덕한 것까지는 아니더라도 어쨌건 떳떳하지 못한 일임에는 분명하다. 독점적인 소유욕에서 기인하는 연애의 일반적인 속성이 그와 같은 당위로서의 불문율을 만들어놓았을 테니까. 하지만 양성애자인 내 입장에서는 두 명의 애인을 사귀는 것이 어쩌면 필연적이고 자연스러운 일일 수 있었다. 이것은 자기변명이 아니다. 실제로 나는 동시에 두 사람을 사랑하는 나 자신에게 큰 문제가 있다고 생각해본 적이 없다. 정말이지 그건 불가피한 일이었을 뿐이니까. 이쯤에서 사람들은 쉽게 상상하고 단정할 것이다. 동시에 사귄 두 명의 애인에게 내가 상처를 주었을 것이라고. 그래 그것은 틀린 단정은 아니다. 내가 사귀었던 두 명의 애인에게 나는 분명 크고 작은 여러 상처를 안겼을 것이다.

하지만 분명히 밝히고 싶은 것이 있다. 그것은 나 역시 두 명의 애인으로부터 크나큰 상처를 받았다는 것이다. 그 상처란, 결코 일반적이지 않은, 그러니까 괴물 같은 나 자신의 특수한 취향을 스스로 자각하면서 내가 느낀 일종의 소외감과 박탈감 같은 것이다. 나는 두 명의 애인 그 어느 누구에게도 만족할 수 없고, 만족하지 못하는 나 자신을 발견하고 엄청난 충격을 받은 것이다.

내가 사랑했던 두 명의 애인은 Y와 B다. Y와 B는 내가 몹시 사랑하던 사람이었고 나와 뜨겁게 연애를 했다는 공통점을 갖고 있다. 하지만 이 두 사람은 매우 이질적이고 뚜렷한 차이 또한 갖고 있다. 그것은 바로 그 두 사람의 생물학적 성이 다르다는 것이다. Y는 나와 같은 남자이고 B는 여자였으니까. 이쯤에서 내가 양성애자라는 사실은 확실히 증명이 된 셈이다. 나는 연애를 하는 동안 이 두 사람 사이를 끊임없이 오갔다. 알 수 없게도 어느 한 사람에게 머무르지 못했고 머무를 수 없었다. 결국 이것이 나의 연애가 파멸로 치닫는 결정적인 원인으로 작용했을 것이다. Y와 B는 내가 양성애자라는 사실을 잘 알고 있었지만 막상 내가 자신 말고도 다른 애인을 지속적으로 만나자 분명한 어조로 그런 행태를 비난했다.

Y가 내게 자주 했던 말은 이런 것이다.

"난 너와 아주 특별한 관계라고 생각했는데, 넌 그렇게 생각하지 않은 모양이구나."

그로부터 이런 말을 들으면 내 가슴이 송곳으로 파헤쳐지는 것처럼 아팠다.

B가 내게 했던 비난은 좀 더 직설적이고 노골적인 것이었다.

"내가 당신 몸에서 다른 남자의 체취까지 느껴야 하겠어?"

하지만 나는, Y와 B, 두 사람 사이를 오가는 것을 도저히 멈출 수 없었다. 나는 Y와 B, 그 누구도 포기하고 싶지 않았던 것이다. 이렇게 표현하면 어떨지 모르겠다. 나는 자신이 바라는 천국을 어느 한 사람만으로는 발견할 수 없었다고. 불행하게도 나는 시계추처럼 Y와 B 사이를 오가는 방황 속에서만 문득문득 내가 찾는 천국의 문을 발견하고는 했다.

'나는 한 사람에만 만족할 수 없는 존재인가.' '양성애자란 양편의 세계 모두를 누릴 수 있는 자유를 갖고 태어난 존재가 아니라 양쪽이 모두 필요한 두 배의 결핍을 갖고 태어난 존재인가.' 그런 생각이 들 때면 양성애자로 태어난 것이 마치 하늘이 내린 천형처럼 느껴지고는 했다. 어느 한쪽이 아닌 양쪽이어야만 겨우 결핍이 충족되는 존재.

나는 Y에게도 B에게도 정착할 수 없었다. 그래서 두 사람에게 그 사실을 고백하기에 이르렀다. 더 이상 나 자신과 내가 사랑하는 두 사람을 속일 수는 없다고 생각했기 때문이다.

나는 두 사람을 각각 만나 아마도 이렇게 얘기했을 것이다.

"미안해, 난 너 말고 다른 애인이 있어. 하지만 그 애인이 너를 대체하는 것은 아니야. 그 애인은 반쪽의 애인이고 또 다른 반쪽의 애인인 너와 함께 비로소 온전한 한 사람의 애인이 되는 거야. 제발 이런 나를 이해해줘."

Y와 B는 내 말을 이해했던 것일까. 두 사람은 갸륵하게도 나를 버리지도, 떠나지도 않았다. 그것은 그들이 그만큼 나를 깊이 사랑했기 때문이었을 거라고 나는 생각한다. 두 사람은 나의 재능과 열정을 몹시도 사랑했다. 두 사람은 나의 몸과 감각을 열렬히 사랑했다. 만약 그들이 나를 떠나지 못한 이유가 사랑 때문이 아니라면, 그것은 아마도 나의 도저한 결핍이 그들에게 진한 연민의 정서를 불러냈기 때문이었을 것이다. 사랑과 연민, 이 두 단어 없이 인간을 설명하는 것이 과연 가능한 일일까?

혼자 남겨진 시간이면 나는 조용히 턱을 괴고 오랫동안 생각하는 시간을 갖곤 했다. 도대체 무엇 때문에 나는 한 사람에게 만족하는 것이 불가능한 것인가. 내가 느끼는 이 끝없는 결핍의 정체는 무엇인가. 내 머릿속에 가득한 Y와 B의 세계는 내게 각각 어떤 세계로 다가오는가. 그런 오랜 생각 끝에 나는 두 사람에 대해 최소한의 정리를 해볼 수 있게 되었다. 그 비밀은 두 사람의 아주 판이하게 다른 개성에서 기인하는 것이었다.

Y는 내게 한없이 단조롭고 한가로운 세계, 그러니까 사막 같은 세계를 보여주는 사람이었다. 몹시 마른 체격과 여린 심성을 가진 그는 말이 없고 움직임도 거의 없었다. 내가 그와 섹스를 나눌 때, 나는 마음 먹은 것은 무엇이든 다 해볼 수 있었다. 그의 무릎을 손바닥으로 툭툭 쳐보기도 하고, 눈을 찔

러보기도 하고, 엉덩이를 핥을 수도 있었다는 말이다. 그는 마치 자코메티의 조각처럼, 허물어질 듯 섬세한 몸으로 내 작은 움직임 하나하나에 정확하게 반응하곤 했다. 모래바람이 바닥을 쓸고 지나가는 것처럼 내가 그를 만질 때 그의 낮은 신음 소리를 듣는 것이 나는 너무 좋았다. 그것은 차라리 관악기에서 나오는 음악 같은 것이었다.

반면 B는 풍요롭고 탐스러운 세계, 말하자면 밀림의 세계를 보여주는 사람이었다. 그 세계는 결코 한가롭거나 권태롭지 않았다. 육감적인 그녀의 몸과 라틴계 혈통 같은 다혈질과 열정, 그리고 생동감은 그녀의 원초적인 매력을 더욱 도드라지게 하는 것이었다. 그녀와 섹스할 때 나는 그저 온몸을 그녀에게 맡겨놓기만 하면 되었다. 그녀는 점령군의 사령관처럼 거침없이 내 몸에 육박해 들어와 내 몸을 지배하고 흔들고 일으켜 세웠다. 그녀는 능수능란했고 혹독했으며 집요했고 격렬했다. 그녀의 입에서 나오는 교성은 웅장한 교향악처럼 압도적인 것이었다.

나는 이를테면 사막의 세계를 보여주는 Y와 밀림의 세계를 보여주는 B를 끝없이 오가는 방랑자였다. Y와 함께 있을 때면 B의 풍만한 젖가슴이 그리웠고 B의 품에 안겨 있을 때면 Y의 빼빼 마른 무릎을 주체할 수 없이 쓰다듬고 싶었다. 나는 그래서 어느 한곳에 머무르지 못하고 Y와 B 사이를 오갈 수밖에 없었다. 가끔은 아주 이기적인 몽상을 하곤 했다. 그게 가능하기만 하다면 Y와 B와 함께 밥을 먹고 산책을 하고 영화를 보고 싶다는. Y와 B와 함께 같은 침대에서 잠을 자고 아침에 함께 일어나 창문을 열고 그날의 날씨를 확인하고 싶다는. 그리고 마침내는 Y와 B를 나란히 내 침대로 초청해 함께 사랑을 나누고 싶다는. 하지만 나의 이런 생각은 현실에서는 불가능한 불온하고 불경한 욕망일 뿐이었다.

마침내 Y와 B는 내 옆에서 나를 견디는 것을 포기했다. 동성애자인 Y는 내가 자기 말고도 이성 애인을 계속 만나는 것을 동성애의 순결한 세계를 훼손시키는 행위로 보았다. 그는 동성애의 세계로 내가 귀순하기를 바랐다. 그런 그에게 B를 계속 만나는 행위는 일종의 배신행위였디. 이성애자인 B는 내가 자신을 만나면서 동성 애인을 동시에 만나는 것을 병적인 취향을 통제하지 못하는 성적 방종의 형태로 보았다. B 역시 내가 이성애자의 세계, 이반이 아닌 일반의 세계로 돌아오기를 바랐다. 하지만 나는 두 사람의 기대를 모두 저버렸다. 아니 저버렸다기보다는 두 사람의 기대를 충족시킬 수 있는 능력이 내게는 없었다. 나는 두 배의 결핍을 갖고 태어난 사람이었으니 말이다.

사막 혹은 밀림

내가 먼저 인연을 맺은 쪽은 Y였다. 나는 Y를 십오 년 전 한 고등학교 교실에서 만났다. 그와 나는 같은 반 급우였고 또 함께 미술반에 소속되어 있었다. 두 사람 모두 미술적인 재능이 각별해서 미대를 지망하고 있었던 것이다. 나와 Y는 서로에게 호감이 있음을 한눈에 알아봤다. Y와 나의 특별한 관계가 시작된 첫날로 우리가 기념하곤 했던 새 학기 첫번째 주의 토요일, 우리는 함께 영화를 보았다. 미국 팝아트 작가 장 미셸 바스키야의 삶을 다룬 영화였다. 그는 앤디 워홀과 동성애 관계였다. 영화의 엔딩크레딧이 올라갈 때 누가 먼저라고도 할 것이 없이 우리는 손을 잡았다. Y의 손의 촉감. 그 마른 손의 이물감이 뜻밖에도 내게 매우 감미로운 쾌감을 안겼다. 그 역시 내 손에서 전에는 경험할 수 없는 감동을 느꼈던 모양이었다. 우리 두 사람은 우리 앞에 열리게 될 새로운 세계의 황홀감에 몸서리를 칠 정도로 격렬하게 반응했지만 그 열정 어딘가에 불안과 균열의 그림자가 도사리고 있는 것까지는 알지 못했다. 그 그림자의 정체는 말할 것도 없이, Y가 동성에게만 연정을 느끼는 호모섹슈얼인 데 반해 내가 동성은 물론 이성에게까지도 욕망을 느끼는 바이섹슈얼이라는 상반된 정체성에서 기인하는 것이었다. 어려서부터 부모로부터 엄격하게 사생활을 통제당했던, 그래서 늘 억압적인 현실에 대한 탈주와 도피의 충동에 시달렸던 내 입장에서는 매일 볼 수 있는 같은 반 동성 친구인 Y에게서 연정을 느끼기 쉬웠을 것이다. 아직 이성을 본격적으로 접하기에는 여러 가지로 환경에 제약이 있었기 때문이니까. Y는 준수하고 섬세하며 시적인 감수성이 풍부했고 남자이면서도 어딘지 모르게 여성성의 매력을 가진 친구였다. 나는 그의 그런 점에 매료되었다.

나와 Y 사이에는 오랫동안 아무런 문제도 일어나지 않았다. 우리는 궁합이 매우 잘 맞는 거의 완벽한 연인이었던 것이다. 우리는 아주 먼 미래까지도 함께 생각할 정도로 깊이 사랑했고 그 사랑을 의심하지 않았다. 적어도 내게 이성 애인인 B가 생기기 전까지는 말이다. 나와 Y 사이에 아무 문제가 일어나지 않았던 시기는 내가 B를 만나기 전까지 그러니까 동성 애인인 Y에게만 전념했던 기간과 정확하게 일치한다. 학교에서는 좀 유별난 우정을 나누는 녀석들 정도로만 알려졌을 뿐, 우리의 특별한 관계를 눈치챈 이들은 없었다. 나와 Y는 모두 우수한 성적으로 같은 대학의 미대에 진학했다. 평소 순수미술을 동경했던 나는 회화를 택했고, 응용미술을 좋아했던 Y는 디자인을 택했다는 것이 다를 뿐이었다. 나와 Y는 대학에 다니는 동안에도 은밀한 연인 사이를 계속 유지했다.

한편 내가 B를 처음 만난 건 졸업반이 되어 졸업전시회를 할 무렵이었다. 전시회 마지막 날 나는 전시장을 지키고 있었는데, 지도교수님이 손짓을 해서 가보니 삼십대 중후반쯤으로 보이는 단아한 인상을 가진 여자가 교수님 옆에 서 있었다. 그들이 서 있는 곳은 바로 내 작품 앞이었다. 지도교수님은 그 여자를 갤러리의 대표라고 소개했다. 그녀는 무선통신 서비스사업으로 크게 성공한 벤처사업가의 아내로 평소의 예술 취미를 비즈니스 모델로 연결하고자 남편의 후원을 받아 갤러리를 오픈했다고 말했다. 그녀가 바로 B였다. 그날 나는 교수님과 갤러리 대표 B와 함께 인근의 식당에 가서 간단하게 점심을 먹고 의례적인 인사만 나눈 후 헤어졌다.

내가 B로부터 연락을 받은 것은 그러고 나서 나흘쯤 뒤였다. B는 졸업전시회에 걸렸던 내 작품 한 점을 구입하고 싶다는 말과 함께 급히 좀 만나고 싶다는 말을 했다. 나로서는 거절할 이유가 없는 만남이었다.

B는 내가 살고 있는 동네로 차를 몰고 왔다. 처음 만나던 날 어딘지 모르게 음전해 보이던 B는 그날은 몸에 꼭 달라붙는 물방울 원피스(영화 「화양연화」에서 장만옥이 입었던 차이니스 원피스와 같은 것) 차림에 날렵하게 생긴 빨간색 스포츠카를 타고 왔다. 그래서 그런지 할리우드의 여배우처럼 매우 활달하고 자유분방한 느낌을 주었다. 나는 B의 파격적인 변신이 매우 인상적으로 느껴졌다. 그리고 그 인상은 곧 호감으로 이어졌다. B는 나를 보더니 대뜸 차에 타라고 했다. 나는 그녀의 말에 움찔하면서 나도 모르게 그녀가 시키는 대로 그녀의 차에 올라탔다. 그제서야, 물감으로 얼룩진 작업용 청바지를 그대로 입고 나온 나의 부주의함을 탓했다. B가 나를 태우고 간 곳은 교외에 있는 카페였다. 나보다 정확히 열두 살이 많은 B는 능수능란하게 화제를 이끌며 내 사고와 감각을 지배해버렸다. 이야기를 나누던 중 나는 B가 미술 전공으

로 프랑스 유학을 다녀왔으며 산수화의 거장인 J의 외손녀라는 사실을 알게 되었다. 그런 세속적 환경 역시 아직 무명이고 가난했던 나에게 무시하지 못할 매력으로 다가왔다. 카페에서 와인을 몇 잔 마신 B는 내 귀에 대고 속삭였다.

"당신을 알고 싶어요. 당신을 알게 해줘요."

그것은 내게는 거부할 수 없는 고혹적인 주문이고 명령이었다. 놀랍게도 우리는 그날 밤을 같이 보냈다. 나로서는 이성과 처음 보내는 밤이었고 이성과 처음 경험하는 섹스였다. B와의 섹스에서 나는 Y와 보낸 밤에서는 느끼지 못했던 색다른 감흥과 충족감을 느끼고 전율했다. 아, 이런 세계도 다 있구나.

나와 B의 연애는 이후 뜨겁게 그리고 빠르게 진행되었다. 우리는 이틀이 멀다 하고 만나 서로의 육체를 탐닉했다. 호텔방은 물론, 차 안에서, 아무도 없는 갤러리 전시장 안에서, 심지어는 카페의 화장실에서 우리는 사랑을 나누었다. B는 나에 대한 자신의 사랑을 보여주겠다며 갤러리 관장이라는 자신의 위치를 최대한 이용해 나를 경제적으로 후원하기 시작했다. B의 눈에 키가 훤칠하고 호남형에다 미술적인 재능까지 남달라 보였던 나를 B는 언젠가 자신이 했던 표현대로 목숨을 걸고 사랑하는 듯했다. 그녀는 나를 격렬하게 사랑함으로써 남편의 지원으로 갤러리를 운영하는 자신의 콤플렉스를 보상받고 싶어하는 듯도 했다. 중요한 것은 어쨌거나 나 역시

B를 진심으로 사랑했다는 것이었다. 특히 나는 B와의 섹스에서 커다란 만족감을 느꼈다. 그것은 B도 마찬가지였다. 이성과의 섹스를 B를 통해 처음 경험했던 나는 B의 몸속에 발기한 몸을 집어넣을 때마다 축축하고 울창한 미지의 밀림을 탐험하는 것과 같은 진한 쾌감을 맛보았다. 그것은 Y의 메마른 몸을 탐색하는 동안 느꼈던 사막의 끝날 것 같지 않은 권태에서 오는 쾌감과는 아주 다른 것이었다.

그렇다. 밀림과 사막. 축축하고 풍성한 밀림과 메마르고 건조한 사막. 무엇이 나타날지 모르는 흥미진진한 밀림과 이미 모든 것을 펼쳐 보이는 권태로운 사막. 내게는 그때 밀림과 사막이 함께 있었다. B와 Y의 세계가 바로 그것이었다.

하지만 난 앞에서도 말한 것처럼 밀림과 사막, 그 어느 한 곳에도 오래 머무르지 못했다. 밀림 속에 오래 있다 보면 어느새 몸에 곰팡이가 피고 짓무르는 느낌에 사로잡혔다. 그럴 때면 까끌까끌한 모래바람이 부는, 햇볕이 이글거리는 사막이 견딜 수 없이 그리웠다. 나는 결국 도망치듯 밀림을 떠나야만 했다. 하지만 사막이 나의 구원이었을까. 사막에서도 며칠을 보내고 나면, 그 건조한 열기에 목이 콱콱 막히고 온몸에 비늘 같은 각질이 이는 것 같았다. 그럴 때면 또 밀림이, 그 축축한 습기와 풍성한 그늘이 가득한 밀림이 그리웠다.

어느새 나는 Y를 만나면 B를 그리워하고 B를 만나면 Y를 그리워하는 존재가 되어 있었다. 그것이 반복되다 보니, B를 그리워하기 위해 Y를 만나고 Y를 그리워하기 위해 B를 만나는 건 아닌가 헷갈리는 지경까지 이르게 되었다.

가능한 불가능

이제 두 사람과의 연애가 끝내 파경으로 치달은 날을 이야기해야겠다. 그 치명적인 착란이 있던 날을.

그날은 토요일이었고 나는 B와 만나기로 약속이 되어 있었다. 우리는 시내의 영화관에서 만나 영화를 보고 함께 저녁을 먹었다. 그리고 한강이 내려다보이는 카페에 가서 와인을 몇 잔 마셨다. 그 카페의 사장은 미술 애호가였는데, 내 그림을 구입해 자신의 카페에 걸어둘 만큼 내 작품을 좋아하는 사람이었다. 그즈음의 나는 화가로서 조금씩 조금씩 이름이 알려지고 있었는데, 전속 계약을 맺자는 제안이 서너 군데에서 들어올 정도였다. 모든 것이 B의 전폭적인 지원이 있었기에 가능한 일이었다.

카페를 나온 B와 나는 늘 그랬던 것처럼 평소에 잘 가는 호텔에 갔다. 사랑을 나누기 위해서였다. 여전히 Y와 자신 사이를 오가고 있지만, B는 내심 언젠가는 내가 온전하게 자신에게 돌아올 것이라 확신하고 있었다. 그런 기대감으로 내 곁을 떠나지 않고 있는 것이었다. 그것을 나도 잘 알고 있었지만 B에게 B가 바라는 확답을 해줄 수는 없었다. 우리는 만족할 만한 격렬한 섹스를 나누었다. 그녀의 몸은 농익을 대로 농익어

내 육체의 절실함에 충족스럽게 답했다.

섹스를 마치고 함께 단잠에 빠져 있던 새벽 무렵, 휴대전화가 울렸다. 휴대폰 액정에는 Y의 이름이 떠 있었다. 시간을 알리는 숫자는 세시 오 분 전을 가리키고 있었다. 내 옆에는 반쯤 벗은 B가 누워 있었고. Y가 전화를 걸어온 것은 한 달여 만의 일이었다. Y가 전화를 한 달여 만에 걸어왔다는 것은 그와 나 사이에 불화가 있어 대강 그만큼의 시간 동안 만나지 않았다는 뜻이었다. 나는 조갈증이라도 난 사람처럼 Y와 불화하는 동안에는 B를 만났고 B와 불화하는 동안에는 Y를 만났다. 그러니까 그 시기는 내가 B를 만나는 시기였던 것이다. 나는 다소 복잡한 표정으로 통화키를 눌렀다. 뜻밖에도 Y의 목소리는 부정확하게 떨리고 있었다. 흐느끼고 있는 것도 같았다.

"잘 지내고 있니? 나 안 보니까 좋니? 난 이렇게 힘든데. 지금 남쪽으로 와줘. 빨리 달려와줘. 네가 보고 싶어 나는 아무것도 못하겠어."

Y는 새벽 세시가 다 된 시간에 전화를 해서 '남쪽'에서 만나자는 말을 하고 있었다. 남쪽은 홍대 부근에 있는, Y와 자주 갔던 카페의 별칭이다. 그 카페의 본래 이름은 '포르말린 냄새가 나는 남쪽 숲'인데 나와 Y는 그냥 남쪽이라고만 불렀다. 우리가 그렇게 부른 이후 세상의 남쪽은 오직 그곳 하나만 존재하게 되었을 것이다. 카페 남쪽은 이를테면 한 손에는

생경한 외국 담배를 또 다른 한 손에는 스마트폰을 든 어설픈 시인 지망생이 "포르말린은 부패 이전의 세계를 환기시키기 때문에 좋아하지" 따위의 민망한 말을 늘어놓는 것을 허용하는 그런 곳이었다.

디자인을 전공한 Y는 졸업한 뒤 건축설계를 하는 사촌 형과 함께 인테리어디자인 회사를 창업했다. 그의 회사는 빠르게 성장했다. 넘치는 일 때문에 Y는 야근이 많았다. 일이 빨리 끝나면 보통 열한시였다. 밤샘 작업을 하는 경우도 많았다. 그래서 내가 Y를 만나는 시간은, 보통 그가 일을 마치고 퇴근하는 심야인 경우가 많았다. 우리는 그 심야에 남쪽에서 만나 밀어를 속삭이곤 했던 것이다. 나는 사실 이런 조건에 그다지 불만은 없었다. Y를 만날 수 없는 시간에 B를 만나면 됐기 때문이었다. 그래, 누군가 나를 가리켜 너무 자기 자신의 형편에만 충실했다고 비난한다면 나는 그것을 피하고 싶지는 않다. B와 함께 호텔 방에 누워 있는 상황이 상황인지라 나는 다소 당혹스러운 목소리로 대답했다.

"Y, 술 먹었구나. 지금 나가는 건 곤란해. 아무튼 너는 나를 참 힘들게 하는구나."

내가 한 달여 만에 전화를 걸어온 Y에게 그렇게 냉담하게 말할 수밖에 없었던 것은 마침 B가 내 가슴께로 팔을 뻗어왔기 때문이다. 이와 같은 상황을 Y가 무인 카메라로 보고 있기라도 한 듯 말했다.

"너 지금 혼자가 아니구나. 네 옆에서 벌거벗은 누군가 네 몸을 휘감고 있구나. 그렇지? 말해봐, 그렇지?"

Y가 말했을 때 내 눈동자는 흔들릴 수밖에 없었다. Y는 계속해서 절규했다. 그는 술을 잘하는 편이 아닌데, 어쩌다가 이 정도로 취했을까.

"내가 너를 이렇게 보고 싶어 하는데, 널 이렇게 그리워하는데 어떻게 네가 날 외면할 수 있니? 어떻게 네가 나한테 이럴 수 있니?"

여기까지 하는 말을 듣고 나는 침대에서 상체를 일으켜 앉았다. 내 가슴에 얹혀 있던 B의 팔이 스르르 미끄러져 내렸다. 그것은 뱀의 몸뚱어리 같았다.

"십 분 후에 전화할게. 잠시만 생각할 시간을 줘."

나는 그렇게 말하고 서둘러 전화를 끊었다. Y의 마지막 말, 널 이렇게 그리워하는데 어떻게 네가 날 외면할 수 있니, 라는 말이 아프게 가슴을 찔러왔다. 나는 두 눈을 꾹 눌러 감고 표정을 잔뜩 일그러뜨렸다. B가 그러는 나를 보면서 역시 침대에서 상체를 일으켜 세웠다. B가 의혹이 가득한 불안한 눈빛으로 나를 보고 있다는 것을 알았지만 나는 그 눈빛을 일부러 외면했다. 그러곤 조심스레 입을 열었다.

"저기 말이에요……"

"저기 뭐, 무슨 말을 하려고? 설마 지금 Y에게 가겠다는 거야?"

"그래야 할 것 같아요. Y가 지금 술에 취해서 몹시 흥분한 상태예요."

"그럼 나는 뭐야? 당신이 지금 이 시간에 Y에게 가면 나는 뭐가 되는데. 왜 또 나에게 모욕감과 상실감을 안기려는 거야?"

그렇게 B가 말했을 때, 나는 그만 짜증이 치솟고 말았다.

"우린 이미 서로를 뜨겁게 탐닉했잖아요."

그것은 간밤의 섹스를 말하는 것이었다. B는 나를 만나면 언제나 섹스부터 하기를 원하는 편이었다. 나는 그녀와의 섹스도 좋았지만 그녀와 좀 더 많은 이야기를 나누고 싶었다. 그러니까 그녀가 갤러리 사무실에서 일할 때 직원과 주고받은 말들, 점심 메뉴는 무엇이었는지, 그가 주축이 되어 진행한 기획전이나 프로젝트에 대한 관객들이나 클라이언트들의 평가는 어땠는지, 그리고 공연한 권위로 그를 괴롭힌다는 미술계 원로 작가들의 험담 따위를 듣고 싶었다. 하지만 B는 나와 자고 싶은 생각만 하는 것 같았다. 나를 마치 애완동물처럼 쓰다듬으며 귀에 대고 너랑 자고 싶다 자고 싶다, 이런 말만 했던 것이다. 하지만 너랑 자고 싶다, 라는 말을 들었을 때, 내 몸 역시 속절없이 즉각적으로 반응하곤 했다. 밀림으로부터의 저 고혹적인 호출을 내가 어찌 거절할 것인가. 소름이 돋으면서 온몸의 근육이 융기하는 듯한 느낌이 드는 것이었다. 하지만 섹스를 마친 후에는 깊은 늪으로 한없이 추락하는 것 같은 공허감과 수치감이 밀려들었다. 그토록 농염하고 탐스러웠던 B

의 육체가 비루한 고깃덩어리처럼 느껴졌던 것이다. 하지만 B는 그런 내 마음을 아는지 모르는지, 언제나 자신의 욕망을 표현하는 데 거침이 없었다. 그것이 B의 진실이었다.

"자기, 그러지 말고 날 한 번 더 안아줘. 내가 자기를 얼마나 사랑하는지 잘 알잖아."

그렇게 말하면서 B가 손을 뻗어 내 다리 중심 쪽을 향했다. 그 순간 내 가슴속에 고여 있던 Y를 향한 그리움이 활화산처럼 폭발했다. 그리고 그 그리움은 B를 향한 분노와 혐오감으로 이어졌다. 나는 B의 손길을 강하게 제지하며 화난 짐승처럼 소리를 질렀다.

"뭐 하는 거예요! 당신에겐 섹스가 사랑인가요? 말해봐. 섹스가 사랑이냐구요?"

"그게 무슨 소리야. 알잖아. 난 너의 모든 걸 사랑하는데. 너의 열정과 재능, 너의 미래, 너의 모든 걸. 나는 너를 위해서 내가 할 수 있는 걸 다 했는데."

B의 말은 사실 크게 틀리지 않았다. B 역시 남편과 정상적인 소통이 차단된 외로운 사람이었고 나를 만나면서 비로소 자신이 하고 싶은 사랑을 발견했던 것이다. 그녀는 자신의 능력이 닿는 한 아낌없이 나를 지원해왔다. 내 작품을 비싼 값에 매입했으며 수차례 초대전을 기획했고 작업실을 마련해주는 등 창작에 필요한 물적인 환경을 제공해주었다. 그리고 기꺼이 자신의 몸과 마음까지 내주었다. 화단에서의 내 지명도

가 이 정도까지 이르게 된 것에는 분명 B의 역할이 컸다. 나도 그것은 부인하지 않는다. 그런데, 그날 새벽 나는 울면서 전화를 걸어온 동성 애인이 그리워 나에게 모든 것을 준 이성 애인에게 역정을 냈던 것이다. 나는 B 앞에서 베개를 집어 던지며 고통스러운 듯 소리를 쳤다.

"난 아무것도 모르겠어. 난 당신의 품에 있을 때는 불행하지 않지만 당신의 품 밖으로 나가면 Y가 그리워 고통스럽다고. 나는 당신의 구멍 속에 내 몸을 숨기고 싶지만, 당신의 구멍이 나를 전부 가려주지 않아. 그럴 땐 당신의 풍성하고 부드러운 몸이 아니라, 오히려 세상의 모든 결핍을 내장하고 있는 듯한 Y의 뻣뻣하고 마른 몸이 그리워진다고. 아아! 어디가 내 구원처인지 모르겠어."

그러자 B가 이런 말을 했다. 그것은 숨길 수 없는 B의 진실이었을 것이다.

"내가 이런 말 하면 당신은 틀림없이 화를 내겠지만, 당신은 어엿한 남자야. 남자에겐 남자보다 여자가 필요한 거야. Y와 당신이 관계는 비정상적이고 병적인 거야. 남자와 여자가 만나서 사랑하는 게 바로 자연스러운 이치란 말야."

B의 입에서 이치라는 말에 나왔을 때 나는 이성을 잃을 정도로 B에 대한 혐오감이 치솟아 올랐다. 나는 힘껏 B의 몸을 밀치면서 옷을 주워 입었다. 입으로는 계속 B를 향해 소리치고 있었다.

"세상에 이치라는 게 어딨어요. 한 개인의 더없이 간절한 욕망을 억압하라고 만들어진 것이 이치인가요? 나는 예술가 예요. 내 몸은 상처로 얼룩져 있죠. 난 자유로운 존재라구요. 내 상처가 나를 자유롭게 한다구요."

그러자 B가 갑자기 울음을 터뜨렸다. 내 앞에서 울음을 터 뜨린 건 처음 있는 일이었다. 놀랍게도 그녀의 울음이 나의 흥분을 빠른 속도로 가라앉혀주었다. 그녀가 무척이나 안쓰 럽게 느껴졌던 것이다. B는 서러운 듯 가슴을 쥐어뜯으며 울 음을 토해냈다. 그러면서 겨우겨우 말했다.

"난 너를 사랑한 잘못밖에 없어. 으흐흑, 너의 결핍을 온전 하게 내가 전부 채워주고 싶었다고. 그 욕심이 잘못된 거니? 으흐흑."

나는 가만히 그녀에게 다가가 그녀의 어깨를 토닥였다. 그 녀의 어깨가 더 서럽게 들썩였다. 나는 미안해요, 라고 말했 고 살며시 그녀의 어깨를 안았다. 조금씩 그녀의 어깨가 잦아 들었다. Y로부터 전화가 온 것은 바로 그때였다. 나는 B의 어 깨를 감았던 팔을 풀고 그 전화를 받았다.

Y는 어린애처럼 토라진 목소리로 따지고 있었다.

"십 분이 훨씬 지났는데 왜 전화를 안 하는 거니?"

"알았어. 지금 남쪽으로 갈게. 거기 꼼짝 말고 있어."

나는 그렇게 말하고 전화를 끊었다. 그러자 B가 눈물 자국 이 어지러운 얼굴로 내게 말했다.

"진짜 가려고?"

나는 B에게 한결 다정해진 목소리로 말했다.

"잠깐 Y 얼굴만 보고 바로 돌아올게요. 멀지 않은 곳이니까. 두 시간이면 충분히 돌아올 거예요. 그러곤 당신과 다시 사랑을 나눌게요. 아침이 올 때까지 우리 사랑을 나누는 거예요."

그러자 B가 슬픈 미소를 지으며 고개를 끄덕였다.

그때 사실 이미 나는 설명할 수 없는 열기에 들떠 있었다. 그것은 환각이고 착란이고 망상에 불과한 것이었지만 그때만큼은 믿을 수 없을 만큼 강렬한 열정과 확신에 붙들려 있었던 것이다. 그토록 불안하고 위태로운 열정에 온몸을 내맡기게 한 그 괴물 같은 욕망은 과연 무엇이었을까.

나는 택시를 타고 카페 남쪽에 가서 Y를 만났다. Y는 나를 보자마자 포옹부터 했다. 손님이 아직 몇 있었지만 그는 더 이상 거리낄 게 없는 모양이었다. 나는 그에게 빠르지만 분명하게 말했다.

"Y, 우리 사랑하러 가자."

Y는 대답 대신 나를 더욱 세게 끌어안았다. 나는 Y를 데리고 남쪽을 나왔다. 그러곤 다시 택시를 잡았다. 택시 기사에게 사뭇 열에 들뜬 목소리로 S호텔로 가자고 말했다. S호텔은 B가 나를 기다리고 있는 곳이었다.

그 이후의 이야기를 구체적으로 하는 것은 아마도 큰 의미는 없을 것이다. 나는 Y를 데리고 조금 전까지 B와 뜨거운 사랑을 나눴던 객실로 올라갔고, B가 깜빡 잠들어 있는 침대 쪽으로 술에 취한 Y를 몰고 갔고 그 침대에 Y를 눕혔고 거칠게 Y의 옷을 벗겼다. 그사이 잠에서 깬 B가 Y를 발견하고 소리를 질렀고 Y 역시 뒤늦게 상황을 파악하고는 경악스러운 표정으로 나를 밀쳤고 나는 여전히 설명할 수 없는 열정에 붙들린 채로 괴물 같은 표정을 지으며 두 사람에게 이렇게 말했던 것 같다.

"Y와 B, 우리 지금 다 같이 사랑을 나누는 거야. 우리는 가능해! 우리는 가능하다구!"

B가 질렸다는 표정으로 옷을 주섬주섬 챙겨 입던 모습. Y가 내 가슴을 주먹으로 텅텅 치며 울부짖던 모습이 그날 새벽, 내가 기억할 수 있는 마지막 장면이었다.

의자를 만나다

나는 그날 분명 한 침대에 있는 두 명의 애인에게 우리는 가능해! 라고 소리쳤다. 도대체 뭐가 가능하다는 말이었을까. 지금은 알고 있다. 나의 사랑은 불가능했고 결핍은 완성되었다는 것을. 나는 그렇게 해서 아름답고 착했던 두 명의 애인과 이별했다. 한 사람은 남자, 한 사람은 여자였다. 나는 그 둘을 모두 원했지만 그것은 사실 그 둘을 모두 원하지 않는 것과 다를 게 없는 것이었다. 다시 말하지만 그리하여 내가 완성한 것은 오로지 결핍이었다. 이쪽과 저쪽 모두를 원하는 나의 욕망은 이쪽과 저쪽 모두에게 받아들여질 수 없는 천생의 장애 같은 것은 아니었는지.

두 명의 애인과 완전히 헤어진 후 나는 반미치광이처럼 지냈다. 한없이 게으른, 열정을 제거해버린 삶을 살았다. 모든 것을 방전하는, 결핍을 있는 그대로 드러내는 삶이었다. 거의 매일 밤새 술을 마시고 오후쯤 늦게 일어났다. 그리고 열정도 없이 그림을 그렸다. 가끔 거리에도 나갔다. 햇살이 비칠 때도 있었고 비가 올 때도 있었다. 어떤 날은 아주 드물게 비가 오는데도 햇볕이 비치는 날도 있었다. 그런 날씨를 만나면 내 몸속에 따뜻한 열기가 지펴지면서 흐릿한 몽상이 피어나기도 했다.

내가 그 의자를 만났던 날도 햇빛 속에서 부슬비가 내리는 날이었다. 느지막이 일어나 분식집에서 국수를 사 먹고 따뜻하고 진한 에스프레소를 한 잔 마시고 싶은 생각이 들어 카페에 들어갔다. 그 카페는 언제부터 그곳에 있었는지 모르는, 처음 보는 카페였는데 내가 그곳을 택한 이유는 순전히 카페의 이름 때문이었다. '세상은 망해가는데, 나는 사랑을 시작했네.'

나는 나도 모르게 그 카페의 이름을 중얼거렸다. 세상은 망해가는데, 나는 사랑을 시작했네. 카페에 들어가니 페인트칠을 하지 않은 테이블과 나무 의자들이 가득했다. 소재의 재질과 그것이 시간에 노출된 흔적을 그대로 보여주는 소박하고 자연스러운 빛깔. 나는 그중 한 의자에 앉았다. 내가 수많은 의자 중 그 의자를 택한 것은 이상하게도 그 의자가 처음부터 그러니까, 내가 카페 문을 열고 들어서던 순간부터 빤히 나를 쳐다보고 있다고 느꼈기 때문이었다. 그 빤한 눈길이 어딘가 처연한 데가 있었다. 그 처연하면서도 묘한 느낌은 놀랍게도 어느 순간 내 복잡한 기억을 헤집으며 아주 오래전 어떤 집 마당에 놓여 있던 낡은 나무 의자를 불러내었다. 다섯 살 아이가 앉았다가 사탕 봉지를 두고 갔던 그 의자.

나는 눈을 질끈 감으며 그 의자에 앉았다. 나는 속에 있는 것을 다 게워낸 사람처럼 홀가분한 평온을 느꼈다. 마치 오래된 상처가 치유되는 듯한 느낌. 그리고 무심하게 창밖으로 시선을 던졌다. 카페에서 창밖을 보지 않으면 도대체 어디를 본단 말인가. 창밖에는 햇살과 비가 동시에 존재하고 있었다. 비는 햇살에 반짝거리는 아름다운 육체를 쉼 없이 보여주며 바닥에 떨어진다. 햇빛을 받으며 수직으로 서서 죽는 저 순결. 그때 내 뇌리를 강렬하게 찢으며 떠오른 생각이 있었다. 그것은 생각과 동시에 말이 되어 뛰쳐나왔다. 아, 이것은 사막과 밀림 모두를 보여주는 풍경 아닌가.

바로 그 순간이었다. 내가 앉아 있는 의자가 내 사타구니께로 손을 뻗어왔던 것은. 분명히 의자에서 손 같은 것이 뻗어나와 나의 다리를 부드럽게 애무하는 것이었다. 의자의 손은 매우 익숙하게 내 몸속에 숨은 열정의 점들을 하나하나 찾아내 일으켜 세웠다. 지금까지 단 한 번도 느껴보지 못한 압도적인 침투였다. 나는 곧 무장 해제된 사람처럼 감각의 세계로 빠져들었다. 나는 의자에서 뻗어 나온 손을 내 손으로 어루만지며 의자에서 엉덩이를 떼고 의자와 눈높이를 맞추며 의자 옆에 주저앉았다. 그러고는 망설임 없이 의자를 끌어안았다. 의자의 목과 팔과 등과 어깨에 나도 모르게 입을 맞추었다. 의자의 다리를 맹렬하게 쓰다듬었다. 의자의 다리는 시각적으로 아찔한 쾌감을 주었다. 의자가 움찔거리며 반응을 하기 시작했다. 의자의 가슴에 땀방울 같은 것이 맺히는 걸 보았는데, 그것이 나를 더욱더 흥분시켰다. 나는 의자를 꼭 끌어안았다. 나는 의자의 성기에 내 성기를 밀착시켰다. 의자의 성기는 호리병처럼 돌출된 채 구멍이 나 있는 형태였다. 그러므로 의자는 남자도 여자도 아니었다. 의자는 밀림도 사막도 아니었다. 의자는 의자였고 의자였기 때문에 의자였다. 나는 비로소 사람들로부터 변태성욕자라고 비난받던 내 양성애적 욕망이 처음으로 누군가에게 너그럽게 이해되고 있다는 위안을 받았다. 그날 그 의자를 만남으로써 말이다.

나는 그날 이후 못해도 사흘에 한 번씩은 그 카페에 가서 그 의자와 사랑을 나누었다. 그 의자는 그때마다 아낌없이 자신의 모든 것을 내게 주었다. 의자는 나의 땀과 눈물과 정액으로 범벅이 되었고 그러면서 더욱 아름다워졌다.

그러던 어느 날, 여느 때와 마찬가지로 의자와 사랑을 나누기 위해 그 카페를 찾았던 나는 그만 아연실색하고 말았다. 그 자리에 카페가 없어지고 미용실이 들어서 있었던 것이다. 그와 함께 카페 안에 있던 가구와 집기들 역시 모두 사라지고 없었다. 나는 사랑하는 의자를 잃었다는 생각에 미용실의 문을 두드리며 절규했다. 손님들의 머리를 깎던 미용사가 밖으로 나와 나에게 무슨 말인가를 했지만 내 귀에는 아무것도 들리지 않았다.

그때부터 나는 잃어버린 의자를 찾기 위해 전국을 돌아다니기 시작했다. 정말이지 내가 갈 수 있는 곳이면 어디든 갔다. 하지만 카페 '세상은 망해가는데, 나는 사랑을 시작했네'의 그 의자를 다시 찾을 수는 없었다. 허탈한 상실감을 주체할 수 없었던 나는 우연히 도서관에서 만난 어떤 의자에게 정을 주어보았다. 그랬더니 새 의자도 내게 정을 주었다. 나는 도서관에서 그 의자와 따뜻하고 깊은 사랑을 나누었다. 나는 그때부터 이 세상의 모든 의자를 사랑하기 시작했다. 그리고 특별한 정을 주고받은 의자들을 수집하기 시작했다. 의자 색정광의 출발이었다.

에필로그

꼬박 밤을 새우며 열 시간가량의 유화 채색 작업을 마친 나는 샤워를 하고 소파에 앉아 휴식을 취하기로 한다. 소파는 창가에 있다. 햇살 한 자락이 깜박거리는 백열전구처럼 흐릿한 감도로 내 전신을 어루만진다. 작업하는 동안 테라핀과 린시드 같은 희석제에 그대로 노출되어 있던 눈과 목에서 계속 따끔거리는 통증이 느껴지지만 정신만큼은 어느 때보다 맑고 상쾌하다. 어제 종일 비가 내린 이후 오전까지도 하늘에는 먹장구름이 가득해서 해가 나지 않았는데, 점심 무렵부터 하늘빛이 좀 엷어진 느낌이다. 이따금씩 햇살 사이로 빗방울이 떨어진다. 그것을 발견한 내 얼굴에 나도 몰래 미소가 피어난다. 나는 한껏 몸을 이완시킨 채 쿠션이 좋은 소파의 등받이에 반쯤 몸을 눕히면서 지그시 눈을 감고 호흡을 고른다. 구름에 따라 나타났다 숨었다 하는 햇살이 기분 좋게 콧등을 간질인다. 그 햇살은 엷은 빗줄기와 다툰다. 사실 나는 이런 분명치 않은 날씨를 좋아한다. 오후 서너시쯤의 맑은 날씨도 아니고 비 오는 날씨도 아닌, 그러니까 햇살과 비가 서로의 몸을 경쾌하게 부비면서 다채로운 빛깔을 선사하는 이런 날씨 말이다. 나는 햇살이 살갗에 부딪치는 순간 수많은 몽상이 마치 기름처럼 머릿속에서 흘러내린다고 생각한다. 무릎 위에 내려앉은 아슬아슬한 한 줌 햇살을 손으로 쓰다듬어본다. 내 손끝에, 물기가 묻는다. 물기와 햇살. 그것은 분명 성이 다른 세계지만 이렇게 함께 섞이는 기적이 있기도 한 것이다.

오늘 작업은 매우 만족스럽게 진행되었다. 내가 의도한 대로 그림의 꼴이 만들어지고 있기 때문이다. 이번 그림의 오브제 역시 '의자'다. 나는 세상에서 가장 매혹적인 의자를 캔버스에 재현하고 있는 것이다. 내가 마음에 드는 의자를 만나기 위해 그동안 얼마나 많은 의자를 찾아다녔는지는 앞에서 말한 그대로다. 내가 언제부터 그리고 왜 의자에 집착했는지에 대해 나는 최선을 다해 설명했지만, 설령 그것이 이해되지 않더라도 섭섭해하지는 않을 것이다. 나는 결핍에서 이미 해방되었기 때문이다.

만족스러운 작업을 마친데다 당장 해야 할 일도 없고 게다가 날씨까지 마음에 든다. 비록 지금의 이 작업실이 애인이자 후견인이었던 B로부터 제공받았던 그 넓고 호사스러운 작업실에 비해 훨씬 좁고 궁색하지만 마음은 편하다. 나는 지금 작업하고 있는 그림의 모델인, 캔버스 옆에 놓인 아주 잘생긴 의자를 바라본다. 그 의자는 며칠 전 구청 재활용센터에서 발견하고 첫눈에 반해 구해온 것이다. 내 입가에 다시 자연스럽게 미소가 떠오른다. 나는 비로소 나 자신을 오랫동안 괴롭혀온 사랑의 번민으로부터 놓여날 수도 있겠다는 생각을 한다. 과거의 오랫동안, 나 자신이 집착할 수밖에 없었던 이름들을 완전히 잊을 수 있는 능력을 가지지 못했던 탓에 나는 자주 상처받았다. 자주 상처받는 것, 그것이 나의 개성이었던 셈이다. 하지만 나는 이제 단 하나의 의자를 가짐으로써 그 상처로부터 벗어날 수도 있겠다는 확신이 든다. 비록 세상 사람들이 의자 색정광이라고 놀려도 말이다.

나는 자리에서 일어나 의자에게 다가간다. 그리고 의자의 어깨에 팔을 얹는다. 그러면서 묻는다. 결핍이 사라진, 세상에서 가장 다정한 목소리로.

"의자야, 너는 어디를 만져주면 좋으니."

장난하냐,
장난해

솔직히, 어디서부터 어떻게 이야기를 시작해야 할지 모르겠습니다. 네…… 털어놓기 쉬운 이야기는 분명 아니니까요. 하지만, 계속 함구할 수만은 없다는 걸 잘 알고 있습니다. 함구하거나 침묵을 지키는 것이 가능하다면, 그것은 영문도 모른 채 이미 자신이 낳고 기른 아들의 묵인에 의해 죽임을 당한 네 명의 아버지들에게 크게 결례가 되는 일일 것입니다. 나는 결례를 범하는 것을 결코 원치 않습니다. 왜냐하면 오래전부터 나는 인간이 가진 덕목 중에서 가장 고귀한 것이 예의라고 생각해왔기 때문입니다. 물론 내 아버지에 대해 내가 지킨 예의는 지나친 감이 있었죠. 네, 인정합니다. 나는 아버지에게 너무나 극단적으로 예의를 지켰습니다. 내가 마지막 순간에 아버지에 대한 예의를 단념했다면, 지금처럼 이렇게 옹졸한 방식으로 이야기를 털어놓는 일은 없었을 겁니다. 하지만 뭐, 후회하기엔 이미 늦었지요. 어쨌건 이제는 숨김없이 모든 걸 다 이야기하겠습니다. 제가 선택하고 저지른 일을, 그리고 끝내는 유보함으로써 제 스스로 혁명을 배반한 일을 말입니다. 그 사건은 제가 한 고등학교에 교사로 부임하던 날부터 시작됐습니다.

제가 법적으로 교원의 자격을 갖게 된 것은 정확히 오 년 전의 일입니다. 쉽다면 쉽고 어렵다면 어려운 임용고시에 합격했다는 통지를 받았던 것이죠. 합격 자체도 기쁜 일이었지만 저는 이제야 비로소 오래전부터 꿈꾸어왔던 '사역'(네, 저에게 그것은 분명 사역이었습니다)을 실행에 옮길 수 있겠다는 생각 때문에 더욱 마음이 뿌듯했습니다. 발령일이 하루하루 다가오면서부터는 가누지 못할 정도로 심장이 뛰기 시작했습니다. 저는 운이 좋았던지 시험에 패스하고 사 개월 만에 공립고등학교의 국어과 교사로 부임하게 되었습니다. 어떤 친구들은 발령을 받고 부임하기까지 일 년 이상 기다리기도 한다니, 저는 정말 운이 좋은 케이스였죠. 학교도 마음에 들었습니다. 개교 백 년을 넘는 전통을 자랑하는 명문고였고, 재학생과 동문, 그리고 학부모와 교직원 모두 사소한 것이든 거창한 것이든 그 학교와 맺고 있는 인연에 큰 자부심을 가지고 있었으니까요. 저는 무엇보다 교육 수준이 높고 경제적으로나 문화적으로도 상류사회의 바운더리를 이루고 있는 학부모들이 마음에 들었습니다. 내가 준비해온 사역을 실천하는 데 그 학교는 실로 완벽한 조건을 갖추고 있었던 셈이죠. 행운은 거기에서 그치지 않았습니다. 저는 이례적으로 부임 첫해부터 학급담임을 맡게 되었던 거예요. 담임을 맡게 되었다는 것, 그게 사실은 '사역'의 첫 돌을 놓는 데 핵심이었습니다. 담임을 맡지 않고서는 아이들을 장악하는 데 한계가 있었을 테니까요. 반이 배정되고 아이들의 학생카드를 하나하나 넘겨보는 동안에는 하늘이 내 뜻을 아시고 일이 술술 풀리도록 모든 것을 예비해두신 게 아닌가 하는 생각이 들 정도였습니다.

나는 반 아이들과 처음 대면하던 날 아침 조회 시간에 교단에 서서 아이들에게 이렇게 말했습니다. 매우 전략적인 발언이었죠.

"이 멍청하고 졸린 고딩들아, 잘 들어라. 너희 중에 가출을 꿈꾸는 녀석들이 있을 텐데 당장 꿈 깨기 바란다. 가출해서, 찬비를 맞으며 편의점에서 질 나쁜 라면과 떡볶이를 먹거나 두 평도 안 되는 담배 냄새 가득한 월세방에서 새우잠을 자면서는 그 어떤 것도 제대로 생각할 수 없는 법이다. 부모와 불화하고, 그들의 불합리한 권위에 저항하기 위해 너희들이 해야 하는 건 가출 따위가 아니다. 풍찬노숙은 독립운동가들이나 하는 것이다. 가출하는 대신 차라리 부모의 침실에 불을 지르고 부모의 방문에 못질을 하는 편이 낫다. 그렇게 저항하지 못할 바엔 입 딱 다물고 공부를 해라. 공부해서 좋은 대학에 가고, 좋은 직업을 갖고 출세를 하는 것도 좋은 일이다. 그런 이들은 사회적 대우를 충분히 받는 까닭에 가슴에 맺힌 것이 없고, 그렇기 때문에 다른 사람을 괴롭히지 않는다. 하지만 무릇 사람이란, 고통에 맞서야 한다. 고통과 불안만이 영혼을 단련시킬 수 있다. 그리고 늘 회의하고 성찰해야 한다. 매일 질문을 던지면서 다시 태어나야 한다. 자신의 영혼을 널리 자유롭게 풀어놓기 위해서는 독립과 자유를 쟁취해야 하고 그러기 위해서 백번이고 천번이고 다시 태어나야 한단 말이다. 세상을 장악하고 있는 모든 협잡과 야만으로부터 자기 자신의 독립과 자유를 지키기 위해서는 오로지 부모로부터 받은 생을 부정하고 다시 태어나는 수밖에 없다. 인간에게 부여된 가장 위대한 가치는 독립과 자유를 불가능하게 하는 모든 야만스런 공격에 저항하고 부당한 것을 거부할 수 있는 정신에서 나온다."

그렇게 말을 하고 나서 나는 매서운 눈빛으로 아이들의 표정을 살폈습니다. 나는 그 순간 리액션까지를 정확히 예측하고 연기하는 노련한 배우였지요. 마흔두 명의 반 아이들 중 정확히 서른다섯 명이 잔뜩 질린 표정으로 '이거 만만찮은 담

탱이한테 잘못 걸렸다'고 속으로 뇌까리는 듯 보이더군요. 틀림없이 반에서 꼴찌를 다툴 것이 분명한 맨 끝줄의 세 녀석은 무슨 말인지 알아들을 수 없다는 듯 어안이 벙벙한 표정이었습니다. 오로지 단 네 녀석만이 감탄과 경외감이 섞인 반짝반짝 빛나는 눈으로 이제야 자신들이 존경하고 숭배할 수 있는 멘토를 만난 것에 대해 안도하고 기쁨이 가득한 표정을 지었지요. 나는, 한눈에도 귀티가 나고 감수성이 풍부해 보이며 영특해 보이기까지 한 그 네 명의 아이들이 비로소 내 사역에 기꺼이 동참할 어린 전사들이 될 것임을 그때 바로 알아보았습니다. 아무튼 저는 아이들과 대면하는 첫날 첫번째 조회에서 완벽하게 기선을 제압했으며 아이들의 기를 꺾어놓았다는 확신을 갖게 되었습니다. 저는 아이들에게 첫 과제로 자기소개서를 써서 제출할 것을 지시했습니다. 매우 구체적으로, 특히 가족에 대한 생각을 중심으로 기술하라고 말했지요.

아이들이 자기소개서를 제출하기로 되어 있던 날, 반장이 걷어서 내 책상 위에 가져다 놓은 자기소개서는 모두 마흔 명의 것이었습니다. 두 명의 아이를 제외하고는 모두 자기소개서를 제출한 셈이었죠. 자기소개서를 제출하지 않은 두 명의 아이는 교내 축구부원들이었습니다. 나는 그 애들을 불러서 이렇게 말했어요.

"축구를 하더라도 철학이 있어야 해. 철학만큼 화려한 기술은 없단다. 쓸 게 없으면 축구에 대한 생각이라도 써봐. 왜 축구가 좋은지, 나는 왜 축구를 하고 있는지, 어떤 축구선수가 되고 싶은지 말야. 어려워 말고 생각나는 대로 써보라구."

말은 그렇게 했지만 난 그 녀석들이 자기소개서에 뭐라고 쓰든 별 관심이 없었습니다. 두 녀석 역시 내 말을 당최 못 알아들었는지 눈만 끔벅거릴 뿐이었습니다. 나는 마치 축구공을 앞에 놓고 얘기하고 있는 것 같은 느낌이었지요. 사실 내 머릿속에는 어서 빨리 다른 아이들이 써낸 자기소개서를 읽고 싶은 생각만 가득 차 있었습니다. 특히 첫 조회를 하던 날, 반짝이는 눈으로 내 말에 귀를 기울였던 네 녀석, 레인과 윈드와 레인보우와 스톰의 자기소개서가 궁금했습니다. 그래서 그 녀석들의 자기소개서를 제일 먼저 찾아 읽었지요. 역시, 제 예측은 틀리지 않았습니다. 그 녀석들은 공통적으로 자신의 아버지들에게 공포심과 적개심과 증오심을 가지고 있었죠. 그 녀석들이 솔직하게 고백한 아버지의 모습은 부도덕하고 타락한 부르주아의 초상, 바로 그것이었습니다. 마땅히 징치하고 엄벌해야 할 존재들이었던 것이죠.

먼저 레인의 아버지부터 이야기할게요. 레인의 아버지는 당시 서울중앙지검의 차장검사였습니다. 레인은 자기소개서에서 자신의 아버지를 이렇게 표현했더군요. 가감 없이 그대로 옮겨보겠습니다.

"아버지는 피도 눈물도 없는 냉혈한인 동시에 완벽한 독재자입니다. 그리고 구제불능일 정도로 폭력적이고 권위적인 사람입니다. 자신의 말을 듣지 않으면 바로 입에 담을 수 없는 욕과 함께 주먹이 튀어나오지요. 어머니에게도, 저에게도 그는 아무렇지 않게 일상적으로 폭력을 휘두릅니다. 침을 튀기고 입에 거품을 물고 폭력을 휘두르다가도 혹여 자기보다 높으신 분의 전화가 걸려오면 엄마와 제가 보고 있는데도 무릎을 꿇은 자세로 전화를 받지요. 한마디로 강자에게는 비굴할 정도로 굽신거리면서 약자에게는 무소불위의 지배욕을 보이는 인간인 것입니다. 저에게 그런 능력과 기회가 주어진다면 저는 마땅히 아버지를 제거하고 싶습니다."

한편 윈드의 아버지는 이름만 대면 알 만한 엔터테인먼트 기업의 오너였습니다. 우리나라 연예 사업을 쥐락펴락하면서 수많은 스타와 연예인들의 생사여탈권을 관장하는 인간인 셈이지요. 거의 매일 신문이나 방송에 이름이 오르내리는 '셀러브리티' 중의 '셀러브리티'였던 겁니다. 윈드도 자신의 아버지를 경멸하고 증오한다는 점에서 레인과 마찬가지였는데, 자기소개서에 이렇게 썼습니다.

"아버지는 의심의 여지없는 쓰레기입니다. 그는 성찰하거나 회의할 줄 모르는 욕망의 기관차입니다. 한마디로 욕망의 대상으로서의 돈과 여자에 환장한 사람이지요. 집에 들어오는 날은 기껏 한 달에 한 번 정도. 엄마와 저는 아버지가 언제 어디에서 무얼 하고 누굴 만났는지 인터넷 뉴스를 보고 알 정도입니다. 아버지는 한국 최고의 여배우와 홍콩의 최고급 쇼핑몰에서 쇼핑을 하다가 파파라치의 카메라에 포착되기도 했고, 어떤 날은 패션쇼가 열리는 파리의 호텔에서 인터뷰를 하고 있기도 했습니다. 그의 옆에는 늘 여자들이 넘치지요. 아버지의 별명은 밤의 황제, 여배우들과의 염문설이 불거질 때마다 엄마의 속병은 깊어집니다. 아, 고백하기 불편하지만, 엄마를 대신해 그를 죽이고 싶습니다."

레인보우의 아버지는 일류는 안 되고 이류쯤 되는 사립대학재단의 이사장이었습니다. 대학재단을 설립한 사람은 레인보우의 할아버지였는데, 레인보우의 아버지가 그 자리를 물려받은 것이었죠. 그는 교육에 대해서 아무런 철학도, 사명도 없는 사람이었고 대학을 다만 돈벌이와 매명의 수단으로 이용하고 있었습니다. 아닌 게 아니라 그가 이사장으로 있는 대학은 흔히 말하는 사학 비리가 끊이질 않는 대학으로 자주 언론에 오르내렸지요. 레인보우가 쓴 자기소개서에서 아버지를 설명하는 부분을 한번 보세요.

"주말이면, 집으로 아버지를 만나기 위해 수많은 사람들이 몰려옵니다. 아버지는 대담하게 집으로 사람을 불러들였지요. 그들은 모두 바리바리 돈을 싸 들고 아버지에게 모종의 청탁을 하기 위해 오는 것입니다. 자기 아들이나 딸의 입학을 부탁하기 위해, 그리고 교수로 임용되거나 취직을 하기 위해 그들은 아버지에게 매달립니다. 저는 아직 어리지만, 아버지가 어떻게 해서 지금의 부를 축적한 것인지 다 압니다. 아버지는 사명감이 투철한 교육자인 양 행세하지만 그는 정당하게 노력한 사람들의 기회를 빼앗는 위선자일 뿐이에요."

네 녀석 중 마지막 한 명인 스톰의 아버지는 이름만 대면 알 수 있는, 우리나라에서 가장 큰 축에 드는 대형교회의 목사였습니다. 스톰이 그런 아버지를 어떻게 묘사했는지 한번 보세요.

"아버지는 언제나 당신 입으로 스스로를 하나님의 말씀을 전하는 사람이라고 합니다. 그는 늘 낡은 가죽 커버의 성경책을 옆에 끼고 다니면서 선한 웃음을 짓지요. 사람들은 아버지의 말 한마디에 눈물을 글썽거리기도 하고, 세상을 다 얻은 것처럼 환호하기도 합니다. 그들에게 아버지는 차라리 신이에요. 하지만 그들은 아버지의 완벽한 연기에 속고 있는 것입니다. 나는 아버지가 얼마나 교활한 사람인지 잘 알아요. 그는 자신의 말을 듣지 않는 사람들을 가차 없이 교회에서 내쫓고 재력이 있는 신도들을 꼬드겨 헌금을 강요했습니다. 그리고 도저히 용납할 수 없는 만행을 저질렀는데 다수의 어린 여신도들을 농락한 거예요. 자신을 성육, 그러니까 하나님의 몸이라고 현혹하면서 여신도들을 강제로 추행한 것이죠. 나는 그 더러운 범죄가 저질러진 장소를 알고 있습니다. 바로 교회의 지하에 있는 기도실이에요."

힘이 있는 자에겐 굴신하고 약자에게는 무자비한 폭력을

행사하는, 권력 지향의 검사를 아버지로 둔 레인, 연예산업의 황제로 군림하면서 돈과 쾌락을 좇는 엔터테인먼트 회사 대표를 아버지로 둔 윈드, 그리고 온갖 비리를 저지르면서 부를 축적한 파렴치한 대학재단의 이사장을 아버지로 둔 레인보우, 그리고 신을 사칭하면서 부를 쌓고 여신도들을 농락한 대형교회 목사를 아버지로 둔 스톰. 저는 더 고민할 것도 없이 이 네 녀석을 포섭 대상으로 확정했습니다. 네 녀석의 중학교 때 성적은 최상위권에 속했습니다. 머리도 명석했던 것이지요. 더 이상 다른 아이들의 자기소개서를 읽어볼 필요도 없었지요.

나는 레인과 윈드와 레인보우와 스톰의 아버지를 편의상 '사적(四賊)'이라 칭하기로 했습니다. 네 도둑이라는 뜻의 사적은, 뭐 이미 눈치를 채신 분도 있겠지만 1970년 5월 『사상계』에 발표해 필화 사건을 일으킨 김지하 시인의 담시 「오적 (五賊)」에서 따온 것이지요. 김지하 시인이 말한 '오적' 그러니까 다섯 도둑은 재벌, 국회의원, 고급공무원, 장성, 장차관을 가리키는 것인데, 당시 부정부패와 초호화판의 방탕한 생활을 일삼는 그들을 통렬하게 풍자해 사회 특권층의 도덕적 불감증과 비리의 실상을 적나라하게 드러냈었지요. 저는 제가 맡고 있는 반 아이들의 부모인, 그러니까 저에게는 학부모가 되는 정치검사와 연예산업의 권력자와 대학재단의 이사장과 대형교회의 목사를 기꺼이 도둑놈이라고 부르기로 한 거예요. 그리고 아이들을 사주해서 그들을 제거할 생각까지 했던 거지요. 사회의 악을 그 아들 세대로 하여금 척결하게 하는 것, 그리하여 자유와 독립의 정신을 그들에게 심어주는 것. 그게 바로 교사로서 제 필생의 '사역'이라고 생각했던 일이었습니다.

아 잠깐, 여기서 제 아버지 얘기를 해야겠습니다. 제가 왜 그런 위험하고 불온한 사역을 꿈꿨는지를 설명하려면 아버지 얘기를 안 할 수 없기 때문이에요. 내 아버지의 직업은 음, 이 부분에서 좀 망설여지긴 하지만, 소설가였습니다. 약관 이십대의 나이에 등단해서 중풍으로 쓰러지기 전까지 계속 소설을 썼지요. 그는 문학의 천재라는 소리를 들으면서 늘 주목의 대상이 되었고 큰 상도 여러 번 탔습니다. 아버지가 낸 책들은 수많은 독자들의 심금을 울렸고 그에게는 언제부턴가 한국 최고의 작가라는 레터르가 붙었어요. 아버지의 작품은 평론가들에게 인간 본연의 휴머니티가 얼마나 고귀한 것인지 장엄하게 보여준다는 평을 들었습니다. 네, 제가 읽은 아버지의 소설들은 인간의 진실함과 세상의 아름다움을 이야기했습니다. 사람들은 아버지의 소설 속에서 동심처럼 맑고 깨끗한 순수와 진실함을 발견하고 감동과 위안을 받고는 했죠. 아버지는 많은 사람들의 존경과 추앙을 받기에 이르렀습니다. 대학교수라는 세속적인 직업이 있던 아버지는 제자들과 후배들을 호령하며 권위와 명예, 그리고 부를 한껏 누렸습니다. 하지만 그것은 한마디로 세상이 아버지의 쇼에 놀아난 결과라고밖에는 말할 수 없는 것이었습니다. 세속적으로는 존경과 흠모를 한 몸에 받는 아버지였지만 가족의 입장에서 볼 때 아버지는 더할 나위 없이 추악하고 위선적인 사람이었거든요. 그는 집을 전혀 돌보지 않았을 뿐만 아니라, 어머니와 우리 형제들에게 상습적인 폭력을 휘둘렀습니다. 그리고 한 젊은 여성작가와 오랫동안 내연관계를 맺어오기도 했지요. 그러면서 여전히 작품을 통해서는 순수만을 외쳤고 사람들에게 외롭고 고통받는 예술가의 표정을 지었습니다. 명석한데다가 성실하기까지 했던 두 형은 모두 외국에 나가 유학을 마치고 현지에 자리를 잡았습니다. 큰형은 미국 시애틀이라는 도시에서 의사로 일하고 있고, 둘째 형은 캐나다 밴쿠버에서 와인 유통업을 하고 있어요. 사실을 말하자면 나는 두 형을 그닥 좋아하지 않습니다. 그들은 아버지를 버렸기 때문이에요. 나는 형들로부터 아버지를 모시는 조건으로 매달 각각 삼천 달러씩을 받고 있어요. 결코 적은 돈이라고 볼 수는 없죠. 나는 그 돈으로 공부에 필요한 책을 샀고, 학원에 다녔으며, 여자 친구와 여행을 하거나 데이트를 했습니다. 돈도 충분하고 인심도 후한데다 키도 훤칠하고 이목구비도 깔끔했던 나는 여자들에게 인기가 많은 편이었지요. 뭐, 짐작하셨겠지만 여자라면 원 없이 경험했습니다. 동시에 서너 명씩 만났지요. 한

때는 육체적인 쾌락에 빠져 지냈어요. 하지만 곧 그런 삶을 반성하게 되었어요. 내게 부여된 사역, 즉 독립을 쟁취하고 고무해야 하는 사명을 자각하면서부터였어요. 아무튼, 나는 형들이 보내준 돈을 아버지를 위해서는 별로 쓰지 않았습니다. 사실 딱히 아버지를 위해서 써야 할 데가 없었습니다. 아버지는 지금도 그렇지만 그즈음에도 하루 종일 누워 지냈기 때문이었어요. 중증 뇌졸중을 앓고 있었지요. 아프기 직전까지, 아버지는 어머니를 지독하게도 핍박했습니다. 폭력을 휘두르는 것도 예사였죠. 하지만 어머니가 아버지를 가장 못 견뎌 했던 부분은 인격적인 모독과 무시였습니다. 아버지는 늘 어머니를 무시했어요.

"이 여편네야, 당신이 예술을 알아? 이 삶의 아름다움을 아느냐고? 위대한 정신이 감지하는 외로움이나 고통을 아느냐고!"

'예술가'의 이중적이고 분열적인 광기를 이해하지 못한 것말고 어머니는 아버지에게 잘못한 게 없었습니다. 어머니는 아버지에게 더 이상 살 수 없으니 이혼하자는 말을 했지요. 어머니로서는 구타를 일삼고 인격적인 모독을 가하면서 밖에서는 영혼의 스승인 척 가식을 떠는 아버지를 지아비로 받아들일 수 없었지요. 하지만 아버지는 어머니의 이혼 요구를 받아들이지 않았어요. 그로서는 사회적 위신을 포기할 수 없었거든요. 사춘기 시절 이래로 나는 내 아버지가 무척이나 질이 나쁜 종류의 사람이라는 걸 눈으로 직접 보면서 알게 되었고, 곧 그를 세상에서 가장 경멸하고 증오하게 되었습니다. 그런데 그거 아세요? 경멸과 증오의 감정이란 두려움이라는 감정을 필수적으로 수반한다는 사실을요. 사실 나는 아버지가 무서웠습니다. 그의 강렬한 눈빛이 무서웠고, 섬약하고 가녀린 그의 턱선이 소름 끼쳤고, 그가 써낸 이야기들이 무서웠고, 그가 누리는 명성과 인기가 무서웠고, 그의 몸에서 나는 피로의 냄새가 무서웠습니다. 아마 어머니와 두 형도 나와 별반 다르지는 않았을 겁니다. 나중에 그랬으리라고 짐작한 것이지만 큰형과 둘째 형이 군말 없이 아버지에게 복종하면서 공부를 열심히 했던 것은, 아버지에게서 하루라도 빨리 벗어나기 위해서였다는 생각이 듭니다. 두 사람은 아버지의 지원을 업고 유학길에 올랐고 기다렸다는 듯 그곳에 눌러앉았지요. 아버지가 뇌졸중으로 쓰러진 것은 두 형이 집에 있는 돈을 무한정 끌어다 쓰며 유학을 마치고는 현지에 취업을 해서 최소한의 기반을 만들어가던 무렵이었습니다. 아버지가 쓰러지자 두 형은 아무런 미련 없이 외국에 눌러앉았습니다. 그리고 큰형의 이민 신청이 승인되자마자 이미 아버지에게서 오만 정이 떨어진 어머니는 큰형을 따라 미국에 들어갔지요. 진즉에 이혼까지 결심했던 어머니로서는 아버지의 똥과 오줌을 받아낼 이유가 없었으니까요. 그때부터 나는 아버지와 둘이서 살게 되었습니다. 나는 졸지에 움직이지 못하고 하루 종일 누워 있는 아버지를 떠맡게 되었지요. 하지만 큰 불만은 없었습니다. 나는 형들처럼 그렇게 도피하고 싶지는 않았거든요. 나는 그들보다 어쩌면 더욱 차가운 피를 가지고 태어났는지도 모릅니다. 나는 힘을 죄 잃어버린 아버지를 차분하게 바라보면서 서서히 고통을 주다가 없애기로 했습니다. 그것이 아버지에게서 받았던 고통을 고스란히 되돌려주는 일이라고 생각했지요. 나는 쓸데없는 감정 낭비를 줄이기 위해 아버지를 장롱이나 테이블 같은 가구 따위로 취급하며 살리라 생각했습니다. 하지만 그게 마음처럼 쉬운 일은 아니더군요. 하루에 두 번씩 아버지의 기저귀를 갈고, 일주일에 두 번씩 목욕을 시키는 동안에도 몇 번씩이나 지금이라도 당장 아버지를 죽이고 싶은 살의에 시달려야 했으니까요. 하지만 난 좀 더 고통을 주고 모욕을 주다가 아버지를 죽이고 싶었습니다. 나는 원칙을 하나 정했지요. 내 손을 쓰지 않고 반드시 다른 손을 빌려 아버지를 죽이겠다는 것. 완벽한 독립을 꿈꾸는 내 순결한 육체를 아버지의 피 따위로 더럽히고 싶지는 않았으니까요.

자기소개서를 통해 레인, 윈드, 레인보우, 스톰 네 녀석의 성장환경과 가족관계를 상세히 파악한 나는 녀석들에게 수시로, 그리고 계획적으로 접근했습니다. 방과 후에 따로 불러 대화하는 시간을 많이 가졌지요. 나는 녀석들과 영화를 같이 보기도 했고, 패밀리레스토랑 같은 데서 스테이크를 먹기도 했습니다. 주말에는 야구장이나 공연장에도 갔고, 도서관에 가서 책을 읽고 토론을 벌이기도 했어요. 나는 학교 얘기뿐만 아니라, 인생을 둘러싼 모든 풍경들에 대해 얘기했습니다. 문학과 역사, 그리고 철학 등 인문적 교양을 총동원했지요. 내가 녀석들에게 무슨 이야기를 하건 가장 중요한 건 녀석들에게 아버지를 죽이겠다는 '역심'을 심어주는 일이었습니다. 내 말과 행동 모든 것이 바로 그것에 맞춰져 있었던 거지요. 나는 녀석들에게 금방 신뢰를 얻었습니다. 녀석들에게 나는 지금까지 만나본 그 어떤 학교 선생들과도 달랐을 테니까요. 나는 마치 「죽은 시인의 사회」에 나오는 키팅 선생님 같은 지위를 얻게 되었죠. 한 학기가 끝나갈 즈음에는 나는 녀석들에게 거의 신과 같은 존재가 되었습니다. 내가 어떤 방향을 가리키든 녀석들은 내 손가락을 자신들의 삶의 지표로 삼고자 했습니다.

여름방학을 보름쯤 앞둔 날이었을 거예요. 나는 드디어 사역을 실행에 옮기기로 결심하고 네 녀석을 상담실로 불렀습니다. 학교 밖에 있는 그러니까 패밀리레스토랑이나 던킨도너츠 같은, 다른 사람들을 의식할 필요가 없는 사적인 장소를 택할까 고민하다가 일부러 학교 안의 장소를 택해서 대담하게 정공법으로 나가는 쪽을, 그리하여 녀석들에게 보다 강한 충성심을 호소하는 쪽으로 전략을 바꿨지요. 녀석들이 무슨 일일까 싶어 평소처럼 반짝이는 눈으로 내 앞에 앉았을 때 나는 녀석들에게 일일이 악수를 청했습니다.

"이 악수는 동지로서 청하는 것이다."

녀석들은 당황하는 기색도 별로 없이 내가 내미는 손을 잡더군요. 나는 네 녀석의 눈을 하나하나 일별하고는 말을 꺼냈습니다.

"그동안 지켜본 결과 여기 있는 너희 넷은 미래의 혁명가, 21세기형 독립군의 자격이 충분하다. 내가 꿈꾸는 거대한 사역에 기꺼이 동참해주길 바란다."

그러자 그중 가장 듬직한 체구를 가지고 있는 레인이 조심스럽게 입을 열어 묻더군요. 사실 레인이 묻지 않았다면 윈드나 레인보우나 스톰 중 어떤 녀석이라도 물었을 질문이었죠.

"미래의 혁명가, 21세기형 독립군이라는 건 뭐죠? 그리고 선생님이 꿈꾸는 사역이라는 건 도대체 뭔데요?"

나는 정색을 하고 대답했어요. 비장함이 어린 말투였죠.

"내가 첫날 첫 조회 때 했던 말 기억하니? 모든 협잡과 야만으로부터 자신을 지키고 독립을 쟁취하기 위해서는 다시 태어나야 한다고 했던 말 말이다. 내가 너희를 가리켜 혁명가니 독립군이니 표현했던 것은 너희들이 다시 태어날 수 있는 자격을 충분히 갖고 있다는 뜻이야."

이번에는 이 나라의 엔터테인먼트 산업을 주무르는, 이른바 연예계의 황제로 군림하는 자의 아들인 윈드가 물었어요.

"선생님은 왜 그렇게 생각하신 건데요?"

그 물음에도 저는 망설임 없이 단호하게 대답했죠.

"내가 확인한 너희들의 분노가 순결하고 정의롭다고 느꼈기 때문이지."

"우리가 무얼 할 수 있을까요?"

"당연히 혁명을 하고 갱생을 도모해야지. 오늘의 혁명은 사람들이 떼로 모여서 부정한 권력에 대해 돌을 던지는 것이어서는 안 돼. 오늘의 혁명은 각 개인이 언제 어디서든 꿈꾸고 획책하고 실천할 수 있는 것이어야 해. 그 어느 누구도 타인의 독립과 자유를 침해할 수는 없다. 자, 가슴에 손을 얹고 생각해보아라. 자신이 어떤 사람의 독립과 자유를 침해하고 그를 억압하고 있지는 않은지…… 만약 그렇다면 분연히 일어나 스스로를 단죄하기 바란다. 독립과 자유가 너희에게 소중하다면 다른 사람에게도 소중한 것이야. 독립은 인간 본연의 진실이고 자유는 하늘이 인간에게 내려준 선물이거든. 그러기에 살아가는 동안 수시로 자문해야 해. 나는 독립했는가? 나는 자유로운가? 만약 그 물음에 예라고 대답할 수 없다면 다시 태어나기 위해 분연히 투쟁해야 하는 거야."

내가 그렇게 적절하게 구와 절을 분절하면서 말을 끝마쳤을 때, 네 녀석은 머리가 좋고 순수한 사람들이 지독하게 골치가 아플 때 짓는 특유의 표정을 짓더군요. 더없이 귀엽고 순수했죠. 녀석들을 꼬옥 껴안아주고 싶다는 생각이 들 정도였습니다. 나는 더 해야 할 말이 남아 있었습니다. 내 의중을 꿰뚫었는지 다행히 레인보우 녀석이 복잡한 표정을 수습하고는 질문을 던지더군요.

"어떻게 투쟁해야 하는데요?"

나는 틈을 주지 않고 밀어붙이기로 했습니다. 녀석들에게 회의할 시간 자체를 허용하지 않는 것이 유리했기 때문이었죠.

"가장 중요한 것은 명명백백한 적을 상정하고 그들을 처단해야 한다는 거야. 주저 없이 망설임 없이 척결해야 하는 거지."

"처단하고 척결해야 할 적이 누군데요?"

그렇게 물은 건 무늬만 종교인인 자의 아들인 스톰이었어요. 나는 이번에는 비장한 표정을 다소 누그러뜨리면서 장난하냐는 듯 천연덕스럽게 대답했습니다.

"몰라서 묻니? 너희의 아버지들이지."

"네? 아버지라구요!"

레인과 윈드, 레인보우와 스톰 네 녀석의 눈이 휘둥그레졌어요. 그들은 비록 타락한 제 아버지에 대해 분노와 증오심을 느끼고 경멸은 했을 테지만 아직 살의까지는 품어보지 못했을 순수한 소년들이었던 것이죠. 나는 껄껄껄 웃으며 그런 녀석들에게 면박을 주었어요.

"이딴 일로 촌스럽게 놀라니? 실망인걸."

"아버지를 적으로 삼고 주저 없이 처단하라는 말은 구체적으로 무슨 뜻인가요?"

네 녀석이 동시에 물었죠. 녀석들의 눈에는 호기심과 두려움이 정확히 반반씩 섞여 있었어요.

"아버지는 너희에게 살과 피를 물려준 사람이지? 그것은 꼼짝없이 물리적인 구속으로 이어지고 있어. 아버지란 이 초 자연적인 권위의 바탕에 서 있는 존재인 거야. 하지만 이 초 자연적인 권위는 지극히 인공적인 폭력성을 내포하게 돼 있 어. 하지만, 너희의 독자적인 세계가 갖는 순수성을 옹호하 고, 그 높은 이상을 마음속에 품고 기꺼이 홀로 독립하고 다 시 태어나기 위해서는 너희에게 살과 피를 준 아버지를 마땅 히 제거해야 하는 거야. 죽여 없애야 한다고."

"네? 죽여 없애야 한다고요?"

"그래, 아버지를 죽이는 자만이 진정한 존재의 혁신을 이룰 수 있는 거야. 아버지를 죽이는 것만이 아버지의 육체를 부정 하고 아버지의 기억을 지울 수 있다는 말이지."

"음, 그건 패륜이고 끔찍하게 부도덕한 일이잖아요."

그런 질문은 나오길 바라지 않았지만, 나는 고리타분한 대 답을 해야 하는 상황에 직면했죠. 역시나 녀석들은 아직 솜털 이 채 가시지 않은 어린애들이었던 거죠. 하지만 나는 참을성 을 갖고 설명했어요.

"패륜, 부도덕이라는 말이 갖고 있는 불온성이야말로 진정 한 의미에서 혁명성을 내포하고 있는 거야. 왜냐하면 윤리와 도덕이 지켜낸 것은 기껏 타락한 기성세대의 이익뿐이었으니 까. 패륜과 부도덕이 어떤 기치 같은 게 될 수 있고 그것이 세 계를 타격할 수 있다면 마땅히 우리는 패륜과 부도덕을 행동의 지침으로 받아들여야 하는 거야."

내가 네 녀석을 열심히 포섭하는 동안 상담실의 문은 두 번 열렸습니다. 그때마다 네 녀석은 담배를 피우다 걸린 모범생처럼 화들짝 놀라곤 했죠. 한번은 학생주임 선생님이 문을 열고 빼꼼히 안쪽을 들여다보고는 "젊은 선생이 학생 지도에 열심이네. 수고해요"라고 말하고는 사라졌고, 또 한번은 상담실 청소 담당으로 보이는 학생 두 명이 빗자루와 걸레를 들고 문을 열었다가 내 눈과 마주치고는 꾸벅 인사를 하고는 물러났습니다.

상담실에서 네 녀석을 만났던 날의 결론을 말할게요. 그날 나는 네 녀석을 사역에 끌어들이는 데 성공했습니다. 나는 왜 아버지를 죽여야 하는지 표정이나 말투를 조금도 바꾸지 않고 집요하게 설명했고 녀석들은 그런 나의 말에 결국 동의하게 되었던 거예요.

종업식을 하고 여름방학이 시작된 첫날, 나는 아침 일찍 네 녀석과 함께 산에 오르기로 했어요. 산에 올라가 떠오르는 태양을 함께 바라보며 일종의 결의를 다지는 의식을 치렀죠. 나는 미리 준비해간 서약서를 녀석들 앞에 내밀고 녀석들의 서약을 받기까지 했어요. 마치 비밀결사를 치르기라도 하는 양 비장하고 엄숙한 분위기였죠. 나는 녀석들과 산 중턱의 평평한 지대에 돗자리를 깔고 앉아 김밥을 먹으면서 구체적인 행동 지침을 말했어요. 정말로 기가 막힌, 지금 생각해도 흠잡을 데가 없는 아이디어였죠.

"아버지를 기꺼이 척결하는 데 동의해줘서 고맙다. 너희는 훗날 그 어떤 것에도 의지하지 않고 자아의 진정한 독립을 위해 투쟁한 용감하고 치열한 혁명가로 기억될 거야. 이제 우리는 한 점 회의 없이, 의심 없이 아버지를 죽여야 하는데, 내가 한 가지 제안을 하겠다. 우리 손에 아버지의 피를 묻히진 말자는 것이다. 직접 손에 피를 묻히며 아버지를 죽이면, 쓸데없는 감상이 생기고 결국 그것이 독립에 대한 의지를 훼손하게 할 수도 있기 때문이야. 자책감을 최소화하는 섬세한 전략이 필요하다는 것이다."

내가 그렇게 말했을 때 네 녀석이 이구동성으로 물었어요.

"그럼 누가 어떻게 아버지를 죽이자는 거죠? 청부 살해를 하자는 건가요."

나는 회심의 미소를 지으며 대답했어요.

"일종의 청부 살해인 셈인데…… 내 생각은 여기 있는 너희 네 명이 각자 다른 친구의 아버지를 대신해서 죽이는 거야. 예를 들면 레인은 윈드의 아버지를 죽이고 윈드는 레인보우의 아버지를 죽이고, 레인보우는 스톰의 아버지를 죽이고 스톰은 레인의 아버지를 죽이는 식이지. 이렇게 하면 자신의 손에는 피를 묻히지 않고도 아버지를 처단할 수 있게 되는 거지. 그것을 묵인하고 동의했다는 데서 역사적이면서 거룩한 사역에 능동적으로 참여했다는 의미는 전혀 희석되지 않게 되는 거고."

녀석들은 말없이 고개를 끄덕였습니다. 그 순간을 놓치지 않고 내가 비장의 카드를 내밀었습니다.

"그리고 내가 이 자리에서 약속을 하나 하겠다. 너희가 차례차례 아버지들을 모두 척결하는 날, 나는 너희에게 내 아버지를 내놓겠다. 너희들로 하여금 내 아버지의 심장에 칼을 꽂게 하겠다는 것이다."

"정말요?"

녀석들은 놀란 표정을 숨기지 않으면서 일제히 소리를 질렀어요. 나는 침착한 표정으로 대답했죠.

"내 아버지도 너희들 아버지와 마찬가지로 타락한 말종이거든. 너희들 아버지와 내 아버지, 이로써 새로운 '오적(五賊)'이 완성되는 거야. 어때 할 수 있겠지?"

녀석들은 다시 한번 고개를 끄덕였습니다. 그리고 잠시 침묵이 흐른 뒤에 레인이 이렇게 말을 했어요.

"선생님께서 대상이나 순번을 정하지 말고 그냥 무작위로 하는 게 어떨까요. 혹여나 나중에 원망 같은 게 생기면 어떻게 해요. 제비뽑기를 해도 되고 가위바위보 같은 걸 해도 좋은데요. 순번을 정해서 1번이 2번의 아버지를 죽이고 2번은 3번의 아버지를 죽이고 3번은 4번의 아버지를 죽이고 4번은 다시 1번의 아버지를 죽이는 거죠. 이것은 마치, 총살형을 집

행하는 소총수들에게 총알이 든 총과 총알이 들지 않은 총을
나눠줘서 자신이 살아 있는 사람을 향해 총을 쏘았다는 부담
을 덜어주고 심리적으로 면피를 할 수 있게 하는 이치와 같은
거라고 생각해요."

들고 보니 레인의 말에 일리가 있었습니다. 우리는 즉석에
서 순번과 담당을 정하는 수단으로 가위바위보를 택했습니
다. 중요하고 극적인 것일수록 간명한 스타일을 갖는 것, 그
것이 나의 지론이었습니다.

가위바위보를 한 결과 1등은 스톰, 2등은 레인보우, 3등은
윈드, 4등은 레인이 되었습니다. 그 순서대로 앞의 순번이 바
로 뒤의 순번의 아버지를 죽이기로 한 것이죠. 우리는 여름방
학이 끝나기 전에 모든 일을 처리하기로 했습니다.

'독거노인을 돕는 사람들의 모임'에 가입한 것은 산에서 내
려온 바로 다음 날이었습니다. 저는 모임에 열심히 참여했어
요. 이런저런 딱한 사연으로 혈육과 헤어져 혼자 어렵게 사는
노인들의 집을 찾아 목욕봉사와 빨래봉사 등을 하면서 사역
에서 중요한 역할을 맡을 인물을 찾기 시작했어요. 봉사활동
을 다닌 지 두 달 만에 적임자가 될 만한 사람을 발견하고 속
으로 쾌재를 불렀죠. 그는 월남민 출신으로 부두 하역장, 멸
치잡이배, 공사판 등 닥치는 대로 일을 해 한때는 제법 돈을
모아 결혼을 하고 아이들까지 낳았지만, 노름에 빠져서는 가

산을 탕진하고 아내를 병으로 잃은 뒤 자식들에게까지 버려져 홀로 살고 있는 노인이었습니다. 내가 처음 봤을 때는 막 알코올 클리닉에서 퇴원을 한 직후였지요. 아무튼 나는 다른 회원들과 함께 갈 때는 물론이고 혼자서도 틈나는 대로 그 노인을 찾아가서 목욕을 시키고 청소를 하고 이불 빨래 같은 것을 했어요. 그러면서 노인의 신임을 얻어두었죠.

녀석들이 자신이 맡은 친구의 아버지를 죽인 과정이나 경위는 구체적으로 말씀드리지는 않을게요. 여기서 그런 형식은 그다지 중요한 것이 아니니까요. 아무튼 녀석들은 내가 기대한 것 이상으로 완벽하게 일을 처리해나갔어요. 똑똑하고 섬세한 녀석들을 포섭하길 잘했다는 생각이 들었죠.

스톰은 레인보우의 아버지를 아무런 실수 없이 처단했습니다. 물론 레인보우의 적극적인 협조가 있었기 때문에 가능한 일이었죠. 레인보우는 단 한 번이라도 좋으니 등산을 함께 하는 게 소원이라고 자신의 아버지에게 호소해 승낙을 받아냈고 부자가 등산을 하기로 한 날 스톰은 아무도 몰래 그들의 뒤를 따라나섰지요. 레인보우와 레인보우의 아버지가 깎아지른 듯한, 그러니까 마치 노무현 대통령이 몸을 던진 부엉이바위 같은 낭떠러지 앞에서 겸연쩍은 표정으로 허공을 주시하고 있을 때, 레인보우의 수신호를 받은 스톰이 잽싸게 뛰어와서는 레인보우의 아버지를 낭떠러지 아래로 밀어버린 것이었습니다. 그것을 본 사람의 눈은 전혀 없었어요. 레인보우와 스톰의 눈 말고는 말이죠. 친구에 의해 아버지를 잃은 레인보우는 내가 봐도 놀랍도록 의연하게 그 충격을 극복했습니다. 그러고는 자신의 역할에 집중하기 시작했습니다. 도미노 게임판에 서 있는 블록처럼 자신도 윈드의 아버지를 죽여야지만 이 사역이 다음 사람에게 이어질 수 있었기 때문이죠. 레인보우 역시 윈드의 아버지를 깔끔하게 제거했습니다. 윈드의 집에 놀러 간 그는 윈드의 아버지가 특별하게 조제해서 마신다는 건강음료 통속에 치사량의 제초제를 풀었습니다. 그는 독성이 강한 제초제를 구하기 위해 인터넷을 뒤지고 주말 동안에는 과수원이 밀집해 있는 서울 근교의 농가를 돌아다니기도 했지요. 연예계를 주름잡던 황제가 독살되자 방송이나 신문은 일제히 특종으로 보도하거나 대서특필했습니다. 아버지가 피를 철철 흘리면서 숨겨간 모습을 본 윈드는 사흘 동안 펑펑 울기만 했습니다. 하지만 먼저 아버지를 잃은 레인보우와 곧 아버지를 잃게 될 친구들의 격려로 슬픔을 극복했지요. 윈드는 곧 레인의 아버지를 처단하는 일에 착수했습니다. 레인의 아버지는 차장검사였고 시간관념이 특별한 사람이었습니다. 건강에도 무척 신경을 쓰는 사람이었죠. 윈드는 레인으로부터 아버지가 일주일에 꼭 한 번씩은 사우나를 즐긴다는 정보를 입수했습니다. 윈드는 레인의 아버지가 사우나를 찾던 어느 주말, 미리 사우나에 들어가서 그를 기다리고 있었습니다. 레인의 아버지가 목욕을 하는 동안 윈드는 그의 등을 뚫어지게 쳐다보았죠. 그것은 무너뜨리고 제거해야만 하는 벽처럼 보였습니다. 레인의 아버지가 간단히 샤워를 한 뒤 사우나실에 들어갔을 때, 윈드는 특별히 준비한 타월을 목에 두르고 그의 뒤를 따라 들어갔습니다. 그러곤 지체 없이 타월로 레인의 아버지의 목을 졸랐지요. 그 뜨거운 열기가 푹푹 피어오르는 사우나실에서 레인의 아버지는 비명도 없이 죽어갔습니다. 레인 역시 아버지의 죽음을 의연하게 받아들였습니다. 방송과 신문만 유망한 부장검사의 죽음을 소란스럽게 보도했지요. 레인은 곧 스톰의 아버지를 처단하는 일에 돌입했습니다. 그것이 마지막 차례였던 셈이었으니까 레인으로서는 다른 친구들보다는 부담이 됐을 거예요. 레인은 자신이 스톰의 아버지를 맡기로 정해진 바로 다음 날부터 스톰의 아버지가 목사로 있는 교회 고등부에 등록을 했습니다. 그리고 열심히 학생부 활동에 참여했지요. 스톰의 아버지는 자신의 목회 프로그램 중에 '목자와의 대화'라는 이름으로 정기적으로 신도들과 일대일 상담을 하는 시간을 두고 있었습니다. 그는 바로 이 시간을 이용해 젊은 여신도들을 농락했지요. 레인은 학생부 대표로 스톰의 아버지에게 상담을 신청했고 그것이 받아들여졌습니다. 스톰의 아버지는 여신도 농락이라는 의심을 피하기 위해 정상적인 신앙 상담을 중간중간에 끼워 넣었던 것이지요. 레인은 상담을 하기로 되어 있던 날 상담 장소인 교회의 지하실로 들어가면서, 장식용 철제 십자가를 가지고 갔습니다. 스톰의 아버지는 레인에게 그게 무엇이냐고 물었고 레인은 "목사님께 드리는 선물입니다"라고 말했습니다. 그러곤 곧 그 묵직한 십자가로 스톰의 아버지 머리를 내려쳤지요. 한 번, 두 번, 다섯 번, 열 번.

스톰과 레인보우와 윈드와 레인이 차례차례 자신들의 역할을 수행하자 학교에 형사들이 급파되었습니다. 같은 반 학생의 아버지들 네 명이 연쇄적으로 살해되었으니까요. 그들은 담임인 나와 반 아이들을 집요하게 취조했지요. 네 녀석이 집중적으로 조사를 받은 건 당연했구요. 하지만, 네 녀석이 수행한 것은 완전무결한 혁명이었고, 법은 스톰과 레인보우와 윈드와 레인이 치른 위대한 사역을 처벌하지 못했습니다.

드디어 녀석들에게 약속한 것을 지키는 날이 되었습니다. 가증스럽고 위선적인 삶, 가짜의 삶을 연명해나가고 있는, 실은 속물 중의 속물에 불과한 '예술가'의 삶을 기꺼이 혁명가들의 칼 앞에 내놓는 날 말이죠. 나는 녀석들에게 어느 토요일 밤을 디데이로 통보했습니다. 그러곤 이렇게 말했어요.

"모두들 맑고 정한 칼을 한 자루씩 준비해라. 토요일 밤 정확히 아홉시에 내가 대문과 현관문을 모두 열어놓을 것이다. 내 아버지는 자리에 누워서 잠을 자고 있을 거야. 너희들은 준비해온 칼로 모두 일곱 번씩 내 아버지를 찔러라. 너희들이 일곱 번씩 모두 스물여덟 번 찌르는 동안 나는 지금까지의 내 삶을 하나하나 부정해나갈 것이다. 스물여덟, 이것이 지금 내 나이다. 나는 피하지 않고 너희들의 행동을 바로 옆에서 지켜볼 거야."

이미 용맹한 전사, 혁명가가 되어버린 녀석들은 비장한 표정으로 고개를 끄덕였습니다. 나는 디데이로 정한 날 일주일 전부터 매일같이 퇴근길에 이미 친근해질 대로 친근해진 독거노인의 집을 방문했습니다. 매번 따뜻한 먹을거리를 사 가지고 갔죠. 그의 건강엔 치명적이지만, 그가 세상에서 제일 좋아하는 시원한 맥주도 사 갔구요. 그는 어린애처럼 좋아했습니다. 마침내 디데이가 하루 앞으로 다가온 날, 나는 은근하고 예의 바른 말투로 이렇게 말했습니다.

"제가 실은 아버님이라고 부르고 싶은데, 허락해주세요. 저는 아버지를 일찍 여의어서 늘 아버지 같은 존재가 그리웠거든요. 괜찮으시다면 내일부터 저희 집으로 모시고 싶어요. 제가 극진히, 친아버님처럼 모실 테니 제집에서 남은 삶을 편하게 생활하셨으면 좋겠어요."

그러자 노인은 눈물까지 글썽이며 내 손을 꼬옥 잡고 까칠한 수염이 난 턱을 내 뺨에 부비는 것이었습니다.

나는 토요일 오전 일찍 누워서 꼼짝 못하는 아버지를 미리 장기 계약을 해둔 노인전문병원의 입원실로 옮겼습니다. 노련한 간병인도 한 명 기용했죠. 내가 병원 측에 신신당부한 것은 보안을 유지해달라는 것뿐이었습니다. 제힘으로 운신할 수 없는 처지가 됐지만 아버지는 이름만 대면 알 수 있는 유명한 소설가였으니까요.

드디어 디데이가 됐고, 나는 독거노인을 집으로 초대해 성대한 만찬을 베풀었습니다. 술도 많이 권했지요. 만일을 대비해 수면제 몇 알을 갈아서 맥주에 타기도 했습니다. 내 호의와 친절에 어쩔 줄 몰라 하던 독거노인은 술을 두어 병 비우더니 곧 잠에 빠져들었습니다. 나는 잠에 취한 노인을 아버지가 비운 안방 침실에 눕혔습니다. 아홉시가 되었고 품에 비수를 간직한 전사들이 차례차례 집으로 들어왔습니다. 다시 한번 또렷하게 그들의 이름을 호명하겠습니다. 전사의 이름은 레인, 윈드, 레인보우, 스톰입니다. 나는 그들을 안방으로 안내했습니다. 그러고 술에 취해 깊은 잠에 들어 있는 노인을 가리키며 이렇게 말했죠.

"자, 저기 내 아버지의 타락한 육체가 있다. 마음껏 엄벌하고 징치하거라."

이미 자기 아버지들을 잃은 전사들은 한에 사무쳤는지, 너나 할 것 없이 달려들어 내 아버지를 가장한 독거노인의 몸에 깊은 칼을 박아 넣었습니다. 내가 주문한 대로 한 사람이 모두 일곱 번씩 칼을 휘둘렀지요. 이윽고 독거노인의 몸에 스물여덟 번의 칼이 박히고, 안방 천지가 피범벅이 되었을 때에, 내 눈에서는 성분을 알 수 없는 눈물 한 줄기가 주루룩 흘러 내렸습니다. '아버지에게 내가 지나친 예의를 지키고 있는 건 아닐까' 하는 생각이 스친 것은 눈물이 뺨을 흘러서 턱에 고였다가 발등에 떨어진 직후였습니다. 나는 속으로 이렇게 뇌까렸어요. 나 자신에게 하는 어처구니없는 말이었죠.

'지금 장난하냐, 장난해.'

정치적 신념과
처남들의 반란

장편을 위한 프렐류드

1

벌써 십오 년 전이다. 벚꽃이 터지던 맑게 갠 봄날, 시내 중심가에 있는 고급스러운 중국 식당에서 처음 장인어른을 만났을 때, 사람들은 믿지 않겠지만 나는 그 나이에는 도저히 어울린다고 볼 수 없는 과잉된 자의식 때문에라도 그가 언젠가는 불행하고 비극적인 선택을 할 수도 있는 사람이라는 생각이 들었다. 장인어른 뒤쪽에 금색과 붉은색으로 색깔이 입혀진 용 두 마리가 똬리를 틀고 있는 문양이 다소 과장스럽게 부각되어 있었는데, 그 화려하고 용맹한 기세와 장인어른에게서 뿜어져 나오던 음울한 이미지가 대비되면서 그날의 인상이 더욱 선명하게 내게는 각인되어 있다. 심지어 당시는 장모가 살아 있을 때였는데도 내가 그런 기운을 읽었다는 건 지금 생각해도 퍽 신기한 일이 아닐 수 없다. 장인은, 나의 불경한 예감을 원망이라도 하듯 두 달 전쯤 결국 자살로 칠십 년의 생을 마감했다. 장모님이 팔 년 전 교통사고로 삶을 등졌을 때부터 그는 자신의 삶을 잉여로 받아들이고 버거워하는 듯 보였다. 우울증이 찾아왔고 수십 년 동안 입에 대지 않던 술을 마시는 일도 잦았다. 그래서 수호의 슬픔과 근심도 깊었다.

2

나는 내 아내 수호를 대학교에서 만났다. 말하자면 우리는 캠퍼스 커플인 셈이다. 수호는 영문도 모르고 들어간다는 영문과였고, 나는 새침하고 파리한 전형적인 국문과 학생이었다. 우리는 시와 소설을 습작하는 문학 동아리에서 만났다. 수호는 한마디로 말하면 문학을, 가지고 있으면 좋을 교양 정도로나 간주하고 읽을 만한 책이나 추천받으려고 동아리에 들어왔다고 말했다. 그 말대로 수호의 습작 시는 눈 뜨고 봐줄 만한 게 아니었다. 동아리 방에서는 매주 화요일 저녁 합평 모임을 가졌는데, 말이 합평이지 보통은 선배들이 후배들의 습작 시를 신랄하게 나무라고 비난하는 게 전부였다. 칭찬은 차라리 금기로 정해져 있는 것만 같았다. 그런데 어떤 경우에는 비판의 언사가 지나쳐서 심약한 후배들은 표정 관리를 못하고 양 볼이 붉어져서는 눈물까지 쏟는 일도 있었다.

참으로 딱한 일이었는데 수호만이 예외였다. 수호는 자신의 습작 시가 낱낱이 해부되고 찢겨 발겨지는데도 천연덕스럽게, 아하 그렇군요, 이러면서 맞장구나 치는 것이었다. 내가 수호에게 반했던 모습은 바로 그것이었다. 비난에 굴하지 않는 결기. 타고난 자존감. 맑고 밝고 높은 기품.

3

유명한 절이 있고 도립공원으로 지정된 산으로 단둘이서 1박 2일 여행을 갔던 날, 민박집에서 두꺼운 이불을 꼭 뒤집어쓰고 나는 수호와 첫 섹스를 했다. 아주 짜릿하고 달콤한 섹스였다. 섹스를 마치고서 숨을 몰아쉬고 있는데, 수호가 정색을 한 표정으로 일어나 앉더니 내 얼굴을 빤히 내려다보며 물었다.

"나랑 결혼할 거지? 근데 말야. 우리 아버지 돈이 엄청 많은 사람인데 너 쫄지 않을 수 있어?"

그날 알았다. 수호의 아버지가, 그러니까 결국 내게 장인어른이 될 사람이 이름을 대기만 하면 알 만한 기업체의 오너라는 걸. 정확하게 기억은 나지 않지만 나는 진심으로 수호를 좋아하고 있었기 때문에, 수호의 묻는 말을 반기면서 이렇게 대답했던 것 같다.

"돈 많은 사람 부러워해본 적은 있지만 내가 그보다 못난 존재라는 생각은 해본 적이 없어. 나도 너와 한식구가 되고 싶어."

지금 생각해도 현명한 대답이었다고 생각하는 그 말은 당연히 진심에서 우러나온 것이었다.

4

다행히도 장인은 나를 무척이나 좋아했다. 내가 그에게서 불우한 첫인상을 읽어냈다는 것은 그래서 나만 알고 있는 비밀처럼 간직하기로 했다. 수호에게조차도 말하지 않고 말이다. 장인이 나를 좋아한 이유는, 그가 그 나이 또래 기업인으로서는 드물게 소탈하고 센티멘털한 감성을 가진 사람이었기 때문이다. 예컨대 문학이나 예술에도 관심이 많았다는 것이다. 그는 소설가와 시인들의 이름을 많이 알고 있었고, 수호의 말에 의하면 조정래 선생의 광팬이라고도 했다. 내가 무슨 대화 끝에 저는 시인이 될 겁니다, 라고 말했을 때 그는 무엇엔가 지극히 감동한 듯한 표정으로, 아니 천연기념물이라도 발견했다는 표정으로 나를 바라보더니, 내 직감인데 자넨 좋은 시인이 될 걸세, 라고 덕담을 건네는 것이었다. 하나밖에 없는 예쁜 딸을 기껏 시인 지망생에게 내어주면서 그는 도대체 무엇을 긍정했던 것일까. 어쨌거나 장인어른이 될 사람의 응원에 힘입어, 나는 수호와 아주 즐겁고 안정적인 연애를 했고 결혼에까지 별다른 곡절 없이 이르게 되었다.

5

결혼 날짜를 잡기 위한 상견례를 하는 날이었다. 수호가 아침 일찍 내게 이런 문자를 보냈다.

"혹시 오빠랑 동생이 짓궂게 굴어도 아무 대꾸하지 마. 그게 그들을 대하는 가장 좋은 방법이야."

그날, 그때까지 수호의 입을 통해서만 듣던 수호의 오빠와 남동생을 처음 보았다. 수호보다 나이가 세 살이 많은 오빠는 고등학교 1학년 때 미국에 조기유학을 가서 현지 대학의 경제학과를 졸업하고 귀국한 정치 지망생이었는데, 젊은 세대로서는 드물게 보수적인 정당을 지지하고 있었다. 그리고 수호보다 두 살이 어린 남동생은 프로골퍼 지망생이었다. 그곳이 어디든, 그리고 언제든 자기감정이나 견해에 솔직한 수호는 자신의 남자 형제들에 대해 우호적인 평을 내리는 편이 아니었다. 수호가 표현한 대로라면 그들은 헛것을 좇는 욕망덩어리들이었다. 그런 수호의 의견에 영향을 받아서 그런지 내가 느낀 처남들의 인상도 그닥 좋지 않았다. 그런데, 그건 그들 쪽에서도 마찬가지였는지, 나를 바라보는 눈빛들이 좀 뜨악하고 석연치 않아 보였다. 사람들은 누구나 상대방으로부터의 호감보다는 적대감을 훨씬 더 쉽게 알아차린다. 그것이 본능적인 방어기제 때문이란 걸 언젠가 책에서 읽은 기억도 있다. 확실히 수호의 오빠와 남동생은 장인어른과 장모님의 환대와는 달리 나를 내심 못마땅한 표정으로 훑어보았다. 그

런 눈길을 받고 보니 수호가 아침 일찍 보낸 문자가 어렴풋이
이해가 되었지만 그때까지만 해도 나는 그들이 작당을 해서
반란을 일으킬 줄은 꿈에도 생각지 못했다.

6

나는, 신춘문예에 다섯 번 떨어진 끝에 종합문예지의 신인
공모에 겨우 당선돼 시인으로 데뷔했다. 결혼 날짜를 석 달
남겨둔 시점이었다. 단 한 번도 내가 시인이 아니라는 생각
은 해본 적이 없었지만 정식으로 등단한 시인이 되어서, 그러
니까 어엿하게 시인이 되어서 사랑하는 여자의 남편이 된다
는 것이 나는 기뻤고 그것에 내심 안도했다. 장인어른은 시상
식장에 민망할 정도로 커다란 화환을 보냈고, 수호를 시켜 시
상식이 끝나고 있었던 뒤풀이 비용을 모두 대기도 했다. 주최
측 인사였던 문예지의 주간이 슬그머니 내게 다가와서 장인
어른이 보낸 화환을 가리키며, 아니 더 정확하게는 그 화환의
리본에 적혀 있던 회사 이름을 가리키며 저게 웬 화환이냐고
물었다. 나는 숨길 것도 가릴 것도 없었기 때문에 장인어른
되실 분이 저 회사의 오너라고 대답했다. 그때 그 주간의 눈
동자가 순간적으로 복잡하게 흐려지는 것을 나는 놓치지 않
았다.

7

그런 장인이 정확히 두 달 전 스스로 목숨을 끊은 것이다. 비록 사회가 권장하지 않은 방식으로 삶을 마쳤지만 장인은 결코 존경을 받지 못할 위인은 아니었다. 한국 사람들은 누군가를 존경하는 속마음을 누설한 대가로 조롱을 당하기도 하는데, 장인어른을 존경한다는 이유로 무시되거나 폄훼될 염려는 거의 없다. 예컨대 지금 죽었는지 살았는지도 모르는 삼성 이건희 회장을 존경한다고 말하면 대체로 정치의식이나 시민으로서의 수준이 좀 떨어지는 사람 취급을 받는다. 특히 소셜미디어 세계에서는 그렇다. 하지만 장인에 대해 존경의 마음을 서슴없이 표하는 사람들의 표정에서는 일말의 회의 같은 걸 발견할 수 없었다. 그러니까 장인은 객관적으로 훌륭한 면이 있는 사람이었던 셈이다. 그는 콩을 주원료로 하는 가공식품을 전문으로 생산하는 회사를 맨손으로 일으켜 회사를 연 매출 오천억 원대의 회사로 키웠다. 회사의 경영도 합리적이고 도덕적이고 효율적이어서 부채비율이나 당기순이익도 해당 업계에서는 기록하기 힘든 결과치를 냈다. 이윤의 사회 환원에도 관심이 많아서 장학재단을 설립해 임직원의 자녀들 교육비를 지원했고 지역의 소외 계층에게도 현금과 물자 기부를 아끼지 않았다. 그리고, 이것이 개인적으로는 가장 존경스러운 부분인데 그는 자신의 아내를 끔찍하게 사랑했다. 그러니까 내가 사랑하는 수호를 낳아주고 길러주신 장모님 말이다.

8

팔 년 전 돌아가신 장모님 이야기를 잠시 해야겠다. 뜻하지 않은 교통사고로 갑자기 세상을 떠나신 장모님은 수호의 표현대로라면, 때로는 아기 같고 때로는 할머니 같은 순수하기 짝이 없는 영혼을 가진 분이었다. 수호와 결혼하고 장모님이 돌아가시기 전까지 내가 직접 겪은 장모님의 이미지 역시 수호가 묘사한 것과 다를 게 없었다. 사람이 육십 년을 넘게 살았는데도 어쩌면 저토록 원망이나 회한, 분노 같은 게 없을 수 있는지. 장모님의 낙관주의는 이를테면 비관주의의 대항으로서의 낙관주의가 아니라, 천연 그대로의 낙관주의 같은 것이었다. 그렇다고 장모님이 고생을 모르고 귀하게 자란 건 결코 아니다. 장모님은 이북 출신 피란민의, 그리고 일찍이 개신교를 받아들인 개화된 집안의 딸이었지만 가정 형편이 넉넉하지 않아 여상을 겨우 나와서 은행에 다니던 중, 전분을 수입하던 상회에서 일하던 장인어른을 만나 연애를 하게 되었다고 했다. 장인어른이 회사를 설립해 자리를 잡기까지는 경제적인 압박이 만만치 않았지만 그걸 내조자의 위치에서 다 지켜보고 떠안았다. 당장 배곯는 것만 해결하면 되던 시절이라 콩을 가지고 만든 건강식품에 사람들이 관심을 가질 여유가 없었다. 그럼에도 수호의 기억에 의하면, 장모님의 얼굴에서 온화한 미소가 사라진 걸 본 적이 없다고 했다. 장모님은 그런 드물고 반듯하고 고결한 성품을 그대로 수호에게 물려주신 분이다. 그리고 기꺼이 다섯 살 많은 남편을 시종일관 믿고 존경하고 사랑하는 데 평생을 바쳤다. 그런 분이 이십년 동안 다니던 교회의 새벽기도를 다녀오던 중 십대 폭주족이 모는 오토바이에 치여 삶을 마친 건 정말 어처구니없이 과장된 비극이랄 수밖에 없다. 장모님이 그렇게 갑자기 돌아가셨을 때 장인어른이 받은 충격은, 사실 아무도 모르게 잠복되었던 탓에 가시적으로 드러나지는 않았던 것인데 두 달 전 일어난 일을 통해 너무나 명백한 방식으로 증명된 셈이다. 영민한 수호가 그것을 제일 먼저 알아차렸다. "아빠는 엄마가 보고 싶었던 거야. 엄마를 따라가신 거야!" 장인어른의 영정 앞에서 그렇게 울부짖는 수호의 말을 알아들은 사람 역시 나밖에는 없었다.

9

장인어른이 스스로 목숨을 끊었다는 것이 명백한 사실로 다가왔을 때, 내가 가장 신경 써야 하는 것은 수호의 슬픔을 달래는 일이었다. 그것은 필사적인 일이었고, 그 무엇보다도 중요한 일이었다. 수호의 슬픔은 이만저만이 아니었다. 말 그대로 장례식 내내 식음을 전폐하고 바닥을 구르며 통곡할 정도였다. 늘 높고 맑은 기품이 있었던 수호의 슬픔 앞에서 나 역시 가슴이 찢어지는 아픔을 맛보았다. 사랑하는 사람이 슬퍼할 때 그 슬픔이 내게 전달된다는 것이 나는 신비로웠다. 그래서 그때의 감정적 경험을 모티프로 삼아서 최근 한 편의 시를 발표하기도 했다. 여전히 수호는 슬픔 중에 있다. 두 달이라는 시간은, 당연히 훌륭하고 자상했던 아버지를 떠나보내기엔 충분치 않은 시간이다. 수호는 그럼에도 장례를 마치고 그다음 날부터 곧바로 회사에 출근했다. 바로 장인이 설립해서 운영하던 회사 말이다. 수호가 이 회사 영업 파트의 과장으로 입사한 건 칠 년 전이다. 장인의 요구도 있었지만 수호의 의지가 더 컸다. 장모님이 불의의 교통사고로 돌아가시고 혼자된 장인어른을 가까이서 보살피기 위해 자임하다시피 한 것이다.

10

아버지가 콩을 주원료로 하는 식품회사를 창업하고 경영한 덕분에 어려서부터 콩을 먹어야 했던 수호는 콩을 지독하게 싫어한다. 앞에서 말한 것처럼 수호는 칠 년 전부터 장인어른의 부탁으로 회사 영업 파트의 팀장으로 일을 하고 있는 처지다. 자신이 싫어하는 콩을 사람들에게 파는 일을 직업으로 삼고 있는 것이다. 나로 말할 것 같으면 콩을 좋아하지도 싫어하지도 않는다. 장례를 치르고서 일주일쯤 지났을 때 수호가 내게 이런 말을 한 적이 있다.

"콩을 싫어했던 게 너무 후회돼. 아버지 앞에서 콩을 싫어하는 티를 냈던 거 말야. 아버지는 콩과 함께 평생을 사셨는데."

그러고서는 또 두 시간을 내리 울었다. 하지만 나는 그 순간에도 수호가 다시 콩을 좋아하게 되리라는 생각은 할 수 없었다. 수호가 좋아하는 음식은 해물과 생선 같은 것들이었다. 생선이 들어간 매운탕도 좋아했는데, 매운탕에 들어 있는 두부는 모조리 내 몫이었다. 심지어 맥주를 마실 때조차 수호는 땅콩에는 손을 대지 않았다. 그리고 보니 아주 오래전의 어떤 순간이 떠오른다. 수호가 나와 연결되었던 순간 말이다. 대학에서의 첫해, 그러니까 어리바리한 신입생 시절이 거의 끝나갈 무렵 동아리 엠티를 갔는데, 역시 애정은 없고 날카롭기만 한 선배들의 비판으로 점철된 합평회를 마치고 뒤풀이로 맥주를 마실 때 수호가 사람들 눈을 피해 내 손에 쥐여준 게 있었다. 받아보니 껍질을 깐 말갛고 동그란 땅콩 다섯 알. 그때 나는 수호가 나에게 호감을 가지고 있다는 걸 확인할 수 있었다. 그리고 그때 얘기를 시간이 흐른 뒤에 여러 번 수호에게 들려주었다. 너는 손바닥의 땅콩과 함께 내 삶에 들어왔다고. 그런 수호가 아버지를 잃고 지금 슬픔에 잠겨 있다. 수호의 슬픔을 멈추게 하는 게 먼저다. 그런데 슬픔을 멈추게 하는 게 가능한 것인지 나는 확신할 수 없다. 만약 그게 가능하지 않은 거라면, 슬픔이 조금이라도 더디 흐르게라도 해야 한다. 나는 수호의 슬픔을 가늠해보기 위해 내가 아직 겪어보지 못한, 그래서 경험으로 가지지 못한 비극들을 상상 속에서 마구 대입해보았다. 예컨대, 어머니가 새벽기도를 가다가 교통사고를 당해 안구가 빠진 채 돌아가셨다면, 아버지가 장인어른과 똑같은 방식으로 어느 날 목을 매 자살을 했다면, 내 천사 같은 여동생 은규가 폭군 같은 남자 친구에게 살해를 당했다면. 아마 나는 그 슬픔과 고통을 견디지 못하고 부서졌을지도 모른다. 나는 수호가 부서지지 않게끔 그녀를 지킬 의무와 책임이 있다. 사랑하는 사람이 부서지는 걸 지켜보는 건 죄악이다. 개강이 코앞으로 다가온 시점에서 내게 부여된 강의를 반려할 것을 고민하기로 한 건 그 때문이다. 시간강사인 주제에 간이 배 밖으로 나왔냐는 소리를 듣든 말든.

11

장인어른이 운영했던 식품회사의 법무팀을 이끌고 있는 오 변호사가 수호에게 연락을 해온 건 일주일 전쯤이다. 장인어른이 유지를 공증 형태로 남겼으니 그걸 발표하는 모임을 갖겠다는 것이다. 그 모임에는 수호와 나, 처남 둘, 그리고 장인 회사의 대표이사 등이 초대받았다. 장소는 회사 안에 있는 대회의실이었는데, 나는 처음 가보는 곳이었는데 수호는 그 장소가 익숙한 듯, 들어가자마자 차분하게 특정한 좌석에 자리를 잡고 앉았다. 보아하니 수호가 늘 앉던 자리인 것 같았다. 오 변호사는 그날 놀랄 만한 이야기를 그 자리에 모인 사람에게 발표했다. 장인어른은 회사의 경영권을 법이 정한 적법한 절차에 따라 전문경영인, 다시 말해 현재의 대표이사를 맡고 있는 정기철 사장에게 넘기고, 회사 주식과 현금 자산, 부동산을 포함한 당신 재산의 경우는 구십 퍼센트 이상을 딸인 수호에게 상속한다는 것이 주요 내용이었다. 회사 경영권에 대한 유지는, 장인어른이 오 년 전부터 인위적인 경영권 세습은 없을 거라고 공언하면서 전문경영인 체제를 도입했던 때문인지 이의가 없었지만 재산 상속에 대해서는 당연히 처남들의 반발이 심했다. 그들은 놀라서 벌어진 입을 다물지 못했다.

12

아니나 다를까 그날 밤 처남들은 우리 집을 전격적으로 방문했다. 결혼하고 두 명의 처남이 동시에 우리 집에 찾아온 것은 처음 있는 일이었다. 너무나도 명백하고 노골적인 목적을 가진 방문이었는데, 내가 놀랐던 것은 남자 형제들을 맞는 수호의 태도였다. 수호는 예의, 오래전 내가 보고 반했던 기품은 유지하면서도 거기에 놀랄 만한 서늘한 기운을 얹은 목소리로 이렇게 말했다.

"오빠랑 수길이, 여길 왜 왔는지 아는데, 무슨 말을 하든 내 마음이 쉽게 움직일 거라고는 생각하지 마."

그러자 수호의 오빠인 강수태가 먼저 입을 열었다. 수호가 아닌 나를 똑바로 쳐다보면서였다.

"이게 있을 수 있는 일이라고 생각해? 똑같이 상속받을 자격이 있는데, 수호에게만 전부 몰아주다니, 말도 안 되는 일이잖아."

빠질세라 수호의 동생도 한마디 거들었다.

"장난하는 것도 아니고 상속법이라는 게 있는데, 이게 무슨 경우야. 누나, 당연히 누나 혼자 다 갖겠다고 생각하는 건 아니지?"

어떤 대꾸를 해야 할까 내가 잠시 생각하는 사이 수호가 입을 열었다. 단호하면서도 차분한 목소리였다.

"너 방금 장난이라고 했니? 우리 아빠가 장난을 칠 분이야? 그리고 오빠랑 넌 이미 많은 걸 받았어. 오빠 사 년 동안의 유학 비용, 그리고 오빠 결혼할 때 대치동 아파트 구입한 거, 그리고 무엇보다 오빠가 정치한다고 선거 때마다 가져다 쓴 돈이 얼만지 내가 다 알고 있어. 수길이 너도 마찬가지야. 아빠가 서교동에 오피스텔 사주고 너 운동하는 데 들어가는 비용 다 가져다 썼잖아. 나는 아빠의 뜻을 받아들일 수밖에 없어."

듣고 보니 그랬다. 처남들은 이미 돌아가신 장인어른으로부터 물경 수억에 이르는 돈을 가져다 쓴 거다. 내가 시간강사를 하고 수호가 장인 회사의 팀장으로 일하면서 꼬박꼬박 받은 월급 외에는 장인어른으로부터 한 푼 받지 않은 것과는 분명히 대비되는 일이었다.

아무려나 나는 오빠와 남동생에게 당당하고 단호하게 자신의 입장을 전달하는 수호를 보면서 다시 한번 깊은 경외감을 느꼈다. 그것은 내 아내니까 마땅히 내가 이 세상에서 제일 사랑해야 하는 사람이라는 당위를 넘어서는 감정이었는데, 품이 크고 깊은 이의 성숙한 품격을 보여준 수호가 그렇게 사랑스러울 수가 없었다. 오래전에도 수호에게 경외감을 느낀 적이 있는데 그것은 대학 시절 학내에서 교수의 성희롱 사건이 일어났을 때, 수호가 가해자의 사과와 처벌을 가장 앞장서서 요구했을 때였다. 그것은 불이익을 온몸으로 감수하고서야 취할 수 있는 행동이었다. 조교와 선배 일부 교수들이 대놓고 수호의 입을 막아보려 했지만 수호는 뜻을 같이하는 학우들을 규합해 시위를 조직하고 사건의 전모를 외부에 조직적으로 알려서 결국 대학 측의 사과와 진상위원회 설치, 그리고 가해자 처벌을 이끌어냈다. 나는 그런 수호가 다름 아닌 나의 여자 친구인 것이 너무나 자랑스러웠다.

13

처남들은 당연하다는 듯 민사소송을 걸었다. 소송은 오빠인 강수태가 주도했는데, 유류분 반환 청구 소송이 그것이다. 직계비속에게 주어지는 자기들 몫을 포기하지 않겠다는 것이었다. 수호는 한 치의 망설임도 없이 오 변호사에게 송사를 일임했다. 오 변호사는 실력과 인성을 겸비한 재사로, 돌아가신 장인어른이 무척이나 신망하는 사람이었다. 유지를 그에게 의탁한 것도 그래서일 것이다. 오 변호사가 한 말 중에서 수호와 내게 큰 자신감과 자부심을 안겨준 말이 있는데, 그건 이것이다.

"정직하게, 그리고 열심히 일해서 축적한 자본은 선량한 곳에 쓰이는 게 맞죠. 회장님은 선량하게 돈을 쓸 수 있는 사람에게 당신의 재산을 상속한 거라고 생각해요. 그게 따님이신 거구요. 저는 그걸 지켜야 할 사명이 있습니다."

막대한 유산의 상속녀가 된 수호는 자만심에 들뜨지 않고 차분하게 장인어른이 남긴 유업을 승계하고 관리했다. 지금은 전문경영인이 회사 경영을 책임지고 있지만, 오 변호사의 말에 의하면 장인어른의 유지가 수호가 장차 가업이라고도 할 수 있는 회사를 이끌어나가는 데 있었던 만큼 일 년 정도의 과도기를 거치면 대표이사에 취임할 수 있을 거라고 했다. 상속을 통해 1대 주주가 된데다 주주들의 신망도 두터워서 수호가 대표이사가 되는 데는 아무 문제가 없을 거라고 했다. 오 변호사는 정확한 사람이어서 그의 말은 의심의 여지가 없었다. 주주들 중에는 행여 창업자의 아들들인 강수태나 강수길이 회사 경영에 참여하게 될 것을 심각하게 우려한 사람들도 있다고 했다. 그만큼 처남들은 회사 안팎에서 신망을 잃은 처지였다.

14

처남들이 낸 소송은 그들의 바람과는 달리, 우리 쪽에 훨씬 유리하게 흘러갔다. 무엇보다 오 변호사가 유능하게 법원을 상대로 변론을 펼치고 있었고, 수호 역시 심문 과정에서 일관되고 설득력 있는 입장을 전달했다. 그걸 보고 있자니 법리에 적용되는 논리에는 자기 긍정과 신념이 적잖이 작용된다는 걸 느낄 수 있었다. 옳은 것은 쉽게 무너지지 않는다는 진실. 그것은 문학이, 시가 내게 가르쳐준 것이기도 했다. 재판관은 처남들이 이미 생전의 장인어른에게서 받아 간 적지 않은 재산을 상속분이라고 유권해석을 하는 쪽이었다. 소송의 결과가 어느 정도 예상되자 처남들은 속이 타들어갔다. 수호에게 하루에도 수십 번 전화와 문자가 왔다. 강수태는 특히나 집요하게 굴었다. 그에게는 당장 필요로 하는 현금이 있었다. 단순하기 짝이 없는 강수길은 며칠 전부터 수호에게 화평의 제스처를 취하기 시작했다. 승산 없는 소송으로 누나와 척을 지는 것보다 차라리 빌붙는 것이 유리하다는 판단을 했는지도 모른다. 내가 강수길이라고 해도 아마 그편을 선택했을 것이다. 수호는 결코 나약하지 않은 단단한 사람이었다. 갑작스러운 장인어른의 자살로 내상을 입었을 법한데도 이토록 의연하게 자신의 주변을 단속할 수 있다니. 오래전 대학 동아리에서 말도 안 되는 시를 적어내던 물정 모르는 영문과 여학생이 더 이상 아니었다. 나의 아내, 나의 여자가 이토록 멋지고 아

름다운 사람이라는 것에 대해 감사하며 나는 속으로 연일 찬
미의 시를 썼다.

그러던 중 수호의 오빠인 강수태가 내게 은밀한 연락을 해
왔다. 긴히 할 얘기가 있으니 밖에서 따로 좀 보자는 것이었
다. 긴히 할 얘기란 당연히 돈, 유산 이야기일 것이다. 나에게
는 조금도 긴하지 않은. 나는 첫 시집을 묶기 위해 그동안 발
표한 시편들을 톺아보고 있던 중이어서 그의 연락이 더더욱
이 세속적으로 사특하게 느껴졌다. 나는 시에서 잠시 벗어나
다시 현실로 걸어 나가야 했다.

먼저 수호에게 "오빠가 날 좀 보자는데"라고 말했더니 수
호는 만나서 무슨 얘길 하는지 들어보는 것은 나쁘지 않을 것
같다고 했다. 아마 수호가 만나지 말라고 했으면 나는 당연히
그 말을 따랐을 것이다.

수호의 오빠가 나를 불러낸 곳은 여의도 자유미래당 당사
근처의 호텔 커피숍이었다. 강수태는 사 년 전부터 자유미래
당 당적을 지닌 당원으로 청년개발위원회 소속 아홉 명의 부
위원장 중 한 명이었다. 그 알량한 감투를 그는 어지간히 자
랑스러워하고 있었다. 자유미래당은 정말이지 보수라고도 말
할 수 없는, '퇴행적인 수구'에 불과한, 국회 의석이 다섯 개
에 불과한 군소정당이었다. 그 다섯 석마저 뿌리 깊은 지역감
정에 기반하고 있었다. 그 지역 출신의 대통령이 독재를 하다
가 부하에게 암살을 당했는데, 그 역사적 사실을 감정적으로

편취해 지역민의 향수를 자극하면서 연명하는 잔당에 불과했다. 나는 강수태가 왜 이런 극단적인 보수정당에 들어가서 정치를 하려 하는지 도무지 이해할 수 없었다. 장인어른이나 수호만 보더라도 얼마나 생각이 유연하고 진보적이었는지 모른다. 생전의 장인어른도 강수태의 정치적 신념을 냉소적으로 탐탁지 않게 바라봤다. 언젠가 술자리에서 나는 강수태에게 진지하게 물어본 적이 있었다.

"형님, 왜 하필 지지도가 형편없는 자유미래당 같은 데서 정치를 하려 하십니까. 아직 젊으니까 진보적인 정치를 실현하는 게 더 가치가 있지 않을까요?"

그러자 술이 좀 올랐던 강수태가 내 말에 대한 반론을 했는데, 그게 참 가관이었다.

"진보? 진보 좋아하네. 내가 씨발, 예전에 졸라 좋아했던 여자애가 있었는데, 걔가 내게는 눈길 한 번 안 주고, 운동권이었던 내 친구에게 가버리더라구. 씨발 내가 좋아하는 걸 알면서도 그 새끼 그 여자앨 데리고 살더라구. 그게 진보야? 응? 그게 진보냐구."

내가 그 말이 너무 재밌어서 집에 가서 수호에게 전했더니, 수호가 이러는 것이다.

"쯧쯧, 그런 사적인 감정에서 정치적 입장이 나오다니, 내 오빠지만 정말 후지다 후져. 한심하다 한심해."

내가 자리에 앉자마자 강수태는 전에 없이 부드러운 말투로 말했다.

"매제, 우리 남자끼리 정말 허심탄회하게 대활 해보자구. 내가 아버지 유산을 바라는 게 개인적인 사리사욕 때문이 아니라는 건 자네도 잘 알지 않나?"

나는 눈을 끔벅거리며 천연덕스럽게 대꾸했다.

"무슨 말씀인지 저는 잘 이해가 안 되는데요."

"에이, 왜 그래. 매제도 알다시피 나는 정치에 목숨을 건 사람이잖아. 할 일이 많은, 정계가 예의주시하는 젊은 정치인이라구. 우리나라의 뿌리 깊은, 이념 지향적인 패권 세력을 정치판에서 몰아내고 건강한 보수를 기치로 내건 우리 당이 정치개혁의 중심으로 자리 잡는 데 내가 사심을 다 버리고 진력하고 있는 거 자네도 잘 알잖아."

나는 다시 심드렁하게 대답했다.

"그런데요?"

"그러기 위해선 정치자금이 필요하다구. 내가 유산을 다른 데 쓰겠다는 게 아니고, 정치하는 데 쓰겠다는 말이야. 자네가 수호에게 말 좀 잘해서 변통 좀 해주게."

"아시겠지만 저는 그 일에 대해서 아는 게 없어요. 다 수호와 법무팀에서 하는 일이라……"

그러자 강수태의 표정이 다소 일그러지며 언성이 제법 높아졌다.

"아니, 솔직히 말해서. 자네, 처갓집 재산 상속받아서 기분 좋지 않아? 사실 나랑 수길이 눈에는 집 밖의 사람이 우리 집 안에 들어와서 아버지가 일군 재산을 가로챈 것밖에는 안 된 다고."

호구도 아니고 이런 말을 듣고 나도 가만히 있을 수는 없었 다. 시 얘기가 나온 것이 좀 민망하긴 하지만.

"형님, 그게 무슨 말씀이에요? 저, 열심히 강의도 하고 제 힘으로 벌어서 여태 살고 있어요. 그리고 저는 시인이에요. 세속적인 이익 같은 거 하나도 관심 없어요. 그건 제 자존심 이에요. 도대체 시인을 뭘로 보고."

내가 자존심 운운하자 강수태는 좀 당황한 표정을 지으며 다시 말투를 가라앉히고 말했다.

"아, 그래그래 자네 자존심을 내가 건드렸다면 미안해. 그 런 뜻으로 한 말은 아닌데, 내가 말이 좀 헛나왔네. 아무튼 중 요한 게 내가 지금 현금 오억 원 정도가 필요하네. 당비로 내 야 하거든. 내가 대표님께도 약속한 게 있고."

강수태가 당에 정치헌금을 해서 오 개월 뒤에 있을 수도권 의 보궐선거에 후보로 나설 생각을 하고 있다는 건 나도 오 변호사에게 들어서 알고 있다. 지금 강수태가 말한 오억이라 는 당비가 바로 선거에 나가기 위한 정치헌금을 말하는 것이 다. 사실 그가 자유미래당에 당적을 얻고 청년개발위원회인 지 뭔지의 부위원장으로 영입된 데는 유력한 기업인의 장자 라는 배경이 큰 영향을 발휘한 게 사실이다.

나는 어딘가 들뜬 것처럼 보이는 강수태의 눈을 보며 나직하게 말을 흐렸다.

"아직 소송도 안 끝났고, 그게 쉽겠습니까."

그러자 강수태는 내 손을 감싸 잡으며 말했다.

"제발 부탁하네. 정치적 신념을 그깟 돈 몇 푼 때문에 펼치지 못한다면 말이 되겠나."

15

강수태와 헤어져 집에 들어왔더니 뜻밖에 집에 강수길이 와 있었다. 수호에게 오빠에게서 들은 이야기를 단어 하나도 안 빠뜨리고 그대로 전했더니, 수호가 말했다.

"아직도 정신을 못 차렸네. 친오빠지만 정말 꼴통 같아. 정말 정치를 제대로 한다면 못 밀어줄 이유도 없는데 그 꼴통 짓거리를 하는 쓰레기 당에다 돈을 처바르겠다고."

옆에 있던 강수길이 천진난만하게 맞장구를 쳤다.

"맞아 맞아, 형 정말 미친 거 아냐. 그런 수꼴들에게 오억이나 갖다 바치겠다는 게 제정신이야? 형은 좀 정신 차려야 해."

그러자 수호가 냉정한 눈길을 남동생에게 보내면서 한마디 했다.

"너 말야. 소송 취하했다고 해서 내가 너 받아들인 거 아냐. 잠자코 있어."

그러자 강수길이 입꼬리를 내리면서 말했다.

"아니 내가 뭐 틀린 말 했나."

내가 살짝 웃으면서 "오빠가 '정치적 신념'이라는 말을 두 번이나 사용했어"라고 하자 수호는 뜻밖에도 "나는 당신이 정치적 신념이 없는 사람이어서 좋아"라고 말했다.

"그래 맞아. 내게는 정치적 신념이 없는 대신 문학적 신념이 있지."

"당신 시집 빨리 보고 싶다."

강수길은 저녁을 먹고 곧바로 돌아갔고, 그날 밤 수호와 나는 와인 몇 잔을 마시고 도립공원 허름한 민박집에서 가졌던 그 달콤하고 풋풋한 섹스를 재현했다. 수호와 나의 아기가 생기면 더 좋을 밤이었다.

홍대에서의
바람직한 태도

홍대

　서울시 마포구 상수동에 본관을 둔 종합 사립대학교의 이름이지만, 이 소설에서는 홍대 미대를 중심으로 자유로운 정신과 독립적인 삶을 추구하는 예술가들과 문화기획자들이 모여 타 지역과 구별되는 독특한 문화적 분위기를 이루고 있는 권역을 통틀어서 가리킨다. 상상마당 사거리 부근이 이 지역의 코어에 해당하지만 행정구역상으로는 카페와 클럽, 바들이 분포된 서교동, 동교동, 연남동, 상수동, 합정동, 망원동 일대를 포함한다.

'모든 이별은 지하를 거느린다.'

이것은 언젠가 시인 K가 홍대의 어느 카페 벽면에 파버카스텔 연필로 적어놓은 문장이다. 그 카페의 이름이 '슈가 아일랜드'였는지 '고딕 소설'이었는지, 아니면 '싱거운 바나나'였는지 기억은 나지 않지만 K는 그날을 기억하고 있다. K는 문장을 적고는 탁자 위에 놓인 병맥주를 유리 글라스에 따라 마셨을 것이다. 만약 그때 K가 여의도의 어느 카페에 있었다거나 혹은 방배동의 어느 바에 있었다면, 그는 절대로 벽에다 낙서 따위는 하지 않았을 것이다. 그것은 이상하지만, 오직, 홍대에서만 가능한 일이다. K가 믿는 바에 의하면 홍대 카페의 벽에 문장을 적는 것, 그것은 지구의 표면에 자신의 지문을 새기는 일과 같다.

홍대에서 마음에 드는 카페를 발견했을 때, 그 카페의 내벽에 문장을 적는 버릇이 언제부터 자신에게 생겼는지 K는 모른다. 자신의 죽음이 언제부터 시작됐는지 여전히 모르는 것처럼. 태어나는 순간 삶은 끝나버리고 죽음이 시작되는 것이라는 생각을, 언제 처음 했는지도 기억나지 않는다. 사춘기 때, 부모의 침대를 불태워버리겠다고 아무도 몰래 다짐했던 때였는지 아니면 동정을 잃던 추운 겨울밤이었는지. K는, 이처럼 홍대가 기원을 알 수 없는 것들로 가득 차 있다고 생각한다. 그것은 인간의 습벽이나 취향 같은 것일 수도 있고, 어떤 냄새나 기운 같은 것일 수도 있고, 아니면 길에서 구워서 파는 호떡이나 유행하는 선글라스 같은 것일 수도 있다. 어쨌거나 어디에서 시작되고 어디에서 온 것인지 모르는 것들이 홍대를 구성하는 것만큼은 부인할 수 없는 사실이다. 자신의 기원을 알 수 없다고 믿는 이들이 홍대 거리를 찾아들었을 때, 홍대의 공기를 마시고 사람들과 어깨를 부딪칠 때 비로소 위안을 받는 느낌을 갖게 되는 것은 그 때문이다. K는 창이 넓은 카페에서 홍대 거리를 내다보다가 무의식적으로 '홍대는 기원이 모호한 것들의 기원'이라고 자신도 모르게 중얼거린 적이 있다. 그때 이미 K는 홍대 사람이 될 운명을 가지고 있었던 것인지도 모른다. K는 홍대의 어떤 카페 벽에 '당신 때문에 나는 영영 호전될 기회를 놓쳐버렸다'라고 쓴 적도 있고, 또 다른 카페의 벽에 '사랑을 해야 하는데 추위 때문에 하지 못했다'라고 쓴 적도 있다. K는 추위를 잘 견디는 편이다. 그런데 추위 때문에 하지 못했던 사랑에 대해서 문득 상상했던 것이다.

시인으로서 자존심을 잃고 싶지 않은 K는, 생계를 위한 직업을 한 번도 가져본 적이 없다. 그렇다고 그가 시를 써서 생활할 수 있을 만큼 잘나가는 시인인 것은 아니다. 그는 거의 팔리지 않는, 대중으로부터 소외된 시인이다. K는 고통 끝에 자신의 소외와 빈곤을 긍정하게 되었는데, 그것은 홍대의 우울과 홍대의 밤을 경험하면서부터다. K는 '이해가 가능하기 위해 필요한 것은 소외다'라는 브레히트의 말에서 작은 위안을 얻었다. 홍대에는 K 말고도 소외의 추종자들이 꽤 많다. 홍대의 분위기는 이 소외와 밀접한 연관이 있는데, K는 자신이 만약 고양이를 기르게 된다면 고양이의 이름을 소외라고 짓겠다고 막연히 생각하고 있는 중이다. 생활에 필요한 비용은 간간이 한국어를 영어로 번역하면서 번다. K가 영어로 옮기는 문장들은 지역 박물관의 소장품 설명문이나 여행 안내 책자에 들어가는 것들이다. 그런 책자에는 번역을 누가 했는지는 나와 있지 않다. K는 자신의 이름으로 책임질 필요가 없는 일을 하는 셈이다. 그래서 그는 그 일이 조금 마음에 든다. 죽을 때 자신의 직업을 시라고 말했던 오르페우스처럼 자신

이 좋아하는 일을 운명적인 어떤 것으로 설명하는 것은, K에
겐 어쩐지 좀 민망하고 낯뜨거운 일이다. 하지만 반대로 그것
이 아닌 경우를 상상하는 것도 이제는 점점 더 어려워진다. K
의 집은 홍대 상상마당 뒷골목에 있는 작은 원룸의 사층인데,
일층에는 국숫집과 편의점이 들어서 있다. 그와 그의 동거녀
가 매달 5일 집주인에게 내야 하는 월세는 팔십만 원가량이
다. 매달 말일이 다가오면, K의 입술이 부르트거나 배탈이 자
주 나는 것은 틀림없이 이 월세와 관련이 있다.

  홍대에서는 지난 십 년 동안 살인 사건이 단 한 건도 일어
나지 않았다. K는 그렇게 믿고 있다. 십 년이라는 시간은 K
가 홍대에 들어와 산 기간과 정확히 일치한다. K는 십 년 동
안 살인 사건이 일어나지 않은 동네에 사는 것에 은근한 자부
심을 갖고 있다. 살인 사건이 일어나지 않았던 이유에 대해서
도 물론 곰곰이 생각해보았다. 그리고 최근에서야 K는 자기
마음에 드는 그럴듯한 결론에 도달할 수 있었다. 홍대에서 살
인 사건이 일어나지 않았던 이유, 그것은 홍대 사람들 대부분
이 하루에도 수십 번 자기 자신을 죽이는 데에만 골몰하기 때
문이다. K의 경우도 마찬가지다. 그는 일상생활을 하는 동안
종종 우울증이나 슬픔, 자학이나 박탈감을 느끼지만, 그것이
분노의 형태로 다른 사람을 향해 표출된 적은 없다. 그는 언
제나 자신을 향한 죽음을 생각한다. 어떻게 하면 자기 자신

을 죽일 수 있을까를. 품위를 잃지 않고, 풍문의 희생양이 되지 않고 어떻게 하면 나를 제거할 수 있을까. K는 그런 생각을 밥 먹듯이 한다. K처럼, 자기 자신을 죽이는 데 관심이 많은 이들이 모여 사는 곳이기 때문에, 홍대에서는 타인에 대한 살의가 일지 않는다. 홍대에서의 살의는 결코 그 자신을 넘어서지 않는 것이다.

K는 간혹 원룸 일층의 편의점에서 일하는 이십대 여자에게 자신이 좋아하는 담배를 팔지 않는 것에 대해 이의를 제기하기도 한다. 그렇게 한다고 해서 개선될 여지가 없다는 것을 그는 네번째 요구가 묵살되었을 때에야 깨달았다. 짙은 눈 화장을 즐겨 하는 이십대 여자는 K를 좀 가소롭게 여기는 경향이 있다. 이십대 여자로부터 좀 심한 모독을 당했다는 생각이 드는 날이면, K는 자신의 시집을 가지고 와 그녀 앞에서 소리 내어 읽는 상상을 할 때도 있다. 그러면 그녀의 표정이 바뀌면서 자기 앞에 무릎을 꿇게 될지도 모른다고 상상한다. K는 그녀에게 아무도 몰래 '모독'이라는 별명을 붙였다. 자신이 좋아하는 담배를 가져다 놓지 않는 편의점의 여자, 모독. 이 여자를 생각하는 데에, K는 자신의 일생에서 십삼 일 열다섯 시간 정도는 할애해도 좋다고 생각한다. 이 여자와 다투지 않기 위해서는, 남들이 즐겨 찾는, 그래서 언제나 편의점에 빼곡히 진열되어 있는 담배를 좋아하는 편이 가장 손쉬운 방법일 것이다. 하지만 그는 자신이 좋아하는 것을 잘 바꾸지

못한다. 하다못해 그것이 담배 따위라고 해도 말이다. 자신이 좋아하는 것을 어떤 외부적 요인 때문에 바꾸는 것을 그는 홍대에서의 바람직한 태도에 어긋난다고 생각한다. 물론 그렇게 생각하는 데에 어떤 근거가 있는 건 아니다. 그가 사는 원룸이 왜 주황색 지붕을 갖게 되었는지 근거가 없는 것처럼 말이다. 자신이 좋아하는 것을 손바닥을 뒤집듯이 언제든 쉽게 바꿀 수 있는 사람들은, 홍대가 아닌 여의도나 삼성동으로 가야 한다. 홍대 사람들이라고 부를 수 있는 부류들이 언제부터 이렇게 홍대 쪽에 모여서 살게 되었는지는 확실하지 않다. 중요한 것은 그들이 언제부터 홍대에 있었는지가 아니라, 지금 현재 그들이 홍대에 있다는 사실이다.

K의 경우를 보면 홍대의 하루는 몽상으로 시작해서 몽상으로 끝나는 것 같다. 이것은 과장이 아니다. 홍대에 뜨는 달은 홍대에 사는 사람들의 몽상과 권태가 일으킨 부력으로 떠오른 것이다. 그리고 그 몽상과 권태가 수그러들 때 홍대의 달도 이운다. 몽상으로 가득 찬 하루가 서른 번이 되면 한 달이 되고, 또 그것이 열두 번 모이면 일 년이 된다. 그렇다면 홍대에서의 일 년은 몽상에서 시작해서 몽상으로 끝나는 셈이다. 그 일 년이 수없이 반복되는 동안 이 법칙이 크게 바뀔 가능성은 없다. 홍대의 몽상은 아침이 오는 순간 사라지지만, 그렇다고 영원히 사라지는 것은 아니다. 그것들은 시와 음악으로 찬란하게

되살아난다. 이것을 헷갈리면 안 된다. 홍대에서는, 사라지는 것과 사라지지 않는 것, 가능한 것과 가능하지 않은 것 따위를 잘 구별해야 한다. K는 종종, 무의식 속에서 자신의 머릿속에서 피어나는 몽상이 얼마나 '홍대적'인지 생각해보기도 한다. 자신의 몽상이 홍대적이지 않다는 판단이 들 때는 그의 정신이 지나치게 건강할 때이다. K는 며칠 전 술자리에서 만난 소설을 쓰는 후배에게 이렇게 말한 적이 있다.

"넌 어떤 사람들이 홍대에 모이는지 아니? 당연히 모르겠지. 잘 들어봐. 홍대에 모이는 자들은 자신이 건강하다는 사실을 견디지 못하는 자들이야. 요절하지 못하는 것을 수치로 여기는 자들이지."

그러자 소설을 쓰는 후배는 "홍대의 대표는 누군가요?"라고 아주 이상한 질문을 했다. 이 이상한 질문을 받으면 사람들은 각자가 느끼는 대로 대답할 것이다. K 역시 그 대답들을 상상해본다. 3, 4세대로 이어져온 오래된 토박이가 홍대의 대표일 수도 있고, 2호선 홍대입구역 역장이 홍대의 대표일 수도 있을 거다. 아니, 홍대 일대에 사는 화가, 작가, 시인, 가수, 디자이너 등의 예술가들이 홍대의 대표에 더 어울릴 수도 있겠지. 어쩌면 홍대 재학생들, 홍대 미대와 미술학원, 그리고 화방들, 클러스터를 이룬 출판계 사람들도 홍대의 대표라고 주장할 수 있을 거야. 하지만 K는 자신의 상상 속에서 태어난 대답들 중에 정답은 없다고 생각한다. 그래서 후배 소설가에게 아무런 대답을 하지 않았다. 후배도 딱히 대답을 원하는 것 같지 않았다. 그리고 후배와 헤어진 지 이틀이 지났을 때 K는 가장 그럴듯한 대답이 떠올랐다. K는 다시 "홍대의 대표는 누군가요"라는 질문을 받는다면 삼 초도 생각하지 않고 "고양이지 뭐긴 뭐야"라고 대답하겠다고 생각한다. 홍대 사람들은, 나이와 직업을 막론하고 마치 신분증이라도 되는 것처럼 고양이를 주워다 기른다. 그들은 고양이에게 본능적인 동질감을 느끼는 것처럼 보인다. 당장 공과금을 낼 돈이 없어도 고양이에게는 고급 사료와 간식을 사준다. 실제로 K는 은행 잔고가 하나도 없는데도, 기르는 고양이의 긴급한 수술을 위해 밤새도록 백만 원을 구하러 뛰어다닌 한 여자를 알고 있다. 그 여자는 90년대에 잘나갔던 밴드의 기타리스트인, 지금은 자신의 재능을 저주하면서 낮술이나 마시고 게임이나 하는 P와 살고 있다. K는, 무기력하고 권태로운 P의 재능을 여전히 뜨겁게 사랑하는 그 여자의 순수함을 좋아한다. 어쨌거나 주택가 골목이나 지하보도의 담벽에 그려져 있는 고양이 그림을 보면, 홍대 사람들이 고양이를 얼마나 좋아하는지 알 수 있다. 처음 보는 카페에 들어가 술을 마시고 있다 보면 카페의 주인이 가져다 놓은 고양이가 살금살금 다가와 종아리를 간질이며 '나도 밀러라이트 한 잔만 사줘'라고 말을 건네기도 한다. 카페 주인들이 카페 안에서 고양이를 기르는 것은 당연히 고양이를 좋아하는 홍대 사람들을 자기네 카페로 유도하기 위해서다. 홍대에서는 고양이와 관련된 이야기를 어디서든 들을 수 있다. 예를 들면 상상마당 맞은편의 아사히펍에서 생맥주라도 한잔 마시고 있으면 옆자리에서 이런 대화가 들려오는 것이다. "고양이 아홉 마리를 기르는 여자의 방에 가본 적 있니? 여자애랑 키스를 하는데, 고양이털 때문에 계속 재채기를 했지 뭐야." K는 고양이와 관련된 것까지 포함해, 홍대에서만 가능한 어떤 풍속들을 유심히, 지루하게 관찰해서 결국에는 홍대에서의 바람직한 태도를 찾는 것이 자신의 삶에 부과된 의무일지도 모른다고 막연히 생각한다. 그런 의미에서 K가 시를 쓰는 것은 매우 다행한 일이다. 시인이란, 기본적으로 사태를 응시하는 존재라고 K는 이해하고 있으니까 말이다.

K가 생각하는 홍대의 가장 큰 매력은, 자신처럼 신념이 없는 사람들까지도 홍대는 너그럽게 포용한다는 것이다. K는 가족에 대한 신념이 없고, 이념이나 역사에 대한 신념도 없다. 좀 더 본질적으로 얘기하면 인간에 대한 신념이 없다. 그는 인간의 품위가 망가진 것은 모두 인간의 신념 때문이라고 생각한다. 신념이 인간을 오해하고 신념이 인간을 모독한다. K는 그렇게 믿고 있다. 그래서 신념으로부터 소외당하는 쪽을 택했다. 많은 이들이 이런 K를 불편해했고 K는 그들로부터 자신이 바랐던 것처럼 기꺼이 버림받았다. 그리고 피난을

오듯이 홍대 쪽으로 들어왔다. 홍대는 그가 원하는 인간의 품위를 보장해주었다. K가 홍대에서의 바람직한 태도를 고민하기 시작한 것은 그 무렵부터이다. 바람직한 태도를 발견할때, 비로소 인간의 품위를 영속적으로 유지할 수 있을 거라고 생각했기에. 사실 K는 홍대에서 바람직한 태도를 갖는 것이과연 가능한 일인지 몇 번이고 자문해본 적이 있다. 그는 방문을 걸어 잠그고 7박 8일 동안 술을 마신 끝에, 신음하듯 가능하다는 결론을 내렸다. 그리고 미친 사람처럼 밖으로 뛰어나가 홍대 거리를 활보했다. 팔과 다리를 마음대로 휘저으며홍대의 공기를 폐부 깊숙이 들이마셨다. 그런 K의 눈에 홍대앞 공원 벤치에서 맥주를 마시고 있는 한 여자가 들어왔다. Y였다. K는 Y가 마시는 맥주가 생명수처럼 느껴져서 자신도모르는 사이 Y에게 다가가 나도 당신이 마시는 맥주 좀 마시게 해주세요, 라고 말했다. 그것은 사실 나도 당신이 믿는 구원을 믿게 해주세요, 라는 말이었다. 설명하기 어렵지만, 그날부터 두 사람은 함께 살게 되었다. 그것은 오래전부터, 아니 태초부터 가능했던 일처럼 자연스러웠다. K가 생각하는 Y에 대해 잠시 말해야겠다. Y는 어떤 의미에서는 홍대에서의태도를 가장 잘 이해하고 있는 존재이다. 다만 그것이 바람직한가 바람직하지 않은가에 대해서 말하는 건, 아직은 좀 곤란하다. 어쨌거나 K가 확신하기로는, Y는 이미 홍대에 어울리는 태도를 완전히 몸에 익혔다. 그녀가 홍대의 거리에 서서 담배를 피울 때, 그녀의 모습은 숱한 카페의 간판처럼이나 낯익어 보인다. 그녀는 그림을 그리는 사람이다. 그녀가 주로 그리는 것은 단행본의 표지나 잡지 특집 코너의 일러스트 같은 거다. 하지만 Y는 대체적으로 게으른 편이다. 그녀의 게으름은 이상하게도 그녀의 재능을 돋보이게 한다. 모든 이별은 지하를 거느린다, 라고 K가 쓴 한 줄의 문장을 Y가 어느 카페의 벽에서 읽었을 때, K와 Y는 아직 서로를 모르는 사람들이었다. Y의 옆자리에는 술에 잔뜩 취한 밴드의 보컬이 탱크톱을 입어 하얗게 드러난 Y의 어깨에 입을 맞추고 있었다. Y는 어깨를 내어주며 이렇게 말했다.

"하하하, 모든 이별은 지하를 거느린다고? 어떤 우주인이 이런 낙서를 했지?"

그러자 보컬이 흐느적거리는 목소리로 "그 우주인 새끼랑 씹하고 싶은 거야?"라고 물었다.

Y가 그 우주인을 만난 것은 그로부터 일 년이 지난 후였고 그때는 이미 Y나 K 모두 그 문장으로부터 자유로워진 뒤였다. 첫인상 말고도 K가 Y에게 지속적으로 끌렸던 이유는, 자신이 쓰는 시에 Y가 초지일관 냉담했기 때문이다. 그렇다면 Y가 K를 좋아한 이유는? 그것은 K가 영어를 할 줄 알았기 때문이다. 반은 농담이다.

K가 눈을 부비면서 침대에서 몸을 일으킨다. 이미 시간은

정오를 훌쩍 넘겼다. Y는 이미 외출하고 없다. 며칠 전, 일 때문에 출판사 사람을 만나야 한다고 말했던 것이 기억난다. 그는 맨손으로 얼굴을 한번 닦고는 재떨이에 놓여 있던 말보로 블랙맨솔 꽁초 한 대를 꺼내 입에 물고 불을 붙인다. 그것은 Y가 간밤에 피우다 꺼버린 것이다. Y는 작년까지는 담배도 피우지 않았고 고기도 먹지 않았다. 그녀가 좋아했던 밴드 보컬의 철학에 동조한 결과였다. 하지만 그에게서 차인 뒤, Y는 다시 미친 듯이 담배를 피우기 시작했다. 이별이 거느리는 지하가 있다면, K는 Y가 만났던, Y가 만나서 입 맞추고 살을 부비고 섹스를 한 모든 남자들을 발가벗겨 그 지하에 가둘 수도 있을 거라고 생각한다. 그러곤 자신의 생각에 흠칫하고 놀란다. K는 Y의 남자들을 질투하는가. 그렇지 않다. K는 질투하지 않는다, 다만 연민하고 동경할 뿐이다. 동정이 아니고 동경이다. 자신의 직업에 게으른 Y가 세상에서 가장 좋아하는 일은 밴드의 공연장에 가는 것이다. 그리고 시끄럽고 빠르고 무질서한 음악을 듣는다. 한껏 몸을 이완시키고 고개를 좌우나 아래위로 흔들면서 말이다. 자기 뺨에 와닿는 자신의 머리칼을 느낄 때, Y는 자신이 참 아름답고 순수한 삶을 살 수도 있겠구나, 라고 긍정한다. 이런 긍정은 홍대의 태도에서 매우 중요한 것이다. 사정이 이러니, 그녀가 밴드 공연이 열리는 클럽을 자주 찾지 않을 도리가 없는 것이다. Y는 지나치게, 너무 자주 밴드의 멤버들을 사랑한다. 그것이 K에게 가끔 스트레스를 안기기도 하지만, K는 동거인으로서 Y에 대해 대체적으로 만족해한다. 한번은 어느 비 오는 날 새벽, 창을 치는 빗소리 때문에 깨어난 K가 옆에서 자고 있던 Y와 섹스를 하기 위해 황급하게 Y의 속옷을 벗겼을 때, Y의 엉덩이에서 날카로운 것으로 물린 자국을 발견한 적이 있다. 그 자국은 전에는 없던 것이고 불과 하루나 이틀 전에 생긴 것처럼 보이는 것이었다. 날카로운 무언가에 뜯겨서 생긴 것이 분명해 보이는 상처는 벌겋게 피부가 벗겨져 있었고 맑은 진물이 고여 있었다. 때마침 잠에서 깬 Y는 자신의 상처에 고인 진물을 그냥 아무 말 없이 K가 쪽 빨아주기를 바랐다. 하지만 K는 그것을 쪽 빠는 대신에 최대한 침착한 목소리로 물었다.

"이게 뭐야?"

"응, 고릴라가 내 엉덩이가 좋다고 한 짓이야."

Y는 잠에서 깬 것이 못마땅한지 무성의하게, 하지만 사실대로 대답했다.

"고릴라라니?"

K는 그렇게 물었지만 이미 고릴라가 누구이고, 그가 왜 자신의 동거녀의 엉덩이에 이런 상처를 남겼는지 알 수 있었다. 고릴라는 펑크락을 하는 밴드 '펑크라서 그런지'에서 기타를 치는 녀석의 별명으로, 섹스를 할 때마다 여자의 엉덩이를 물어뜯어 낙인을 찍는다는 전설을 갖고 있는 친구다. 여자들이 그 낙인을 받으려고 사족을 못 쓴다는 말도 간간이 들렸

다. 고릴라는 작년에 성폭력 혐의로 복수의 여자들에게 고소를 당했고, 수사를 받았고, 유죄 판결을 받았다. 그 소식을 듣고 K는 인과응보라는 좀 낡은 단어를 떠올렸다. K는 조금 뒤늦게 혀로 Y의 엉덩이 상처를 핥았다. 그 자국을 상처라고 말하는 것도 사실은 좀 이상한 것이다. 그것은 누군가에게는 영예일 수도 있는 것이니까. 밴드 멤버들을 너무 자주 사랑하는 동거녀에게 K는 사실 아무런 불만이 없다. 질투 같은 것도 없다. 다만 동경할 뿐이다. 그들의 몰입과 그들의 뻔뻔함을. Y 역시 K에게 별다른 불평을 하지 않는다. 술을 마시고 있는데 술병을 빼앗거나 레드 제플린의 오래된 공연 실황을 DVD로 보고 있는데, 채널을 돌려달라고 요구하지 않는 한에는 말이다. 그들은 그날 밤 오래오래 천천히 섹스를 나누었다. 직업, 그러니까 돈을 벌기 위해 하는 일 이외의 모든 일에 그들은 비교적 열정적이고 부지런하다. 홍대에 살면서부터 그들은 그런 태도를 갖게 되었다.

담배를 두 모금 빨고 꺼버린 K는 갈증을 느껴 냉장고를 연다. 그런데 냉장고에는 마실 만한 것이 아무것도 없다. 두유가 있긴 했지만 텁텁해서 갈증을 느낄 때 마시기는 좀 그렇다. K는 하는 수 없이 트레이닝복을 챙겨 입고 원룸을 나선다. 같은 건물 일층에 있는 편의점에서 그는 오렌지 주스와 생수, 보리음료 따위를 산다. 그러곤 다시 사층으로 올라오는 계단을 오른다. 첫 계단을 오르기 전, 그는 우편함에 꽂혀 있는 얄팍한 봉투를 발견한다. 내용물은 책인 듯하다. 우편물까지 챙겨서 다시 원룸에 들어온 그는 침대에 다시 벌러덩 몸을 눕힌다. 누운 채로 생수를 제일 먼저 따서 병째 입에 붓는다. 그러곤 우편물 봉투를 찢는다. 역시나 책이다. 시인 M의 시집 『아슬아슬 눈동자』. M의 시집이 새로 나올 거라는 얘기는 두어 달 전부터 홍대에 퍼져 있었다. K는 그 책의 표지를 십이 초 동안 유심히 살펴보고, 작가의 프로필을 한번 읽고 목차를 훑어서 읽는다. 프로필을 보니, 이 책이 M에겐 세번째 시집이다. M은 K보다 나이가 세 살 적은데 오륙 년 전쯤 출판사의 망년회 자리에서 처음 만났다. 그 자리에서 M이 K에게 했던 말의 일부분을 K는 선명하게 기억하고 있다.

"내가 시를 쓰겠다고 결심한 것은, 『고통의 관리』를 읽고부터였어요."

K는 그 말이 처음에는 듣기 좋았는데, 시간이 지날수록 아팠다. 그날 M이 말한 시집은 십 년 전에 출간된 K의 첫 시집으로 고통을 관리하지 못하는 시간의 황홀함과 존재의 불편함으로 뒤범벅된 시집이었다. K와 M의 관계는 못해도, 한 달에 두어 번은 만나 술을 먹는 사이로 발전했다. 대부분은 M 쪽에서 연락을 해왔고, 만나는 곳은 늘 홍대였다. K가 M이 보내온 시집을 눈으로 훑고 있을 때, 휴대폰에 문자가 도착했음을 알리는 진동이 울린다. K가 문자를 읽는다.

"출판사 미팅 끝났고 오늘 늦을 것 같아. 술 생각나면 밤에 '남쪽'으로 와."

'남쪽'이란 K와 Y가 종종 가는 바의 이름인데, 거기 사장이 Y가 좋아하는 음악을 틀어준다. 바의 원래 이름은 '포르말린 냄새가 나는 남쪽 숲'인데, 그들은 그냥 줄여서 남쪽이라고 불렀다. K는 Y에게 "그래. 생각 좀 해보자"라고 답 문자를 보낸다. 보내기 버튼을 눌렀을 때, 이번엔 전화가 왔음을 알리는 진동이 울린다. 전화를 받는다. 전화를 걸어온 이는 M이다. 『아슬아슬 눈동자』의 시인.

"형, 나야 M."

"응."

"시집은 받았지? 엊그제 보냈는데."

"응. 좀 전에 왔어."

"뭐 해. 지금 나올 수 있어?"

"어딘데."

"쿠릴."

정확히 한 시간 뒤 열도의 이름을 딴 카페에서 K와 M이 만난다. M의 옆에는 스무 살밖에 안 돼 보이는, 꽤 준수한 용모의 여자가 있다. K의 눈과 그 여자의 눈이 마주친다. 이렇게 마주치는 눈들은 홍대 하늘에 걸린 전선줄만큼이나 복잡하고 심란하다. M이 여자애를 K에게 소개한다.

"우리 학교 학생인데, 시를 쓰고 싶어 하는 친구야. 형 시를 좋아한대. 그래서 데리고 나왔어."

'학생을 술자리에 데리고 다니는 교수는 정치적으로 올바르지도 않고 부도덕해. 그런데 그런 일들이 너무 흔하지. 그래서 무감각하지. 사는 동안 우리는 무감각과 싸워야 해.' K는 그 짧은 사이에 그런 생각들을 한다. M의 말이 끝나기가 무섭게, 여자애가 자기의 가방을 열고 K의 오래된 시집을 꺼낸다. 십 년 전의 첫 시집 『고통의 관리』. 얼마나 자주, 그리고 오래 읽었는지, 책장 귀퉁이가 너덜너덜하다. 여자애는 그 시집을 자신의 가슴에 품더니, 두 눈을 감고 심호흡을 한다. 막 연기를 시작하는 연극배우 같다. 여자애가 말한다.

"이 시집은 제 심장과도 같은 시집이에요."

"……"

그때 K의 머릿속에 떠오른 것은 '홍대에서의 바람직한 태도'라는 말이다. 그리고 이런 생각도 곧바로 튀어나온다. '심장은 가방에 넣을 수도 없고 결코 너덜거리지도 않아.'

K와 M은 말없이 술을 마신다. 말을 많이 하지 않는 것. 될 수 있으면 서로 다른 데를 바라보는 것이 이들이 오랫동안 유지해온 관습이다. 여자애는 이 두 사람 사이에서 흐르는 지루한 시간을 잘도 버틴다. 맥주를 혼자서 벌컥벌컥 마시기는 했지만. 그렇게 한 시간 반쯤이 흘렀을까. M이 휴대폰 액정을 바라보면서, 먼저 자리에서 일어난다. 몇몇 대학에서 강의를 하고 있고, 지방에서 나오는 시 전문지의 편집위원을 맡고 있

는 그는 늘 분주하다.

"형, 내가 지금 종로로 넘어가야 해. 대학 선배들이 부르
네. 미안."

그는 그렇게 말하고, 여자애를 K에게 남겨두고 쿠릴 열도
를 떠난다. 카페의 문을 나서기 전 카운터에서 이제까지 마신
술값을 치르는 것을 잊지 않는다. 술값은 상대를 더 좋아하는
쪽이 내는 거다. 이때 돈을 안 내는 쪽은 조금도 미안한 마음
이나 신세 진다는 마음을 가질 필요가 없다. 이것은 K가 비교
적 일찍 발견한 홍대에서의 바람직한 태도 중 하나다.

M이 시야에서 완전히 사라졌을 즈음, 여자애가 턱을 괴면
서 K를 향해 속삭이듯 말을 건넨다.

"이제부터는 뭐 할 생각이에요?"

K는 별생각 없이, "지금 이대로도 좋은데 뭘"이라고 대꾸
한다. 그러자 여자애가 동의도 구하지 않은 채 K의 담뱃갑에
서 담배를 꺼내 입에 물고 불을 붙이더니 다시 입을 뗀다.

"M이요 저에게 말하기를요. 시인이 되기 위한 가장 좋은
방법은 시인과 자는 거라고 하던데요."

"……"

"M이 저한테 흑심을 품고 그런 돼먹지 않은 농담을 한 거
죠. 그래서 제가 뭐라고 한 줄 아세요."

"……"

"그럼, 시인의 부인들은 왜 전부 시인이 아니죠? 하하하."

"……"

여자애의 과장된 웃음소리를 듣는 순간, K는 독한 술이 폐부를 찌르는 기분을 느낀다. 시인이 되기 위한 가장 좋은 방법이 시인과 자는 거라는 말을 하는 사람들은 왜 모두 남자 시인인가. K는 여자 시인이 그런 말을 했다는 소린 들어본 적이 없다는 생각을 한다. 이상하다, 참 이상해. 사실 K도 두어 번 그런 말을 호감을 느낀 여자들에게 한 적이 있다. K에게 돌아온 건 뺨을 때리는 여자의 손길과 싸늘한 눈길이었다. 물론 그와 자려는 여자도 있었지만, 정작 여자가 순순히 그의 말에 응하려고 하면 K는 손사래를 치며 "농담이었어, 내가 원래 농담을 좀 잘하거든." 이러면서 발뺌을 했다. 여자들은 모욕을 당한 얼굴로 돌아섰다. K는 자신의 농담을 이해하지 못하는 여자들이 두려웠다. K는 모두가 떠나고 혼자 남겨졌을 때의 그 소외와 고독을 탐닉하면서 홍대의 밤들과 익숙해져갔다. K에게 그런 시절도 있었다. 홍대에 막 들어와서 아직 홍대의 삶을 제대로 이해하지 못했을 때였다.

여자애가 다시 입을 열었다. 그런데 이번엔 뜻밖에 울음이 섞인 목소리다.

"미안해요. 저를 용서하세요. 제가 나쁜 생각을 했어요."

당황한 K는 묻는다.

"나쁜 생각?"

"오늘밤 당신과 자면 어떨까 생각했어요. 흑흑. 우리 아버지는요, 엄마를 사랑하지 않고 엄마의 딸인 나를 사랑해요."

K는 그 순간 M이 두고 간 이 여자애가 사랑스럽다고 느낀다. 이 여자애를 어찌할 것인가. 이 밤을 어찌할 것인가. K는 여자애와 술을 좀 더 마실 것인지, 아니면 이미 제법 취한 여자애를 택시를 태워서 보낼 것인지 고민한다. Y는 오늘 밤도 클럽 공연장을 전전하다가 동이 터올 무렵에나 들어올 것이다. '남쪽'에는 Y의 친구들이 언제나 득시글거린다. 그들은 Y의 환상을 키워주는 친구들이다. Y는 K의 연락을 건성으로 기다리다가 못 이기는 척 친구들을 따라 밴드 공연이 있는 클럽에 갈 것이다. 그러곤 새로운 밴드에게 필이 꽂히는 것이다. Y가 선택할 것은 오늘 밤 사랑할 대상이 보컬리스트냐, 드러머냐, 기타리스트냐, 베이시스트냐뿐이다. 그러니 설사 K가 이 밤 여자애를 데리고 원룸에 가서 밤새 술을 마신다고 해도 아무 문제가 없을 것이다. K는 고민한다. 홍대의 태도, 홍대의 바람직한 태도에 대해서. K의 머릿속에 몽상과 시의 중간쯤 되는 문장들이 떠오른다. 혼자였다면 아마도 쿠릴의 벽면에 이 문장을 적었을 것이다. 여자애를 데리고 갈까, 택시를 태워 보낼까. 이 여자애, 담배는 참 서툴게 피우고 술은 예쁘게 먹지. 여자애의 입술에 묻은 담배 연기를 씻어주는 건 나의 한숨. 바람직한 태도는 어디에서 오나. 우아한 삶은 어떻게 끝나나. 실패하는 데 성공한 친구들은 오늘은 어디서 춤

을 추나.

K가 택시를 잡아서 여자애를 보내고 난 직후, M에게서 전화가 다시 왔다. M의 첫마디는 이렇다.

"형, 여자애 어때?"

"뭘 어때."

M는 약간은 수줍은 음성으로 다음 말을 잇는다.

"형, 마음대로 하세요. 하고 싶은 대로요."

"응 내 마음대로 집에 잘 보냈어."

"형도 참……"

대꾸 없이 전화를 끊은 K는 속으로 이렇게 중얼거린다.

'홍대의 바람직한 태도에 대해서 쥐뿔도 모르는 녀석.'

여자애를 태운 택시가 시야에서 사라졌을 때 사실 K는 잠시 울고 싶었다. K는, 소외가 익숙한 만큼 사랑이 그립다. 그립다고 말해서는 안 되는 사랑이 못 견디게 그리운 거다. 홍대에서 권장되는 바람직한 태도 중 하나는 사랑에 대해서 가급적 최선을 다해 함구하는 것이다. 홍대 사람들에게 선물처럼 내려진, 목적을 감춘 열정이 사랑을 수반할 때, 그 열정은 반드시 병이 들기 때문이다. 홍대처럼, 특별한 열정과 재능을 가진 이들이 과밀하게 모여 사는 곳에서는, 먼저 병드는 것은 용납이 되지 않는다. 순식간에 감염되기 때문이다. 홍대 사람들이 얼마나 스스로를 단련하면서 면역력을 키우는지는 정작 홍대 사람이 아니고서는 자세히 알기 어렵다. K도 면역력을 키우기 위해 무던히도 애를 썼다. 하지만 여자애의 택시가 눈에서 점점 사라질 때 사실 K는 오랜만에 울고 싶었다. 사랑을 외치고 싶었다. 하지만 잘 참았다.

조금 쓸쓸해진 K는 홍대의 밤거리를 걷기로 한다. 그는 상상마당 앞 주차장 골목을 지나다가 수노래방 쪽으로 방향을 꺾어 홍대 정문 앞 공원에 도착한다. Y를 처음 만났던 곳. 부근 편의점에서 캔 맥주 두 개를 사고는 공원의 가장 어두운 쪽 벤치에 앉는다. 휴대폰으로 확인한 시간은 밤 열시. 배터리는 두 칸 남아 있다. 군데군데 벤치에 사람들이 앉아서 담배를 피우거나 사색에 잠겨 있다. K처럼 캔 맥주를 마시는 사람도 있다. 얼마 지나지 않아, 그러니까 캔 맥주의 꼭지를 따서 막 한 모금을 넘겼을 때, K는 밤공기를 가르는 날카로운 여자의 목소리를 듣는다.

"알프레드 프루프록의 연가를 영어로 외우는 새끼 손들어봐. 오늘 밤 내가 마음껏 사랑해줄 테다!"

K가 목소리가 들리는 쪽을 바라본다. 그녀다. K는 그녀를 알고 있지만, 아니 수많은 홍대 사람들이 그녀를 알고 있지만 그녀는 아무도 알아보지 못한다. 그녀는 홍대 정문 앞 공원의 터줏대감으로 이미 알 만한 사람은 다 아는 유명인사다. 날씨가 궂지만 않다면 거의 매일 밤 홍대 정문 앞 공원에 나타나 술을 마시니까. 술만 마시는 게 아니라 끊임없이 혼자 말하고

노래도 부른다. 줄 끊어진 바이올린과 테리어종 개와 로얄 살루트 빈 병이 그가 늘 가지고 다니는 것들이다. 밤인데도 선글라스를 쓴 그녀가 다시 소리친다.

"야 을지문덕 너 이리로 와봐. 너 어젯밤에 얼마나 형편없었는지 알아. 반성을 하라구."

그녀가 손가락으로 가리킨 곳에는 아무도 없다. 그녀는 무엇을 보고 말하는 건가. 고구려의 장수 을지문덕이 서 있는 것이 그녀에게는 보이는가. 그녀는 가방에서 소주병을 꺼내 로얄 살루트 빈 병에 따른다. 그리고 소주병은 다시 가방에 넣는다. 비교적 근거리에 있는 K는 그녀의 행동을 다 지켜본다. 그녀는 로얄 살루트를 병째로 들어서 입안에 붓는다. 이 순간부터 그녀의 모습을 본 사람이라면 그녀가 최고급 위스키에 속하는 로얄 살루트를 병째로 마시는, 가진 것을 과시하고 싶어 안달이 난, 그리고 자신의 보잘것없는 재능을 기행이나 기벽 따위로 포장하려는 사람인 줄 알 거다. 하지만 그녀는 정신이 아픈 여자다. 홍대를 너무 사랑한 나머지 홍대를 추방시킨 여자. 아니 홍대로부터 사랑받아서 홍대로부터 추방당한 여자. K가 이 공원에서 여자를 본 것은 이번이 세번째다. 모두가 무시하고 외면하는 그녀를 처음 보는 순간 K는 왠지 모르게 그녀에게 마음이 쓰였다. 홍대의 태도에 대해서 고민하고 있던 그에게 그녀가 어떤 영감을 주었기 때문이다. 그녀가 이번에는 노래를 부른다. 선글라스 때문에 어디를 보고 있는 것인지는 알 수 없지만.

"첫눈이 와서 기차가 멈추면 나는 염소를 끌고 교차로를 지나가네."

처음 들어보는 노래다. 노래를 한 소절 마친 여자는 예의 줄 끊어진 바이올린을 켜기 시작한다. 사람들이 소리 죽여 웃는다. 배낭을 멘 외국 남자 두 사람이 그녀 앞으로 다가가 노골적인 비웃음을 던지고는 사라진다. K는 홍대로부터 추방당한 여자의 노래를 들으며 맥주를 마신다. 캔 맥주 두 개가 순식간에 비워진다. 그때 K의 휴대폰에 문자가 도착했음을 알리는 신호가 온다. Y다.

'남쪽에 안 올 거야? 터틀맨과 트릭 A와 같이 있어.'

K는 '재미있게 놀아'라고 답 문자를 보낸다. 그건 오늘 밤 각자 오래도록 떠돌자는 얘기다. 홍대라는 우주를 오래도록 떠돌면서 가급적 부딪치는 말자는 얘기다. Y는 K도 알고 있다는 듯 터틀맨과 트릭 A의 이름을 댔지만 K는 그들이 누군지 알 수 없다. 홍대의 어떤 밤은 이미 다 알고 있는 듯한 표정으로 가득 찬 밤이다. 그걸 이해하지 않고서는 외로울 수밖에 없다. K는 좀 더 홀가분해진 기분으로 공원의 벤치에서 몸을 일으킨다. 홍대의 바람직한 태도를 지키지 못하고 병이 들어서 추방당한 여자는 여전히 알아듣기 힘든 노래를 부른다. 끊어진 바이올린의 줄 하나는 지금 어디에 있나.

M으로부터 전화가 온다. 그는 잘나가는 시인이고 최근에 『아슬아슬 눈동자』라는 시집을 펴냈다. K는 그 책을 아직 읽어보지 않았고, 또 끝까지 안 읽을지도 모르지만, 문득 궁금해지는 게 있다. M이 시를 쓸 때 어떤 창문이 그에게 다가왔을까. 창밖의 공포와 불안을 어떻게 처분했을까. M의 시는 언제나 M보다 아름답다. 시인보다 아름다운 시의 운명을 생각하는 건, 담배를 피우면서 하기에 좋은 것이다. K는 한 번도 내색을 한 적이 없지만, M이 내심 Y를 좋아한다는 것을 안다. 언젠가 K의 원룸에서 Y와 M과 함께 술을 마시다가 K가 담배를 사러 나갔다 온 적이 있다. K는 현관문을 열고 들어오다가 M이 적극적으로 Y에게 키스를 시도하고 있는 것을 목격했다. K는 현관문을 다 열지 못했다. Y는 벽에 등을 기댄채 반수면 상태였고 M이 상체를 숙이고 Y에게 입술과 혀를 내밀었던 것이다. 그 비루하고 절실한 욕망은 홍대의 태도 중어디쯤에 있나.

Y처럼 M도 몹시 음악을 좋아한다. 하지만 대체로 냉소적이어서 온몸으로 음악을 받아들이지는 않는다. 적어도 음악을 좋아한다고 말하려면, 기타리스트에게 엉덩이를 물어뜯길 정도의 헌신은 있어야 하는 것 아닌가. K는, 가능하기만 하다면 언젠가 M에게 꼭 그런 농담을 하고 싶다. 2011년 2월 6일 기타리스트 게리 무어의 부고가 전해진 날, 많은 홍대 사람들이 집에서, 카페나 바에서 게리 무어의 음악을 틀어놓고 술을

마시고 있었는데, M이 흥분한 채로 K에게 전화를 한 적이 있다. 그러고는 이렇게 말하는 것이다.

"형, 게리 무어는 삼류밖에 안 되는 기타리스트예요. 미국의 음악 권위지인 『롤링 스톤』에서 선정한 All Time Greatest Guitarist 100에도 못 든 위인이라구요. 음악도 모르는 얼간이들이 블루스니 어쩌니 하면서 게리 무어를 신으로 모시는데…… 아 오늘 가는 데마다 게리 무어네요."

K는 그에게 점잖게 얘기했다.

"그래도 죽은 사람에게 예의를 표하는 게 나쁜 건 아니잖아."

K가 그렇게 말했을 때 M이 뭐라고 대꾸를 했는지는 기억나지 않는다. 그리고 지금, 전화를 걸어온 M은 이렇게 말하고 있다.

"형, 지금 어디예요? 형이 택시 태워 보낸 여자애가 내게 전화해서 그런 나쁜 자식이 어디 있느냐고 하면서 우는데요."

손가락 하나 만지지 않은 여자애가 왜 우는 거지? 홍대에서는 어떤 예의에 대한 의지도 왜곡될 수 있다. 홍대에서 만난 사람들끼리 주고받은 예의가 적절했는지에 대해서는 그와 헤어지고 한 달이 지난 다음 풍문을 통해서나 확인할 수 있을 뿐이다. 이 이상한 풍속을 매력이라고 생각하는 사람들만이, 홍대의 예의를 계속해서 계승해나갈 수 있다. 그게 모든 풍속의 운명일 거다. 태도는 이 풍속의 운명을 바라보는 눈동자의 각도에 의해서 만들어진다. 이 풍속을 견디지 못하는 자는 홍대에서 추방당하거나 스스로 홍대를 떠날 수밖에 없다.

"그래? 이상한 여자애네."

"아무튼 지금 내게로 오겠대요."

"그래서?"

"형에게 할 말이 있는 모양인데, 이 친구 내게 오면 형한테 다시 데리고 갈게요."

M과의 통화가 끝났을 때부터 K는 심한 갈증을 느낀다. K는 다시 왔던 길을 되짚어 수노래방에서 왼쪽으로 길을 꺾어 주차장 골목을 내려와서 상수동 쪽으로 걸어간다. 그가 가끔 가는 바가 그곳에 있다. 바의 이름은 '헤로인'. 어떤 사람들은 '마약바'라고 부르는 곳인데 이곳의 단골들은 그렇게 부르는 것을 그닥 좋아하지 않는다. K가 바에 들어섰을 때, 몇 번 술자리에서 마주친 적이 있는 시인 S가 한쪽 구석에서 혼자 술을 마시고 있다. 그는 마이클 잭슨처럼 날렵한 몸매에 현실을 초월하고 미래마저 초월하는 시를 쓰는 친구다. 그가 선배인 K를 보고 오른손 중지를 내밀며 '뻑큐'를 날린다. 그건 그만의 슬픈 인사 방식이다. K도 그에게 손을 흔든다. 그의 고독을 건드리지 말아야 한다. 그 누구의 고독도 건드리지 말아야 한다. K는 S가 앉아 있는 곳에서 대각선 방향의 구석진 자리에 앉는다. 그러곤 맥주를 시키고 맥주가 나오자마자 단숨에 마셔버린다. 갈증이 어느 정도 가신 K는 이번에는 데킬라 스트레이트를 시킨다. 알 수 없게도 언제부터인지 식도에 개미

새끼가 들어가서 여섯 개의 다리를 쉼 없이 움직이며 돌아다니는 것처럼 속이 간질거리는데, 독한 술이 아니고서는 이 간지러움을 다스릴 수 없을 것 같다는 생각이 들었기 때문이다. 만약 독한 술로도 안 된다면, 속을 뒤집어 까서 햇볕 아래에 내다 말리는 수밖에 없다. 하지만 지금은 홍대의 밤. 몽상으로 피어오른 달은 촉 낮은 가로등처럼 침침하게, 하지만 도도한 기품을 잃지 않고 하늘을 지키고 있다. 그나저나 K가 속에서 간지럼을 느낀 것은 무엇 때문일까. 오늘은 편의점 여자와도 다투지 않았는데. 그가 죽도록 싫어하는 가족으로부터 전화가 걸려온 것도 아닌데. Y가 밴드의 멤버와 새로운 사랑을 시작한 것도 아닌데. 왜일까. K는 원인을 알 수 없어서 답답함까지 가미된 속을 풀기 위해 데킬라를 한번에 털어 넣는다. 그러곤 추가로 병째 술을 갖다달라고 한다. 생각 같아서는 S 시인에게 말하고 싶다. '뻑큐를 날리는 네 손가락으로 내 속을 좀 헤집어줄래?'

헤로인 주인이 술을 가져다주면서 K의 어깨를 살짝 쓰다듬는다. 술이 오자 K는 잔에 따라 다시 한입에 털어 넣는다. K가 발견한, 홍대에서의 바람직한 태도 중에는 술과 관련된 것도 있는데, K가 인상적으로 기억하는 것은 다음의 두 가지다. 하나는 술자리에서 절대로 다른 이에게 술을 권하지 않는 것이고 두번째는 취할 때는 어설프게 취하지 말고 기억나지 않을 정도로, 그러니까 뇌가 녹아내리도록 취하는 것이다. 확실히 홍대의 술자리에서는 주거니 받거니 하지 않는다. 자신의 창을, 자신이 열고 싶은 만큼만 열고 닫듯이 자기가 마시고 싶은 양만큼 마시면 되는 것이다. 만약 홍대의 어느 바에서 술을 주고받으며 맹렬하게 마시는 사람들을 발견했다면 외부 사람이 하룻밤 놀기 위해 홍대에 들어온 것이라고 생각하면 틀림없다.

K는 취기가 오른다. 그러면서 그들이 눈에 보이기 시작한다. 저쪽 한구석에서 다리를 떨면서 술을 마시고 있는 밴드의 멤버들이. TV에도 몇 번 나온 적 있는 제법 인기 있는 밴드인데, 밴드 이름이 가물가물하다. 그들이 언제부터 저 자리에서 술을 마시고 있었을까. 그들은 가죽 재킷에 징을 박은 옷차림과 노랗게 물들여서 세운 헤어스타일 등으로 요란하게 자신들이 밴드를 하고 있다는 것을 과시하고 있다. 그리고 주위 사람들의 시선은 조금도 의식하지 않은 채 음악에 맞춰 고개를 끄덕이고 몸을 흔든다. 자기들끼리 대화 같은 것도 전혀 하지 않고 음악을 듣는 것이다. 그들은 함께 있지만 철저하게 혼자인 셈이다. 지금 헤로인에서 흘러나오는 음악은 레너드 스키너드의 「Free Bird」다. 레너드 스키너드라는 밴드의 이름 Lynyrd Skynyrd를 정확하게 알파벳 철자로 쓸 수 있는 사람은 몇이나 될까. K는 영역 아르바이트를 하면서 생활비를 버는 입장에서, 다른 사람은 몰라도 자신만큼은 그것을 정확하게

쓸 수 있어야 한다고 생각한다. 언젠가 M과 술을 마시던 바에서도 이들의 음악이 흘러나온 적이 있다. 그러자 M이 K에게 이 밴드를 열심히 설명하기 시작했다. M은 괴상망측한 밴드 이름의 유래에 대해서도 말했는데, 고등학교 동창회에서 만난 밴드 멤버들이 학창 시절의 악명 높은 체육 선생을 떠올리면서 지었다는 것이다. 그 교사의 이름은 Leonard Skinerd인데, 이를 마구 비꼬아서 틀어버렸다는 것이다. K는 M으로부터 설명을 듣기 전에 이미 그런 내용을 다 알고 있었다. 어찌 됐건 그 체육 교사는 제자들에게 악명을 떨침으로 해서 위대한 밴드의 이름으로 다시 태어난 셈이다. 다 알고 있는 것을 누군가로부터 들을 때, 그것을 이미 알고 있다는 내색을 하지 않는 것. 그것도 홍대에서의 바람직한 태도 중 하나다. K는 다시 데킬라를 가득 따라 한 번에 목 안에 털어 넣는다. 그러곤 슬며시 몸을 일으켜서 밴드 멤버들이 앉아 있는 곳으로 다가간다. K가 마침내 그들의 옆에 가 섰을 때, 머리를 노랗게 물들이고 귀에 뿔 모양의 펜던트로 피어싱을 한 남자애가 그를 살짝 올려다본다. 눈으로 '뭐냐'라고 묻는다. K는 그에게 말한다.

"나는 시인이다. 너는 뭐냐."

그러자 그가 입가를 씰룩거리면서 웃고는 귀찮으니까 저리 가라는 식으로 손을 휘젓는다. K는 자신이 조금 무시당했다고 생각한다.

"나는 시인인데 너는 뭐냐라고 물었다."

그러자 안쪽 자리에 앉아 있던 몸체가 제법 굵고 짧은 머리를 한 남자애가 끼어든다.

"저쪽으로 가서 얌전히 술이나 드세요."

밴드 멤버 중 나머지 두 명은 여전히 음악에 맞춰 고개를 까딱거리고 있다. 그들에게는 K가 아예 보이지도 않는 모양이다.

"내가 오늘 너희들이 마시는 술을 다 사겠다. 다만 조건이 있다. 고릴라에게 가서 전해라. 내 애인의 엉덩이를 물어뜯은 이빨을 뽑아서 내게 가지고 오라고."

K는 그 말을 하면서도 그게 자신의 입에서 나오는 말인지 의심이 든다.

"하하하하하."

밴드 멤버들이 일제히 웃는다. K의 눈에 살짝 눈물이 고인다. 그는 충분히, 바람직하게 모독을 당했다. 스스로 모독의 덫에 발목을 내밀었다. 모독을 당하기 전에 모독을 스스로 청할 것. 이것 역시 K가 알고 있는 홍대에서의 바람직한 태도 중 하나다.

"웃지 말고 분명히 전하라고 개새끼들아!"

취기에 흔들리는 몸으로 K가 목소리를 높인다. 밴드 멤버들의 웃음이 멎는다.

"저리 꺼지라고!"

그때까지 아무 말 없던 두 명의 멤버 중 하나가 자리에서 일어나며 날카롭게 소리친다. 그때 헤로인 사장이 다가온다. 헤로인 사장은 K를 뒤에서 껴안듯이 붙잡는다. 헤로인 사장과 K는 숱하게 홍대의 밤을 공유한 적이 있다. 홍대 밤하늘로 떠오르는 몽상의 달을 함께 바라본 적이 있다. 사장의 제지로 K는 밴드로부터 떨어져 다시 자리로 돌아온다.

몽상으로 떠오른 홍대의 달은 좀처럼 이울지 않는다. K의 밤이 길다. 헤로인에서 나온 K는 결국 M과 여자애를 다시 만난다. M이 여자애를 데리고 다시 홍대에 나타난 것이다. K와 M과 여자애는 곱창집에서 막걸리를 마시기로 한다. M이 잘 아는 집이 있다고 했다. 곱창집에 들어갔을 때 여자애는 K의 옆에 착 달라붙어서 아기 같은 눈동자로 K의 옆얼굴을 바라본다. K를, 좋아하긴 좋아하나 보다. 여자애의 너덜거리는 심장이 되어준 K의 시집, 『고통의 관리』. 막걸리 두 병을 다 비웠을 때 그들에게 K가 뜻밖의 제안을 한다.

"우리 집에 가서 한잔 더 하자."

여자애가 환호성을 지른다.

"와, 정말요? 좋아요!"

"Y가 좋아할까요?"

M이 묻는다. K는, Y는 오늘 밤 집에 들어오지 않을 거야라고 말한다. M의 표정이 아주 잠깐 쓸쓸해진다. 그들은 K의

원룸이 있는 건물의 일층 편의점에 들어가서 맥주와 소주와 간단히 조리할 수 있는 안주류를 산다. 이십대의 편의점 여자는 여전히 진한 눈화장을 하고 있다. 그녀는 술에 취해 붉어진 K의 얼굴을 툭 쏘아보고는 그들이 고른 물건을 포스 스캐너로 찍는다. 그때 M이 자신의 호주머니를 양손으로 뒤지면서 아, 담배도 사야 하는데, 라고 소리친다.

"형은 뭘 피우죠?"

K는 옆에 서 있는 M에게 들릴 듯 말 듯한 목소리로 "여긴 내 담배가 없어. 이 아가씨가 내 말을 잘 안 들어"라고 말한다. 어쩌면 그것은 K가 그동안 내뱉었던 숱한 말들 중에 가장 체념적이고 가장 순종적인 말일지도 모른다.

그들이 사층 원룸의 문을 열었을 때, 뜻밖에 Y가 집 안에 있다. 그녀는 주방 식탁에 앉아서 만화책을 보고 있다가 K와 M과 여자애를 발견한다.

K가 당황스러운 표정으로 Y의 시선을 맞받는다.

"집에 일찍 들어왔네."

"응, 오늘은 컨디션이 별로야. 밴드 공연도 형편없었고."

K의 등 뒤에서 반색이 가득한 M의 목소리가 들린다.

"안녕하세요! 오랜만이에요."

"네."

짧게 대답한 Y가 일행의 술 꾸러미를 보며 "술 마시려고?"라고 묻는다. 그러곤 K가 뭐라고 대꾸도 하기 전에, "그래 술이나 마시자"라고 하면서 만화책을 덮고 식탁에서 내려온다. K와 Y, M과 여자애는 원룸 바닥에 앉아서 편의점에서 사 온 술 등속을 풀어놓는다.

Y가 여자애를 향해 "귀엽게 생겼네"라고 말하자 여자애는 "시 공부하는 학생이에요"라고 새침하게 대답한다. 그들은 기갈이 난 사람들처럼 술을 마신다. M이 두 번이나 더 술을 사러 편의점에 다녀와야 했을 정도다. 홍대의 밤은 깊고 K의 밤은 아직 끝나지 않았다. 아슬아슬 눈동자를 쓴 M은 아슬아슬한 눈동자로 Y를 훑는다. 그 눈길에서 순정이 느껴진다고 K는 생각한다. 여자애는 K와 Y를 번갈아 바라보며 열심히 자기 앞에 놓인 잔을 비운다. K는 자기 앞에 놓인 잔이 빈 것을 보고는 "술 좀 더 가져와"라고 소리친다. 자신의 목소리를 아무도 듣지 않아도 상관없다는 듯 K의 목소리는 형편없이 비현실적이다. K는 홍대에서의 바람직한 태도를 늘 생각해왔다. 홍대는, 가장 은근한 방식으로 이곳에 발을 들여놓는 사람들에게 바람직한 존재 방식을 궁리하도록 요구했다. 공원에서 줄 끊어진 바이올린을 켜는 여자의 경우 추방자의 슬픔이 곧 어떤 태도를 만들었을 것이다. 고릴라는 이 밤 어떤 여자애의 엉덩이를 물어뜯고 있을까. 이 모든 것은 전부 이의 없이, 아니 완벽하게 바람직한 태도들이다. K는 바로 옆에 있는 여자애의 손을 잡아서 자신의 뺨에 갖다 댄다. 차갑지 않고 불편하지 않다. 안심이다. Y가 무심히 K의 행동을 바라보

고, M은 그런 Y를 바라본다. K는 다시 채워진 술잔을 한 번에 비운다. 그러고는 갑자기 자리에서 벌떡 일어난다. 여자애가 불안한 눈으로 K를 바라본다. K는 Y와 M을 내려다보며 명령하듯 소리친다.

"너희들도 일어나!"

그 말에 따라 M이 먼저 어정쩡하게 몸을 일으킨다. '술 먹다가 왜?'라는 표정으로 Y도 몸을 일으킨다.

"너희들은 오늘 사무쳐야 해!"

그렇게 소리친 K는, 지금까지 단 한 번도 사용해본 적이 없는 무시무시한 완력으로 두 사람을 문이 열린 방 쪽으로 밀어 넣는다. 그곳엔 넓은 침대가 있다.

"형 형, 왜 그래?"

"하하하하하."

M은 당황스러운 표정으로 사정을 하듯 말하고 Y는 그저 웃기만 한다. 두 사람은 곧 K에 의해 방에 갇힌다. 닫힌 방문에 대고 K가 다시 말한다.

"너희들 오늘 밤, 꼭꼭 후회 없이 사무치는 거다. 알았지?"

K의 표정이 기괴하게 일그러진다.

"키스해요."

그 순간 여자애가 K를 향해 세상에서 가장 절실한 표정으로 말한다. 여자애는 심장이라도 꺼내줄 듯한 표정이다.

"우리 키스하자구요."

K는 거실 책장에서 자신의 시집을 꺼내 들고는 현관문을 열고 원룸 밖으로 뛰쳐나간다. 나가기 전 여자애에게 "내가 살아 돌아오면 뜨겁게 키스하자"라고 비명 같은 말을 남긴다. 여자애의 손이 닿았던 뺨은 여전히 뜨겁다. K는 계단을 뛰어서 내려간다. 그러곤 편의점의 문을 거칠게 열고 들어간다. 눈 화장을 고치고 있던 여자가 급하게 뛰어 들어오는 K를 보고는 흠칫 놀란다. K가 그를 향해 소리친다.

"봐봐! 나는 시인이야. 나는 시인이란 말야!"

K는 시집을 두 손으로 들고 편의점 여자의 얼굴 앞에 내민다. 그러곤 시집을 펼쳐서 읽는다. 큰 소리로, 간절한 목소리로 시를 읽는다. 편의점에 진열된 과자 봉지 속 스낵들이 다 으스러지도록. 롤리팝 사탕들이 다 깨지도록. 그러자 여자가 껄껄껄 웃으면서 날카로운 목소리로 쏘아붙인다.

"이 사람이 미쳤나. 뭐 하는 짓이에요!"

K가 시집을 읽던 입을 다문다. 괴이한, 잔인한 정적이 흐른다. K는 못 박힌 듯 제자리에 꼼짝하지 않고 선 채로 편의점 여자를 뚫어지게 바라본다. 홍대에서의 살의는 절대로 타인을 향하지 않는다는 건 앞에서도 말했다. 홍대에서 지난 십년 동안 살인 사건이 일어나지 않은 이유다. 그런데 지금 K는, 못 견디게 '모독'의 목을 조르고 싶다. 모독이 숨을 못 쉬도록. 다시는 모독이 모독을 발휘하지 못하도록 가장 바람직한 태도로 극렬하게 목을 조르고 싶다.

그 밤, K가 밴드 멤버들과 다투기 직전 우아하게 헤로인을 빠져나온 시인 S는 맥주를 한잔 더 할 요량으로 '싱거운 바나나'라는 바에 들른다. 그의 갈증도 어지간했던 모양이다. 그가 싱거운 바나나에 간 것은 처음인데, S는 평소의 취향대로 가장 어둡고 구석진 자리에 가서 앉는다. 그리고 맥주를 주문한다. 맥주를 기다리면서 주위를 둘러보는 그의 시선에 누군가가 벽에 적어놓은, 지문 같은 문장이 꿈틀거리면서 들어온다.

'모든 이별은 지하를 거느린다.'

씨익, 입가에 알 듯 말 듯한 웃음이 번진 S는 그 문장 밑에 '우리는 모두 지하의 내부에서 깊은 잠을 자는 부족이다'라고 쓴다.

'가능한 불가능' 혹은
가능한 태도와 불가능한 욕망

김진수(문학평론가)

"불가능을 꿈꾸는 것은 가장 가능한 정신의 사치"[1]

0. '토마토주의자'의 글쓰기

소설과 시의 장르적 경계를 제한 없이 넘나드는 분방한 '문학적 글쓰기(écriture)' 작업을 해오고 있는 중견 작가의 소설에 대해 발언하는 자리에서, 그의 시 작품들로부터 논의를 출

---

1 「가능한 사치와 불가능한 꿈」(김도언 시집, 『가능한 토마토와 불가능한 토요일』, 문학세계사, 2022)

발하는 일이 분명 과하긴 하지만, 또한 마땅히 허용될 수도 있으리라 여겨진다. 이번에 출간되는 신작 소설집『홍대에서의 바람직한 태도』의 작가에게 있어서 문학이라는 것은 시와 소설이라는 장르적 전통의 문제라기보다는 '문학적 글쓰기' 자체의 문제로서 화두가 되었던 것처럼 보이기 때문이다. 그는 자신의 문학적 글쓰기(시에 특별히 더 해당되겠지만)가 서술적-설명적 기능이나 형식적-전통적 수사로부터 해방되어 작가나 시인으로서의 개별적인 삶과 경험의 덧없고도 순간적인 감각과 정신의 심리적 정황과 묘사에 헌신하기를 원하는 듯하다. 잘 알려져 있다시피, 작가는 지난해 상자한 시집『가능한 토마토와 불가능한 토요일』에서 시인으로서의 자신을 무엇보다도 '토마토주의자'로 명명한 적이 있다. 그가 자칭하고 있는 이 이상하고도 '불가능'해 보이는 '주의/이데올로기'가 의미하는 바를 이해하기 위해서 다소 긴 인용이 되겠지만, 같은 이름의 제목을 갖는 시 전문을 옮기기로 한다.

토마토주의자는 모든 감정에 토마토적인 감각을 집어넣는다. 슬픔과 외로움은 물론이고 심지어는 기쁨과 환희에도 토마토적인 감각을 넣는다. 토마토적인 감각은 식은 적막 두 스푼에 들끓는 연민 세 스푼 따위로 계량될 수 있는 게 아니다. 말하자면 토마토주의자는 모든 감정이 토마토와 무관해지는 걸 참지 못하는 사람이다. 이 세계가 반(反)토마토주의적인 분위기로 흘러가는 것을 견디지 못하는 것이다. 토마토의 처녀적인 쇄말성과 붉음을 전파해, 낡은 것의 고집불통을, 노인의 지혜를, 이성의 전체주의를 파괴하는 것이 토마토주의자의 정신이다. 토마토주의자는 당연히 토마토에 대해 매우 분명한 태도를 가지고 있는데, 토마토주의자의 토마토는 붉고 아름다운 감정에 충실해야 하지만 토마토주의자의 입술은 반드시 붉거나 아름다울 필요는 없다. 처음부터 완벽히 붉었던 것은 드물다.

—「토마토주의자」 전문

"모든 감정에 토마토적인 감각을 집어넣는", 말하자면 지극히 개인적 은유와 상징으로 구축될 수밖에 없을 시인의 '토마토주의'에 대한 과도한 경사는 가히 '파라노이아'('편집신경증' 정도로 옮길 수 있을 듯한데, 시집에 들어 있는 같은 제목의 시에서 빌려 왔다)라고 할 지경에 도달해 있는 것처럼 보인다. 그렇기에 "낡은 것의 고집불통을, 노인의 지혜를, 이성의 전체주의를 파괴하"려는 '토마토주의자의 정신'과 '분명한 태도'가 지향하는 '붉고 아름다운 감정'이라는 상상의 세계가 이 시인이 추구하는 궁극의 문학적 가치라고 할 수 있다. 이 같은 '토마토주의자'가 추구하는 긍정적/능동적 측면이 시집의 한편에 존재한다면, 동시에 이 '토마토'와 짝패를 이루면서 그것의 부정적/수동적 국면을 드러내는 또 다른 한편의 세계가 시집에 존재한다. 그것은 소위 '바나나'의 정신

과 태도의 세계라고 할 수 있다. 물론 저 토마토와 이 바나나
가 둘인 것은 아니다. 차라리 그것들은 하나의 뿌리를 갖는
두 개의 가지라고 말해야 한다. 왜냐하면 우리는 이 바나나를
'스스로 성찰하고 있는 토마토'라고 말할 수 있을 것이기 때
문이다. 무엇보다도 이 "바나나는 바나나를 극복할 수 없"는
바나나이고, "바나나로부터 늘 패배"하는 '슬픈' 바나나이다.
다시, 한 편의 시 전문을 옮긴다.

　바나나는 바나나의 성격이 싫다. 바나나의 미래에 바나나는 투
자하지 않는다. 바나나는 바나나의 무관심을 견딜 수 없다. 바나
나는 바나나의 변덕과 바나나의 신경질 앞에서 속수무책이다. 바
나나는 바나나가 아닌 순간의 바나나를 늘 상상하지만 바나나가
바나나가 아닌 적은 단 한 번도 없다. 바나나는 바나나들과 바나
나가 아닌 것들의 틈바구니에서 숨을 쉬지 못한다. 바나나는 바
나나가 슬프다. 바나나는 바나나의 열등감을 이해한다. 바나나
는 바나나를 극복할 수 없다. 바나나는 바나나의 자부심을 비웃
는다. 바나나는 바나나의 기품과 바나나의 욕망 앞에서 가장 바
나나적인 태도를 생각한다. 바나나는 바나나로부터 늘 패배한다.
바나나는 바나나와 이별하지 못한다.

　　　　　　　　　　　　　　　　　　　—「바나나들」 전문

"토마토에 대해 매우 분명한 태도를 가지고 있는" 저 '토

마토주의자'와 "가장 바나나적인 태도를 생각하는" 이 '바나나들'('바나나주의자'가 아니다! 부정적/소극적 특성을 이념의 지향적 가치로 삼을 수는 없을 터이다)이 다른 것은 아니다. 둘은 각자가 갖는 '태도'로 인해 하나로 겹친다. 이 토마토/바나나적 '기품과 욕망'에 대한 시인의 집착과 자긍심, 다시 말해 '파라노이아'가 소중한 것은, 바로 그것이 지닌 '바람직한 태도'(「홍대에서의 바람직한 태도」) 때문이라고 할 수 있다. 이제 우리는 이 '태도'와 더불어 작가의 소설 세계로 들어갈 수 있게 되었다. 여기에서 '태도'는, 내 관점으로 더 정확히 말하자면, '미적 태도'는 이 작가의 문학적 글쓰기의 향방을 가름하는 가장 핵심적 관건이 되고 있기 때문이다. 소설집의 제목으로까지 격상되어 있는 작품에 등장하는, 자발적 '소외의 추종자'인 시인 K는 "자신이 좋아하는 것을 어떤 외부적 요인 때문에 바꾸는 것을 홍대에서의 바람직한 태도에 어긋난다고 생각"(「홍대에서의 바람직한 태도」, 272쪽)하는데, 이 같은 '바람직한 태도'에 대한 올곧은 작가적 신념('파라노이아'로서 이미 시집에 등장했던)이야말로 그의 작품 세계를 지탱하는 하나의 세계관 혹은 문학관이 된다고 말할 수 있다.

1. 무관심과 냉담
—미학주의자의 '바람직한 태도'

대부분 자의식과 자기-진술적 심리나 정황의 묘사에 능기를 갖고 있는 사소설(「사소설을 위한 몇 장의 음화」에 등장하는 화자이자 주인공인 한 소설가는 다음과 같이 말한다. "자신의 실제 이야기에 서사를 기대는 것, 편의상 그것을 사소설이라고 부를 수 있다면 K는 사소설에 어떤 희망이 있을지도 모른다고 생각한다", 103~104쪽)로 분류될 수 있을 것으로 보이는 김도언의 문학과 글쓰기의 세계는 무엇보다도 '미감적'이라거나 '미학적'이라는 말로 특징지어질 수 있는 자의식과 자기-진술적 심리와 정황의 묘사 요소들로 충만해 있다. 여기에서 이 용어는 무엇보다도 작가의 문학적 관점과 태도를 직접적으로 지시하는 표현으로 받아들여야 한다. 사실상 '미학적'이라는 용어는 우선 문학과 세계에 대한 하나의 특정한 '태도'와 관계된다. 학문적 관점에서 말하자면, 이 태도는 대상과의 일정한 '거리'를 전제하는 '미적 태도론'이나 '미적 거리론'이라는 명칭으로 널리 알려져 있는 터이다. 이 이론들의 주장에 의하면, '미(학)적'이라는 것은 무엇보다도 특정한 '태도'의 문제이다. 여기에서 언급되고 있는 우리의 시인이자 작가가 견지하고자 하는 저 '분명한 태도'는 정확히 이 이론의 테두리 안에서 조명되고 설명될 수 있다고 나는 생각하는 편이다. 이 이론의 출발점은 근대 미학을 정초한 칸트(I. Kant)로 거슬러 오른다. 이 정초자에 의해 '무관심적 만족'으로 정의되었던 '미/아름다움'은 이후 '미적 태도론'의 이론적 토대가 되기 때문이다. 칸트의『판단력 비판』(1790) 제1장 '미의 분석론'에서 아마도 가장 중요한 명제가 될 제2절 '취미판단을 규정하는 만족은 일체의 관심과 무관하다'에 등장하는 몇 문장을 옮긴다.

대상이 아름답다고 말하고, 내가 취미를 가지고 있다는 것을 증명하기 위해서 중요한 것은, 나로 하여금 대상의 현존에 좌우되도록 하는 요인이 아니라, 내가 나 자신의 내부에 있어서 이러한 표상에 대하여 부여할 수 있는 의미라고 함은 아주 명확한 것이다. 미에 관한 판단에 조금이라도 관심이 섞여 있으면, 그 판단은 매우 편파적이며 또 순수한 취미판단이 아니라고 함은 누구나 승인하지 않으면 안 된다. 취미의 문제에 있어서 심판관의 역할을 하자면, 우리는 사상(事象)의 현존에는 조금도 마음이 끌려서는 안 되고, 이 점에 있어서는 전혀 냉담하지 않으면 안 되는 것이다.

칸트의 '무관심성(Interesselosigkeit)'(여기에서 '관심Interesse'이란 용어는 정신적 '흥미'나 물질적 '이익'의 뜻을 갖기도 한다) 이론으로 알려져 있는 이 태도론은 이후 쇼펜하우어(A. Schopenhauer)의 '미적 관조(aesthetic contemplation)' 이론 속에서 더욱 정교해져 하나의 형이상학적 의미로까지 격상된다. 요약해 말하자면, '무관심적 만족'이나 '미적 관조'의 이론은 우리가 미를 향유하기 위해서는 무엇보다도 이 같은 '태도'가 우선 전제되어야 한다고 주장한다. 그리하여 미적 지각과 체험이란 특정 대상에 대한 일상적 지각이 '무관심적 관조'로 전환된 상태를 의미하게 된다. 그런 점에서 이 '무관심적' 태도는 '미학적'이라는 말의 본질적 국면이 된다. 그러나 이 태도는 또한 불가피하게도 '욕망'이라는 아주 껄끄럽고도 성가신 단어를 끌고 온다. 왜냐하면 '일체의 관심을 떠난' 이 '무관심적 만족/관조의 태도'는 일종의 '욕망을 욕망하지 않기'를 요구하는 것처럼 보이기 때문이다. 여기에서 미/아름다움은 욕망'의' 해방이나 성취가 아니라 오히려 그 욕망'으로부터의' 해방이나 그 해방의 성취로 이해된다. 미(학)적 쾌/만족이라는 말은 그렇기에 '욕망을 욕망하지 않으려는 욕망의 만족'을 의미할 수도 있다. 다른 맥락에서이긴 하지만, "불가능해서 격렬한 희망"(「권태주의자 외편」, 51쪽)이라는 작가의 표현은 이 경우 매우 유사한 정신의 상태나 태도를 의미할 법도 하다.

김도언의 '토마토주의'는 바로 이 '미적 태도론' 혹은 '미학주의'의 선언으로 내게는 읽힌다. 그렇기에 또한 그의 작품 세계에 등장하는, 이 미적 태도를 견지하고자 하는 작품 속 등장인물들의 열패감과 무기력('권태'와 '허무'라고 해도 되겠다)은 현실에서 패배할 수밖에 없는 이 '미학주의'의 온전한 부산물이라고 해야 한다. '자전적 사소설'을 위한 예비 단계로서 구상된 소설 속의 등장인물은 다음과 같이 말하고 있다. "우리 집에는 확실히 개인주의 전통, 다시 말하면 자신 외의 사람에게는 본능적으로 냉담하고 무관심한 전통이 있는 것 같다. 그 전통을 창안한 사람은 아버지와 어머니다. 우리 가족, 아버지, 어머니, 두 형과 나는 하나같이 자기 자신의 일 외에는 그 어떤 것에도 관심이 없었다. 내 몸은 그 전통에 완전하게 적응했다. 내가 그것을 원했기 때문일 것이다."(「사소설을 위한 몇 장의 음화」, 125쪽) 이 같은 사정은 정확히 작가 자신에게 해당된다고 나는 믿고 있는 편이다.

이 '무관심'과 '냉담'이라는 미적 태도는, 비록 그것이 미적 유토피아를 구축할 수는 있을지라도, 삶의 현실에서는 언제나 굴욕과 패배를 감수해야만 한다. 삶에서 욕망은, 욕망을 넘어서려는 욕망에 대해 언제나 승리한다. 그렇지 않다면 이 현실은 와해될 것이고 삶은 더 이상 지탱될 수 없을 것이기 때문이다. 하지만 이 불가피한 욕망의 현실과 삶을 넘어서고자 한다면, 욕망을 넘어서려는 욕망 역시 불가피한 것이다. 왜냐하면 욕망을 넘어서려는 이 욕망 없이는 '여기 지금'의 삶과 현실 또한 지탱될 수 없기 때문이다. 삶은 무엇보다도 삶을 넘어서고자 하는 데에서만 또한 (참다운) 삶일 수 있다고, 작가와 더불어, 나는 믿고 있다. 삶과 현실은 무엇보다도 현재와, 이 현재를 장악하고 극복하고자 하는 의지의 결합이기 때문이다. 작가는 이 욕망/탈욕망의 긴장과 길항을 직시하고 있었을 터이다.

　작가로서의 이 같은 욕망은 그의 작품 세계를 다양한 형태의 실험의 장으로 만든다. 종종 '액자소설'과 '메타-소설'의 형식으로 구성된, 자의식으로 충만한 사소설적 경향의 작품들 이외에도 『홍대에서의 바람직한 태도』에는 다양한 형식 실험의 작품들(사소설적 경향의 관점에서는 어쩌면 '외도'일 수도 있는)이 등장한다. 공사장 인부 다섯 명의 사망사고 전 스물네 시간 일상의 삶을 '옴니버스' 형식으로 구성한 리얼리즘적 경향의 소설 「다큐, 스물네 시간」, '피가레스크(익한 소설)' 형식의 전통을 따라 '패륜'과 '부도덕'을 행동의 지침으로 삼아 친부살해를 모의하는 알레고리적 형식의 작품 「장난하냐, 장난해」, 그리고 시인인 주인공 '나'의 '문학적 신념'과 대조를 이루는 '처남들'의 '정치적 (무)신념'을 풍자적으로 다루고 있는 소설 「정치적 신념과 처남들의 반란」 등도 그 예시가 될 것이다(여기에서 나는 작가의 '자(기)의식'의 문제, 즉 '무관심적 태도'와 내면의식의 결과로서 도출된 자발적 '소외의 추종자'로서 '권태주의자'라는 문제에 집중하기 위해 방금 언급된 세 작품을 분석에서 제외하기로 했다).

2. 허무와 권태
　—실존적 부조리의 의식과 저항의 '권태주의자'

　'무관심'과 '냉담'이 '올바른 태도' 즉 미적 태도의 본질적 국면을 형성한다면, '권태'는 그것의 불가피한 결과일 수밖에 없다. 말하자면 "권태주의자를 자처하는 나"(「권태주의자 내편」, 9쪽)는 '토마토주의자/미학주의자'의 필연적 부산물이라는 뜻이다. 김도언의 작품들에 등장하는 대부분의 인물(주로 시인이나 소설가들)에서 발견되는 '권태'는 "열정이나 욕망을 유예시키는 어떤 필연적인 상태"(「권태주의자 내편」, 10쪽)로 규정된다. 심지어 그들은 "발견하고 표현된 나 자신을 끊임없이 부정하고 지워서 권태주의자가 되는 것이 나의 문학적 소명"(「권태주의자 내편」, 18~19쪽)이라고까지 말한다. 그렇기 때문에 이 권태는 '어떤 일이나 상태에 시들해져서 생기는 게으름이나 싫증'이라는 사전적 의미와는 전혀 다른 맥락에서 파악되어야 한다. 권태를 현대 사회의 일반적인 도덕적–정신적 쇠퇴와 도시 생활의 결과로 간주한 보들레르의 관점이나 "권태는 좌절감의 다른 이름"(수전 손택)이라는 부정적 관점 역시 이 작가의 '바람직한 태도'로서의 '무관심'과 그 결과물로서의 '권태'를 온전히 파악할 수 없다. 「권태주의자 내편」에 등장하는 다음과 같은 발언을 참조하기로 하자. "권태에 대해 오래 생각하고 관찰하는 동안 나는 사람이 가장 권태롭게 보이는 순간이 시각적인 이미지의 이데아에서 자기 자신을 해방시킬 때라는 걸 알게 되었다. 그러니까 외부의 시선을 모두 거두어버릴 때, 그리고 그 안에 자신의 정조를 조용히 불러들일 때 권태가 완성된다는 걸 깨달은 것이다." 그러니 이 권태는 '외부의 시선을 모두 거두어' 오로지 '그 안에 자신의 정조를 조용히 불러들일 때' 완성되는, 철저하게 근원적인 내면의식 혹은 '자(기)의식'으로부터 발생한다는 것이다. "권태란 이런 것이다. 권태로운 사람에게 근원적인 곳으로 향할 것을 명령한다."(「권태주의자 내편」, 32쪽)

　김도언의 작품 세계에서 권태가 이러한 근원적인 내면의식 혹은 자의식으로부터 발생한다는 사실은 매우 중요한 시사점을 갖는다. 사실상 『홍대에서의 바람직한 태도』에 등장하는 대부분의 화자나 주인공들은 '자의식'으로 충만한 '소외의 추종자'들이다. 그 인물들(사실상 한 인물의 변용이겠지만)의 시선과 행위 속에서 우리가 또한 떠올릴 수 있는 것은 작가의 세계관 혹은 문학적 태도이다. 김도언의 작품 세계가 전반적으로 '사소설적 경향'을 띠는 이유도 이러한 태도와 무관하지 않다. 이미 앞서 인용한 바 있듯이, "자신의 실제 이야기에 서사를 기대는 것, 편의상 그것을 사소설이라고 부를 수 있다면"(「사소설을 위한 몇 장의 음화」, 103~104쪽), 소설 속의 인물 소설가 K의 문학적 관점을 우리는 또한 소설가 김도언의 관점으로 유추해 읽을 수도 있기 때문이다. 물론, 자(기)

의식이란 스스로의 존재와 의식을 문제로 삼는 의식, 즉 일종의 '성찰'과 '반성'(독일어에서 두 용어는 분리되지 않고 모두 'Reflexion'으로 표기된다)의 행위가 전제되어 있다. 독일 초기 낭만주의자들이 '의식의 의식'으로서의 이 용어를 토대로 '비평(Kritik)' 개념을 구상했던 것과 마찬가지로, 김도언의 작품들에서 '자기-비판/비평'(독일어에서 '비평'과 '비판' 또한 서로 구분되지 않고 모두 'Kritik'으로 쓴다)적 요소가 강한 것도 바로 이 때문일 것이다. 작가가 차용하고 있는 '액자소설'이나 '메타-소설'의 형식 역시 이 '자(기)의식' 혹은 '성찰/반성'의 행위와 무관하지 않을 것이다. 그것들 모두 소설을 감싸고 있는 소설의 형식이기 때문이다. 특히 소설 내부에서 소설 자체에 대한 이야기나 작가의 창작 과정을 다루는 메타-소설의 형식은 '소설 자체의 자의식'이라고 할 만한 것으로서, 이는 자의식으로 충만한 인물들(작가나 시인)의 근원적인 내면의식과 대위법적 구조를 이룬다고 할 수 있다.

그러나 '자(기)의식'을 논하는 자리에서 분명히 제기되어야 할 것은 '세계'와 '타자'의 문제이다. 자(기)의식과 (자기)비판으로서의 '성찰' 행위가 평가받을 만한 가치가 있는 것이냐의 문제는 모두 그것들이 지닌 '타자'와의 관계 설정에 의존해야 하기 때문이다. 그 의식과 비판이, 작가 자신의 표현을 빌려, '바람직한 태도'로서 자기 존재와 의식 바깥의 세계와 타자를 지향하지 않는다면, 그러한 자의식과 성찰은 '유아론'의 테두리 속에서 '악무한'을 반복할 것이다. '의식의 의식'으로서의 반성과 성찰이, '두제곱 된 성찰' 즉 성찰의 성찰'로서의 자기비판이, 그리고 '성찰의 성찰의 성찰'로서의 또 다른 의식 행위가 제아무리 거듭된다 하더라도, 거기에 '세계'와 '타자'를 위한 자리가 없다면 그것은 한낱 공허한 자(기)의식의 놀음에 지나지 않을 것이다. 레비나스(E. Levinas)가 『시간과 타자』에서 인용한 바 있는 성경(「신명기」 10장 18~19)의 구절, '고아와 과부'의 모습으로 다가오는 저 '타자의 얼굴' 앞에서 '자(기)의식'과 '성찰/반성'이, 그리고 '비판/비평'은 어떤 '바람직한 태도'를 취할 수 있는 것일까?

작가의 글쓰기에서 '권태'가 대단히 중요한 화두가 되는 것은 그것이 미적 태도, 즉 '무관심성'의 필연적 귀결이라는 사실은 앞서 언급했다. 무관심과 냉담은 권태를 불러온다. "권태주의자를 자처하는 나"라고 스스로를 규정하고 있는 작품 속의 인물은 "내가 '권태주의'라고 부르는, 나의 고질적인 증세는 어쩌면 무관심의 다른 이름일지도 모르겠다"(40쪽)고 분명히 말한다. 그러니 이 '권태주의자'는 분명 자존심과 품위를 소중히 여기는 '토마토주의자'의 다른 얼굴인 셈이겠다. 저 인물은 이어서 다음과 같이 말하고 있기 때문이다. "권태주의에 빠진 사람이 자존심까지 잃는 것은 매우 비참한 일이다. 권태주의는 품위와 매우 깊은 관계가 있기 때문이다." 여기에서 권태의 의식이 인간의 '자존심'이나 '품위'와 '매우 깊은 관계'가 있다는 사실은 각별히 주목할 필요가 있다. 작가는 이 권태라는 화두를 통해 인간의 내면에 숨어 있는 어둠과 복잡성을 직시하도록 할 뿐만 아니라, 그것을 자본주의적 현대사회에 대한 적극적인 저항과 도발적인 위반의 지표로 삼고 있는 것처럼 보이기 때문이다. 한 인물은 다음과 같이 말한다. "지금에 와서야 생각하는 것이지만, 가장 좋은 권태주의는, 최소한의 영향력으로 가장 거대한 변화 가능성의 징후를 계속 자극하는 것 같다. (……) 내가 믿는 권태주의는, 개인의 신념과는 멀리 떨어져 있다. 오히려 끝없이 끝없이 자신을 지우면서, 상대와 세계를 변화시키는 것이다."(「권태주의자 외편」, 62쪽)

'액자소설'의 형식을 취하고 있는 또 다른 소설 「아만다와 레베카와 소설가」라는 작품에서 액자 속의 이야기로 등장하는 '홍대에서의 바람직한 태도'의 작가 K는 아래와 같이 고백하고 있다. 아마도 그것은 액자 속 소설의 이야기를 넘어서 또한 실재하는 김도언이라는 소설가가 쓴 개별 작품으로서 「홍대에서의 바람직한 태도」에 대한 작가 자신의 기획과 의도를 포함하고 있는 것 같다. 물론 거기에서 더 나아가, 내가 이해하기로는, 『홍대에서의 바람직한 태도』라는 소설집 전체에 대한(그러므로 작가 자신의 문학 세계 전반에 대한) 스스로의 평가로 읽히기도 한다. 거기에서 액자의 기능은 속 이야기의 근원이나 진술 의도를 밝히는 것은 물론 복잡다단하고도 혼란스러운 현실 세계의 역동성과 다성성을 위한 장치로 작동한다. 액자소설이라는 형식 자체가 서술자의 시점을 다각화함으로써 전지적 시점을 벗어나 다양한 방식으로 이야기의 전개가 가능하도록 허용하기 때문이다.

소설의 서사가 요구하는 요소들, 이를테면 멋진 인물과 극적인 사건과 아름다운 배경 같은 것을 찾아볼 수 없는 단조롭기 짝이 없는 그 작품은, 어느 날 '권태'가 내게 도래한 이후 내가 느낀 이 세계의 참을 수 없는 즉물성과 공허함을 표현하기 위해 쓴 것이다.(「아만다와 레베카와 소설가」, 144~145쪽)

"이 세계의 참을 수 없는 즉물성과 공허함"은, 그 즉물성과 공허함을 직시하는 작가의 '무관심한 (관조의) 태도'는 '권태'와 필연적으로 연관된다는 점을 강조하기로 하자. 위의 인용에서는 '권태'가 이 세계의 공허함에 대한 인식의 선결 조건으로 전제되어 있지만, 사실상 권태는 '무관심성'이라는 '(미적) 태도'로 직관(직시/관조)한 이 세계의 공허함에 대한 인식의 결과물이다. 공허감이 권태의 모태이지, 그 역은 아닐 것이기 때문이다. 그런 의미에서 『홍대에서의 바람직한 태도』는 이 세계의 무의미함을 직관/관조하는 한 '권태주의자'의 내면의식 혹은 자의식이라는 심리적 풍경에 대한 기록으로 자리한다. 그 뿌리에는 아마도 실존에 대한 부조리의 의식이 똬리 틀고 있는 것 같다. "나는 죽음에 맞서는 한 사람의 나약한 소설가일 뿐"(160쪽)이라고 고백하는 그 부조리의 의식이 소설가에게 권태를 불러오는 것이다.

그의 소설 「홍대에서의 바람직한 태도」는 정말 내가 찾던 그런 유형의 작품이었다. 부조리하고 회의적인 세계를 떠도는 잉여의 비관주의자가 자신의 삶을 대하는 독특한 태도, 부적응하는 사회에 소극적으로 저항하는 유약한 탐미주의의 일상이 매우 희귀한 정조에 실려 섬세하게 묘사되고 있는 작품이었으니까. 나는 거기서 이오네스코를, 카뮈가 말한 페스트적 징후를, 베케트와 한트케적인 질문을 발견했다.(「아만다와 레베카와 소설가」, 151쪽)

3. 몽상 혹은 환상
—'유토피아주의자'의 실낙원

시인이자 작가로서 김도언의 영혼을 사로잡고 있는 것은, 내게는, 기독교적 원죄 의식과 구원(유토피아)의 문제인 것처럼 보인다. 다시 말해 원죄로 인한 실낙원 이후의 구원과 새로운 유토피아에 대한 희망은 어떻게 가능한가라는 문제는 김도언의 작품 세계를 근원적으로 관통하는 문제의식이라는 뜻이겠다. 작가는 "사랑과 연민, 이 두 단어 없이 인간을 설명하는 것이 과연 가능한 일일까?"(「의자야 넌 어디를 만져주면 좋으니」, 179쪽)라고 말한다. 그리고 '사랑과 연민'이 사라진 이 세계는 그의 작품 속에서 다음과 같이 '밀림과 사막'으로 비유된다.

그렇다. 밀림과 사막. 축축하고 풍성한 밀림과 메마르고 건조한 사막. 무엇이 나타날지 모르는 흥미진진한 밀림과 이미 모든 것을 펼쳐 보이는 권태로운 사막. 내게는 그때 밀림과 사막이 함께 있었다. B와 Y의 세계가 바로 그것이었다.

하지만 난 앞에서도 말한 것처럼 밀림과 사막, 그 어느 한곳에도 오래 머무르지 못했다. 밀림 속에 오래 있다 보면 어느새 몸에 곰팡이가 피고 짓무르는 느낌에 사로잡혔다. 그럴 때면 까끌까끌한 모래바람이 부는, 햇볕이 이글거리는 사막이 견딜 수 없이 그리웠다. 나는 결국 도망치듯 밀림을 떠나야만 했다. 하지만 사막이 나의 **구원**(강조는 인용자)이었을까. 사막에서도 며칠을 보내고 나면, 그 건조한 열기에 목이 콱콱 막히고 온몸에 비늘 같은 각질이 이는 것 같았다. 그럴 때면 또 밀림이, 그 축축한 습기와 풍성한 그늘이 가득한 밀림이 그리웠다.(「의자야 넌 어디를 만져주면 좋으니」, 186쪽)

내가 이 글의 제목에서 차용한 '**가능한 불가능**'이라는 용어가 소제목으로 쓰인 이 작품은 '사막'과 '밀림' 사이에서 방황

하고 있는 한 영혼의 이야기이다. 작품의 상징적 배경은 '실낙원'의 모티프로 가장 잘 설명될 수 있다고 생각하기 때문이다. "아아! 어디가 내 구원처인지 모르겠어"(193쪽)라고 탄식하는 소설 속 양성애자인 주인공은 결국 "지금은 알고 있다. 나의 사랑은 불가능했고 결핍은 완성되었다는 것을"(196쪽)이라는 패배의 인정에 이르고, 여기서 이 소설은 절정에 이른다. 거기에서 '홍대'는 무엇보다도 먼저 '불가능한 사랑'과 '완성된 결핍'을, 권태와 소외를 충족시키려는 욕망과 꿈/몽상의 해방 공간이 된다.

K의 경우를 보면 홍대의 하루는 몽상으로 시작해서 몽상으로 끝나는 것 같다. 이것은 과장이 아니다. 홍대에 뜨는 달은 홍대에 사는 사람들의 몽상과 권태가 일으킨 부력으로 떠오른 것이다. 그리고 그 몽상과 권태가 수그러들 때 홍대의 달도 이운다. 몽상으로 가득 찬 하루가 서른 번이 되면 한 달이 되고, 또 그것이 열두 번 모이면 일 년이 된다. 그렇다면 홍대에서의 일 년은 몽상에서 시작해서 몽상으로 끝나는 셈이다.(「홍대에서의 바람직한 태도」, 272쪽)

단순히 몽상이나 감정적 분위기에만 매몰되지 않는 내면의식의 섬세한 실존적 음영이나 주체와 타자, 자아와 외부의 소통 문제 등은 이 작가의 오랜 문학적 화두였을 것이다. 모순

적이고 적대적인 현실로부터 미적 현상세계와 무관심으로의 도피(?)는 필연적으로 비사회적, 반정치적 허무와 권태로 귀결될 터이다. 소설 속에 등장하는 한 시인은 "우리는 모두 지하의 내부에서 깊은 잠을 자는 부족이다"(「홍대에서의 바람직한 태도」, 303쪽)라고 고백했다. 그러나 한 고등학교 교사가 화자이자 주인공으로 등장하는 '악한 소설'에는 다음과 같은 발언이 출현한다. "인간에게 부여된 가장 위대한 가치는 독립과 자유를 불가능하게 하는 모든 야만스런 공격에 저항하고 부당한 것을 거부할 수 있는 정신에서 나온다."(「장난하냐, 장난해」, 210쪽) 그러므로 우리는 저 무관심의 태도와 권태의 의식은 또한 저항과 거부의 정신적 산물이라고 해야 한다. 사실상 그렇다. 미적 유토피아의 꿈은 또한 혁명 의식의 산물이기 때문이다. 모든 이데올로기론들로부터 온갖 비판과 비난을 감수하게 만드는 작가의 이 특정한 '혁명의 이데올로기/미학주의'는, 역으로, 또한 모든 이데올로기론들에 대한 치명적인 저항과 반동으로 작용할 수도 있다. 그렇기에 "나는 문학이 사회와 세계를 개조하거나 자기 자신을 구원할 수 있다고 생각하지 않습니다"(「아만다와 레베카와 소설가」, 149쪽)라는 소설 속 한 인물의 믿음은 곧바로 작가의 믿음으로 읽어도 무방할 것이다. 하지만 그것은 분명 유토피아적 혁명의 욕망을 갖는다. 비록 그 욕망이 욕망을 넘어서려는 욕망이라고 할지라도 말이다. 무엇보다도 모든 이데올로기는 특정한 욕망의 서사들이다. 그리고 미적 유토피아는 그 욕망/탈욕망의 경계에서 '저 너머'를 꿈꾼다.

그렇기에 김도언의 작품 세계에 짙게 드리워져 있는 '허무'와 '권태'의 그림자들은 이 욕망의 실패와 패배로부터 오는 것이 아니라 적극적인 거절과 포기로부터 연유한다고 해야 한다. 하지만 이 태도 또한 하나의 욕망임을 우리는 동시에 수긍해야 한다. 욕망을 욕망하지 않으려는 욕망, 하기야 그것만큼 큰 욕망이 또 어디 있겠는가? 이 태도 또한 하나의 건강한 욕망임을 인정할 때, 이 욕망의 이데올로기는 진정한 힘을 갖게 될 것이다. 성찰된 욕망과 반성된 이데올로기야말로 피를 요구하지 않는 진정한 혁명일 것이기 때문이다. 그렇기에 이 (반)욕망과 가장 치열한 전선을 형성하는 것은 언제나 모든 정치적-도덕적 이데올로기이다. 미학을 논의하는 자리에서 욕망과 정치의 출현은 필연적이다. 미학과 정치는 욕망을 사이에 놓고 대립하는 가장 치명적인 짝패 관계를 이룬다. 정치적-도덕적 이해(利害)와 욕망을 적극적으로 관철하고자 하는 욕망의 정치학과 그 이해와 욕망으로부터 해방을 성취하려는 (반)욕망의 미학이 형성하는 이 전선은 무관심이라는 '미적 태도'를 올곧게 견지하려는 작가에게는 불가피한 것이다. 그런 의미에서 정치학과 미학은 욕망/반욕망의 쌍생아라고 말해야 한다. 미(학)적 태도를 견지하려는 김도언의 문학 세계에서 그러므로 정치와 이데올로기에 대한 사유와 발언은

회피할 수 있는 것이거나 선택 가능한 것이 아니다. 하나는 언제나 다른 하나를 배경으로만 이해될 수 있기 때문이다. 가능한 세계를 욕망하는 정치와 불가능한 세계를 꿈꾸는 미학은 그렇게 서로를 요구한다. 그 긴장과 길항의 영역이 작가가 활동하는 공간이다.

  마지막으로 소설집을 묶은 게 2009년의 일이니 14년 만에
새 소설집이자 네번째 소설집을 펴낸다. 그 시간 동안 어디서
무얼 했는지 현장부재증명이라도 해야 하는 걸까. 나는 삶의
형식과 더불어 지속적으로 문학적 형식의 이상적·심미적 차
원을 고민해왔음을 고백한다. 그래서 겁없이 시(詩)로 월경
하기도 하고, 쇄말적인 기록문학이나 인터뷰문학에 몰두하기
도 했다. 그 결과물들이 두 권의 시집과 인터뷰집, 그리고 일
상의 하위 소비문화를 소재로 다룬 산문집 등이다. 나는 지금
게으르고 무력한 작가라는, 나를 향해 걸쳐 있는 항간의 혐의
에 완강한 거부감을 드러내고 싶은 것인지도 모른다. 오랜만
에 펴내는 소설집의 후기를 빌어 부끄러움 없이 말하거니와

작가로서 문학적 긴장을 잃은 적은 없었다. 내 몸이 세속적인 경지에서 즐거움이나 괴로움에 처해 있을 때조차도 나의 내면 가장 깊숙한 제단에는 문학적 이데아가 영롱한 빛을 발하고 있었다.

이번 소설집에 수록된 작품들은 다양하고 불가해한 삶의 형편과 처지들을 요령껏 관찰하고 있다. 그것은 주로 연민, 애상, 모순, 착란, 고독, 소외, 환각의 문제와 연루된 것들이다. 나는 불량하고 건설적이지 못한 것으로 알려진 세계를 깊이 탐문하고 탐닉하는 것이 문학이 존재하는 이유라는, 다소간 낭만적이면서도 고전적인 태도를 여태 못 버리고 있는 셈이다. 기운차게 떠오르며 약동하는 태양을 찬양하는 것도 문학이 멋지게 해낼 수 있는 일 중 하나지만, 기울어지는 사양과 어둑해지는 황혼을 덤덤하게 보고하는 것도 문학이 해야 하는 일 중 하나라고 생각한다. 나는 일찍이 그것을 나 자신에게 일생의 미션으로 던져주었다. 그렇게 했던 이유는—이것은 참 모호하면서도 치명적인 명제인데—모든 생명은, 그러니까 숨을 타고난 모든 것들은, 이울고 있고 마침내, 그예 이울 것을 알기 때문이다. 소멸을 향해 나아가는 존재로서 나의 상상력이 불멸의 가능성을 욕망하는 것은 윤리적으로도, 그리고 천품으로도 가능하지 않은 일이다. 이 소설집이 일으킬지도 모를 모든 소음과 파장은, 그러므로 온전히 나의 것이다.

낡은 소설들을 밝은 눈으로 봐주시고 해설을 써주신 김진수 선생님, 그리고 정성껏 책을 묶어주신 강출판사 정홍수 선생님께 맑고 차가운 술을 따라드리고 싶다. 다행히 그런 술이 어울릴 만한 계절이지 뭔가.

2024년 봄의 문턱 새절에서

수록 작품 발표 지면

홍대에서의 바람직한 태도

© 김도언

1판 1쇄 발행 | 2024년 2월 22일

지은이 | 김도언
펴낸이 | 정홍수
편집 | 김현숙 이명주
펴낸곳 | (주)도서출판 강
출판등록 | 2000년 8월 9일(제2000-185호)

주소 | 서울시 마포구 동교로17안길 21 (우 04002)
전화 | 02-325-9566
팩시밀리 | 02-325-8486
전자우편 | gangpub@hanmail.net

값 15,000원
ISBN 978-89-8218-337-9   03810